# 80° FRÅN VARMVATTNET

# 80° från Varmvattnet

Karin Alfredsson

Pocketförlaget

www.pocketforlaget.se
info@pocketforlaget.se


Svensk utgåva enligt överenskommelse
med Bengt Nordin Agency

Pocketförlaget ägs av Piratförlaget, Företagslitteratur
och Läsförlaget

Omslag: Johan Petterson
Tryck: Nørhaven Paperback A/S 2007
ISBN: 978-91-85625-06-2

*Allt viktigt i denna berättelse är sant.*

*Alla likheter med verkligheten är fullkomligt avsiktliga.*

## CHONGWE-DISTRIKTET, ZAMBIA

**31 januari 2004**

Beauty tycker att hon precis somnat när hon hör den försiktiga knackningen. Tyst, knappt hörbart, men Beauty sover alltid lätt. Det är tredje natten hon blir störd. Igår natt räckte det med ett råd men nu är det nog dags.

Hon drar klänningen över huvudet medan hon viskar "Jag kommer". Dörren går inte att stänga ordentligt men den är också svår att öppna. Vi måste göra något åt den, tänker hon. Den tanken återkommer flera gånger om dagen – eller natten – för nattliga utflykter är vanliga. Beauty trevar efter väskan med plastskynket, tången och plastpåsarna och knuffar sedan försiktigt upp en lagom springa, utan att släppa in månljuset för helst ska ingen i familjen vakna.

De vita månstrålarna gör byn svartvit och skuggorna långa. Husen vilar i lugna andetag, vissa ackompanjerade av stilla snarkningar. Månskenet målar buskarna med silverfärg.

Det rofyllda störs bara av avlägsna rop, den manliga rösten på lägre volym, tung och aggressiv, kvinnans röst ömsom vädjande, ömsom piskande förbannad. Beauty vet att kvinnan sänker rösten för att inte väcka grannarna. Det är en oskriven regel i byn, antagligen överallt, tänker Beauty, skrik tyst så inte grannarna hör. En vacker natt kommer mannen att slå ihjäl sin hustru och om hon hinner kommer hon att tänka att det var hennes eget fel.

När Beauty besökte Milly på eftermiddagen hade värkarna kommit igång. Med långa mellanrum och utan större intensitet visserligen, så Milly fortsatte laga familjens majsgröt och beredde sig på att vänta men Beauty förstod att natten kunde bli störd. Sånt händer. Barn kommer helst till världen på natten. Varför? För att hinna vänja sig innan ljuset tänds?

Dörren gnäller lite och glider upp igen när hon trycker till den. Försiktiga steg på den vickiga trappan skrämmer en råtta som rasslar iväg i gräset efter ett nattmål i avfallshögen. Beautys bara fot sparkar efter den. Så länge de håller sig utomhus tål hon råttor.

Hon förväntar sig att få se Felipe, Millys man, i månljuset. Beauty har varit hemma hos familjen flera gånger de senaste veckorna och utan att de talat om saken delar föräldrarna och barnmorskan en växande oro. Millys förra förlossning var utdragen och besvärlig och barnet, som nu är närmare två år, har inte ens börjat resa sig. Han verkar glad och pratar gärna där han sitter på den trampade gårdsplanen, men när han ska förflytta sig hasar han på stjärten. Modern bannar, tvättar honom i den småstenssåriga rumpan, tar fram ett par nya nötta byxor och skrattar generat. Ingen i byn talar om saken annat än avvärjande, tröstande: "Han är bara lite sen." Men de tänker: Tänk om pojken inte kommer att kunna gå? Hur ska han klara sig?

Helst vill inte Beauty tänka på pojken alls. Tänk om hon gjort något fel? Tänk om det fanns något hon kunnat göra, om hon varit bättre och klokare, som hade gett barnet bättre chanser?

Beauty flackar med blicken. Mångatan sträcker sig över buskarna och stigen mot tegelbruket, ingen Felipe där. Det är stilla, bara en vindpust som får tvättstrecket att gnälla i knuten mot trädet. En strykarhund stannar vid husväggen men hundar knackar inte på dörrar. Skriken från andra sidan av byn har övergått i hulkanden. Förhoppningsvis är det över för den här gången och kvinnan har överlevt. En gång till.

Förstrött reser Beauty upp en omkullvält pall och känner på tvätten på strecket där nattfukten saboterat dagens soltorka. Hon måste komma ihåg att ta in skjortorna. Men vem knackade? Hon ser sig omkring igen.

Nu hör hon. Snyftningar blandade med snabba hårda inandningar från en mörk varelse som hukar vid vägkanten. Ögonvitorna lyser i mörkret och hela kroppen skakar av gråt. Vad gör en liten flicka ute mitt i natten?

Puni? Vad är det som har hänt? Varför är du här? Vad vill du?

Den gråa leran sipprar upp mellan Beautys bara fötter. Med ett vant handgrepp slevar hon i en lagom mängd i träformen (klatsch!), skrapar av överflödig lera med en träspade (ritsch!) och smäller (pang!) ner formen i ställningen där leran ska brännas till en tegelsten.

Beauty har varit tegelbruksarbetare i 15 år och hon behöver aldrig tänka medan hon arbetar. Tillsammans med tre andra kvinnor sköter hon tegelbruket på beting. En gång i veckan kommer mannen som äger många små tegelbruk i trakten. Han räknar ihop deras arbetsinsats, betalar deras lön och säljer stenarna till de bybor som behöver. Han får alltid en rejäl sedelbunt med sig. Det händer att Beauty undrar varför. Vilken insats gör han som inte hon och de andra kunnat stå för själva? Han har inte ens kommit med träformarna utan dem har Joseph, Beautys man, spikat ihop.

Solen skopar ner sin hetta och det är helt vindstilla. Till och med fåglarna verkar ha slumrat till. Hade det varit en vanlig dag efter en lång vaknatt hade Beauty kanske haft svårt att hålla ögonen öppna men nu är det inga problem.

Hon har hela tiden uppmärksamheten riktad mot den lilla stigen som vindlar hem mot byn. I hennes vitkalkade hus, övervakad av Beautys barn, ligger Milly med svåra värkar. När förlossningen kommit igång brukar Beauty be de födande komma hem till henne. I Beautys hus finns bara två rum men i det lilla rummet utan fönster står en säng med botten av grova rep och en tunn filt över. Hon kan tränga ihop sin egen familj, mannen och de sex barnen, i det större rummet och låta föderskan ligga i fred. På sängen breder hon ut sitt stora plastskynke som alltid ligger färdigt i väskan, ordentligt hopvikt och skurat i hett vatten.

Byn är vidsträckt och föderskorna bor ibland långt borta. Om Beauty ska klara arbetet på tegelbruket, matlagningen och skötseln av de egna barnen samtidigt med barnmorskesysslan är det enklare att ha föderskorna hemma hos sig. Kvinnorna tycker dessutom det är skönt att få lämna hemmet. Då slipper de bekymra sig för hushållet och sina andra barn och kommer ifrån mannen som ändå aldrig är till någon hjälp.

De enda manliga bybor som någonsin varit till nytta vid förlossningar är Beautys man, Joseph, och hennes far. De kan koka vatten, lägga till lagom mängd salt för att underlätta läkningen av sprickor och sår, och – om något drastiskt ingrepp måste göras – hålla fast kvinnan genom att låsa hennes armar. De blir inte rädda eller generade och föderskorna accepterar dem. Annars är karlar inte välkomna här.

Beauty har ärvt uppgiften som byns barnmorska av sin mamma. Hon började assistera som 10-åring och det mesta hon kan har hon lärt sig av sin mor. När mamman började gå runt och hjälpa till vid förlossningar var råden enkla och handfasta, som att använda kokt vatten och rena trasor. Varje förlossning gav henne nya erfarenheter och under tiden utbildade hon sig, genom att prata med andra och prova olika växter som medicin.

Beautys mor slogs mot vidskeplighet och häxerirykten. Flera gånger valdes hon in i gruppen av byäldsten och det var ovanligt för en kvinna. Beauty har ärvt en del, men inte all, status som hennes mamma hade. Men hon är minst lika övertygad om att vidskepligheten är livsfarlig. Det finns medicinska orsaker till sjukdomar, de kommer inte av onda ögon eller slarviga uttalanden. Det lärde hon sig några oförglömliga kvällar för mycket länge sedan.

Det värsta är att den nya sjukdomen, den som dödar så många, snarare har eldat på häxtron. Beauty har hela tiden vetat att det är fel, att smittan sprids på vanliga sätt, även om hon inte har någon utbildning, för häxor finns inte! När hon träffade den vita kvinnan, och fick kunskap om hur kärleken – eller alltför ofta våldet – var boven bakom smittspridningen, kände hon sig övertygad om att det var rätt. Men budskapet är svårt att få fram till byborna. Hon måste vara försiktig för att inte förstöra sitt goda rykte. Den vita doktorn träffar hon helst utanför byn.

Nu hör hon ropet från sin sexåriga dotter.

– Mamma! Kom!

Beauty springer. Det tar bara någon minut att komma hem om hon tar genvägen genom buskarna och hoppar över diket. De bara fötterna hittar säkert på den smala stigen, buskarnas törnen fastnar i kjolen men hon sliter sig loss. En snabb blick visar att flickan har rätt och att det är dags. Milly behöver hjälp nu.

Beauty kastar av sig sina leriga arbetskläder och tvättar ansikte, armar och händer i vattnet från brunnen. Det kalla vattnet rinner ner för hennes breda haka och hon stänker vatten under armarna och på de svettiga brösten. Till sist häller hon hinken över huvudet, Gud vet när hon hinner tvätta sig nästa gång.

Beautys händer är hårda och har massor av småsår efter den grova leran men en god sak har arbetet på tegelbruket fört med sig – hon är stark. Hennes kraftiga fingrar kan bända ut den mest motsträviga barnkropp om så krävs.

Den urtvättade röda barnmorskeklänningen är ren och färdig för tjänstgöring. Den ligger hopvikt under sängen, i samma låda som de andra sakerna hon kommer att behöva. Hon drar plastpåsarna över sina spruckna fingertoppar. De sista gummihandskarna som hon fick av den vita kvinnan gick sönder häromdagen och att återigen börja använda plastpåsar är svårt, halkigt och opraktiskt. Men hon vet att hon måste skydda sig eftersom många av hennes patienter bär på sjukdomen.

Beauty kör ut barnen, värmer vattnet över den öppna elden och talar lugnande till Milly. Men hela tiden är hennes tankar hos Puni. Har alltihop satt igång? Vågar hon ha någon hos sig eller måste hon gömma sig utomhus? Hur rädd och ensam känner hon sig? Beauty önskar att hon kunnat vara där, men det är naturligtvis helt omöjligt.

Dessutom behöver Milly hennes hjälp. Nej, det går inte. Förtvivlat stirrar Beauty på Millys plågade kropp. Förlossningen är inne på tredje dygnet och Milly orkar snart inte mer. Om åtminstone kliniken varit öppen, men det är länge sedan den sista sjuksköterskan lämnade trakten och till sjukhuset är det många mil. Varken Milly eller Beauty har pengar till bussbiljetten, om Milly över huvud taget skulle orka ta sig till stora vägen där bussen passerar.

Millys andning är stötig och kroppen blänkande hal av kall svett. Och så är det armen!

Ur Millys sköte sticker en liten liten arm ut. Ungen ligger alldeles fel. Beauty har tappat räkningen på de gånger hon försökt vända den lilla kroppen genom att trycka och knåda Millys spetsiga mage. Armen måste in igen för att kroppen ska kunna komma ut. Snart finns bara ett alternativ för att rädda åtminstone Millys liv – att kapa armen. Beauty har aldrig ställts inför ett svårare beslut.

Hur gör dom på sjukhus!?

Hon har hört att dom skär upp mammans mage. Med en vass kniv skär dom igenom huden och alla hinnor innanför och lyfter ut ungen och sedan syr dom ihop alltihop. Beauty har ingen sådan vass kniv och ingen sådan nål eller tråd – hon kan inte ens sy ihop de vanliga sprickor som de flesta föderskor får – och även om hon hade det som behövdes skulle mamman säkert förblöda medan hon höll på, eller dö av smärtan. Om hon inte skar sönder ungen. Beauty vet inte ens hur det ser ut om man kommer från det hållet.

Nej, det enda hon vågar attackera med sin nyslipade kniv är den hopplösa lilla armen. Det går ju att leva utan en arm. Kanske är det bättre än om man inte kan gå? Nej, hon får inte tänka på Millys förstfödde.

Beautys systerson fick en gång armen kapad av en machete och såret på stumpen läkte så småningom. Om hon bara kunde vara säker på att det hjälper att kapa armen, så att hon kan vända kroppen efteråt och få ut den rätt väg, snabbt. Hur förbinder man förresten en avskuren arm? Hon skjuter upp beslutet medan hon letar i lådan under sängen efter någon slags sårbehandling och hittar sårsprit och bandage. Men hur gör man med benändarna? Det är så mycket som hon skulle behöva kunna.

Det mesta känns hopplöst osäkert. Om åtminstone hennes mamma levt, så att hon haft någon att fråga. Hon kan inte komma ihåg att mamman någonsin berättat om ett sådant här fall så hon skulle nog inte heller vetat men då hade de i alla fall varit två och hon hade haft någon att dela beslutet med.

Det är då hon kommer på det:

Fader Abraham!

Det finns en risk att ungen dör och då måste en präst vara närvarande för ett nöddop. Annars kommer inte barnet till himlen, och det vill i alla fall inte Beauty ha på sitt samvete.

Det kan väl inte vara förbjudet att nöddöpa en unge där man bara kan se armen? Man kan väl stänka dopvattnet på armen? Det kan inte vara något allvarligare brott mot Guds regler? Beauty kan inte så mycket om Bibeln, det har inte blivit tid att studera och även om hon kan läsa, till och med på engelska som Bibeln är skriven på tar det väldigt lång tid att stava sig igenom de långa krångliga meningarna. Men nu önskar hon att hon vetat mer för innan hon använder kniven vill hon vara säker på att barnets själ är räddad. Det måste bli Fader Abraham. Om Milly skulle dö behövs ju en präst och i bästa fall vet han, som ändå gått i fina skolor, också något om medicin. I bästa fall.

Joseph kastar sig iväg på cykeln, glad att kunna hjälpa till.

Beauty har satt på nytt vatten för att koka den nyslipade kniven och försöker berätta för den utmattade Milly hur hon tänker när männen kommer tillbaka, Fader Abraham på pakethållaren med bibeln under armen.

Den unge prästen tumlar in i dunklet och Beauty börjar förklara. Fader Abraham backar några steg och sätter sig sakta ner. Han verkar inte ha hört vad hon sagt. Beauty inser plötsligt att han kanske aldrig sett en kvinnas öppna sköte och den groteska armen gör inte bilden lättare att ta in.

Än en gång berättar hon om problemet och sin idé. Nöddop och sedan ett sista försök, i värsta fall med kniven. Han verkar inte fatta, sitter bara och trummar på sin bibel. När han till sist kvicknar till slår han förvirrat upp en sida, till synes vilken som helst, och läser något osammanhängande. Ett bibelord, antar Beauty, men hon känner inte igen det. Rabblandet känns mer som en bubbla som prästen blåser upp för att slippa släppa in verkligheten.

För varje mening känner Beauty att hennes respekt för gudsmannen rinner ut genom dörrspringan. Hon borde insett att han varken är bättre eller sämre än andra karlar. Kanske sämre. Med tanke på att präster inte får gifta sig eller vara tillsammans med kvinnor har han väl till och med mindre erfarenhet än andra. Ändå är hon besviken. Hon hade hoppats att han skulle vara ett stöd, någon att luta sig mot.

Då så, då hänger allt på henne. Hon tänker göra ett försök till att trycka in armen och vända kroppen, förklarar hon, och prästen välsignar viskande allt som är möjligt att välsigna medan han vänder bort huvudet.

Beautys starka tegelbruksfingrar griper tag i armen, böjer den brutalt – det spelar ju ingen roll om jag bryter armen när alternativet är att skära av den, tänker hon – och lyckas trycka in den i slidöppningen igen. Några knådande tag på magen, uppmuntrande tillrop till Milly att göra ett sista krystförsök och – plupp – där ligger ungen. En skrikande pojke med båda armarna i behåll. Beauty torkar svetten ur pannan. Hon inser att hon håller andan och släpper in luften i ett starkt, yrselskapande, andetag. Den skrikande pojken halkar runt i hennes händer, kladdig av vitt fosterfett. Milly öppnar ögonen och hennes ansikte förvrids i en leende grimas.

Ett tag tror Beauty att Fader Abraham svimmat. Han har backat längst bort mot väggen och svarar inte när hon ber honom hålla pojken medan hon plockar fram sitt sista rena rakblad för att kapa navelsträngen. Sedan ser hon att han gråter så han skakar. Något värre har han aldrig varit med om, tänker hon, och ler överseende. Karlar!

– Jag gråter, ja, säger han. Jag gråter av glädje.

Han torkar tårarna och tar ett fastare tag om bibeln, rätar på ryggen och kraxar rösten fri från gråtsnor. Rösten får en ny, predikande, klang.

– Inser du, Beauty, att vi nyss bevittnat ett mirakel? Ett Guds ingripande. Minns du berättelserna i Bibeln där Jesus ger människorna synen åter och får de förlamade att gå? Vi har fått bevittna ett likadant underverk.

– Det ofödda barnet kämpade och Gud hjälpte till så att livet kunde segra. Herren vare lovad. Jesus Kristus Vår Herre har än en gång visat sin styrka och makt. Han har räddat ett barns liv som den gode herde han är. Herren vare lovad! Låt oss bedja!

Nåja, nåja, tänker Beauty medan hon lägger ner pojken på skynket och rotar fram rakbladet. När hon snittat och bundit navelsträngen och lagt pojken hos den utmattade Milly knäpper hon pliktskyldigt händerna en stund medan prästen i rasande fart läser sina böner.

Tror du att det var du som kom med Gud på pakethållaren? tänker Beauty. Tror du att ditt vimsiga pladder gav oss ett under? Jag tror att Milly hade fått vila ett tag och att jag fick extra styrka i händerna när jag att trodde hoppet var ute. Jag tror att det var min förtjänst. Herren Gud hjälpte kanske till, men hade han velat göra det hade han väl kunnat göra det innan du kom.

Präster är nog bra, och Gud också, men de ska inte överdriva sin betydelse.

Pojken är tvättad och svept i det tyg modern haft med sig, ett guldgult bomullstyg med stiliserade majskolvar och blank yta, ett vackert tyg som är köpt i stan och måste ha kostat en hel del. Beauty känner sig stolt när hon lämnar pojken hos den utmattade mamman. Livmoderkakan har begravts på det vanliga stället bakom huset – där majsen växer extra högt och kraftfullt. Beauty har sköljt av sitt plastskynke och hängt det på tvättstrecket där skjortorna äntligen blivit nedplockade och hon har kastat bort de använda plastpåsarna.

Solen står fortfarande högt men snart ska skymningen komma. Vid de flesta hus tänds eldar eller små kokskök. Men vid de hus där ingen matlagning kommit igång vet Beauty varför. Där finns ingen mat. Många av Beautys grannar har numera bara råd med ett mål om dagen.

En mycket liten flicka i en trasig rosa nylonklänning går förbi. På huvudet balanserar hon en stor plastkorg där något grönt skymtar. Hon bär sammanbitet och tittar aldrig åt sidan, de små bara fötterna har bråttom hem till storasyster. Beauty vet att det gröna är överblivet grönsaksrens från mormodern i andra änden av byn och den enda mat familjen har många av veckans dagar. Båda föräldrarna är sjuka, mamman syns knappt till alls längre utan ligger stilla på en tunn filt inne i lerhyddan.

Trots att Beauty besöker familjen flera gånger i veckan, när hon har möjlighet med en skål majsmjöl som "lån", namnger de aldrig sjukdomen. Grannfrun är "sjuk", hennes man "börjar känna sig dålig". De magra kropparna skakar i frossa och storasyster Precious har fått sluta skolan för att ta hand om föräldrarna och de fyra syskonen.

Förra veckan tändes koksköket flera gånger om dagen och den stolta 12-åringen satte sig väl synlig och rörde kraftfullt i aluminiumgrytan med majsgröt, så att alla som gick förbi kunde se. Precious försökte till och med lämna tillbaka en del mjöl till Beauty, med tack för lånet. Beauty pratade bort saken och lyckades få flickan att behålla mjölet, men den plötsliga tillgången på pengar både gläder och oroar Beauty. Precious svävade på målet när hon skulle förklara var pengarna kom ifrån. Beauty är orolig för att flickan insett att hon ändå har något som hon kan sälja.

Milly sover gott med pojken på armen. Han åt glupskt från hennes bröst och armen verkar inte bruten, bara lite svullen. Beauty skjuter igen dörren, som inte går att stänga. Den stolte barnafadern Felipe delar en bägare hembryggt öl med Joseph och den ovanligt tystlåtne prästmannen. Fader Abraham har passat på att döpa pojken, när han ändå är på plats. Barnets namn blev Miracle.

Beauty signalerar till Joseph att han ska erbjuda sig att skjutsa hem prästen på cykeln innan han dröjer sig kvar till kvällsmaten. Hon är trött, trött på präster och biblar och barnmorskeansvar. Hon vill ge sina gnälliga barn kvällsgröten och sedan behöver hon få sova. Hon tycker inte att hon är skyldig kyrkan någonting.

Det är då det händer. Längs stigen mellan majsfälten kommer Rose springande. Hennes bara fötter river upp dammoln, hon drar sig i håret, kastar med huvudet och skriker rakt ut.

WASHINGTON POST, USA 29 JANUARI 2003

# DOMARE McARTHUR HAR AVLIDIT MÖJLIG NY MAJORITET I HÖGSTA DOMSTOLEN

**WASHINGTON – Domaren i Högsta Domstolen, juridikprofessorn Vernon McArthur, 67, avled igår oväntat i sitt hem i Washington, DC.**

Högsta Domstolens presstalesman Sheila Velasquez säger att domaren, som i juni genomgick en bypassoperation, antagligen drabbats av en ny hjärtinfarkt.

Domare McArthur var känd som en av de mer liberala domarna i domstolen. Han tillsattes av president Clinton 1998 efter ett tufft senatsförhör där främst hans åsikter i abortfrågan stod i centrum för intresset. Domare McArthur har skrivit många av domstolens domar när aborträtten varit uppe till prövning och anses vara den tydligaste förespråkaren för amerikanska kvinnors rätt till abort.

President George W Bush får nu möjlighet att föreslå att domare McArthur ersätts med en abortmotståndare. Många konservativa domare väntar på sin chans i appellationsdomstolarna som under George W Bushs tid i Vita Huset snabbt bytt majoritet i konservativ riktning.

Ett majoritetsbyte i Högsta Domstolen skulle välkomnas av presidentens stödgrupper i konservativa och kristna kretsar, men kritiseras av de flesta demokrater i kongressen.

– Vi väntar med spänning på hur presidenten ska hantera situationen, säger Patrick Hudson, ordförande i Christian Coalition. Kanske kommer folkets röst äntligen att få höras, även i Högsta Domstolen.

– Vi har bara varit ett hjärtslag ifrån att förbjuda aborter i Förenta Staterna, säger Sarah Grant, ordförande i Planned Parenthood Federation. Kanske har det hjärtslaget kommit nu.

President George W Bushs talesman säger i ett pressmeddelande att presidenten beklagar domare McArthurs plötsliga död, delar sorgen med domarens anhöriga och vill vänta med andra uttalanden.

Domare McArthur efterlämnar två döttrar med familjer. Begravningen hålls den 4 februari kl. 16.00 i Georgetown-universitetets kyrka.

## CHONGWE-DISTRIKTET, ZAMBIA
**2 februari 2004**

Tystnaden känns onaturlig och eftermiddagssolen gör konturerna knivskarpa. Vindens stilla rassel i bananbladen är det enda som hörs, de vanliga ljuden från byn verkar ha försvunnit, till och med fåglarna är tysta, som om de lyssnar efter något.

Beauty hör sitt eget hjärta slå. Så länge hon lever kommer hon att se bilden framför sig. Det är som om världen stannat. Den blodiga kjolen över de smala bruna benen och läxböckerna i den öppna skolväskan. Den detalj som etsar sig fast och som hon kommer att drömma om är den uppfällda boken, en räknebok med en massa bokstäver mitt bland siffrorna. Beautys skräckslagna medvetande hakar sig fast vid den bilden och en fråga: vad gör alla bokstäverna bland siffrorna? Alla de andra obegripligheterna snurrar som en myggsvärm runt henne medan hjärtat dunkar.

Beautys ben viker sig och hon sätter sig intill Punis kropp. Förvånat ser hon att något – hennes egna fingrar – sliter av det torra gräset och lägger tuvorna i en hög. Sakta återkommer lite kraft. Nu måste hon vara professionell.

Fler bykvinnor kommer springande, med Fader Abraham i släptåg och en lång rad barn sist i kön. Kvinnorna skriker och sliter i sina kläder och barnen tittar storögt på sina förtvivlade mödrar och på den orörliga flickkroppen. Till sist samlar prästen ihop sig och tar kommandot.

– Vad har hänt? frågar han Beauty.

Hon vet, vet, vet men lyfter ändå på Punis kjol och känner efter. Undersökningen är knappast tillräcklig men det förstår inte Fader Abraham.

Några sekunder funderar hon. Skulle hon kunna ljuga för att rädda Punis anseende? Men även om hon kan lura Fader Abraham så skulle kvinnorna veta.

– Missfall, säger hon.

– Vad?

Förstår han inte ordet eller hör han inte? Beauty höjer rösten i ett pedagogiskt och skarpt tonfall:

– Missfall. Missfall så tidigt i graviditeten att det inte ens är säkert att hon visste att hon var med barn. Det var antagligen en störtblödning som kom när hon sov så hon hann aldrig resa sig och söka hjälp.

Det sista är orimligt, det vet Beauty som aldrig hört talas om en stor blödning utan smärta. Om Puni sov, vilket hon inte tror, hade hon vaknat. Och varför skulle hon lägga sig här, i grässlänten, och sova? Men vad skulle hon kunnat göra? Var kunde hon begära hjälp? Vad skulle hon säga?

– Hon har inte syndat, då?

Fader Abraham tar på sig den gudsnådeliga allvarsminen och Beauty känner bara förakt.

– Vad menar ni, Fader?

– Du vet vad jag menar, Beauty. Hon har inte själv försökt avbryta Guds verk? Förbrutit sig mot livets evangelium?

– Försökt ta bort barnet, menar Fader?

– Ja.

– Det kan jag inte tänka mig. Som jag sa tror jag inte ens att hon visste att hon var gravid.

Beauty inser att hon måste samla ihop sig och ta över. Klumpigt reser hon sig och vänder sig mot den dödas mor:

– Har hon sagt något?

Den förtvivlade kvinnan står på knä och vaggar fram och tillbaka intill dotterns kropp. Hon gråter inte, kvider bara. Tafatt klappar hon flickans hand, tröstande, som om modersomsorgen skulle kunna läka även denna skada. De andra kvinnorna har backat ut i en färgrik ring efter en första nyfiken titt. Nu försöker de hålla tillbaka sina intresserade små barn. Bara fötter och smutsiga skjortärmar knuffas för att kunna se men munnarna är tysta. Mammorna är så strängt allvarliga och varför ligger Puni så stilla?

– Har hon sagt något? upprepar Beauty fast hon vet svaret.

Punis mamma skakar våldsamt på huvudet.

Vad skulle hon ha sagt? Modern lyfter sin äldsta dotters tunna hand och trycker den mot sitt bröst. Puni var 14 år. Först är hon död – och sedan med barn! Hemskt och sorgligt kommer det att bli, men nu är det bara ofattbart.

Nej, Puni har inte sagt något.

– Jag har hört rykten, fortsätter prästen, och Beauty håller andan. Hennes högra hand håller den vänstra handleden hårt. Det känns som en hjälp, att det blir lättare att hålla balansen och att greppet hindrar att hela hon ska falla omkull. Beauty kan känna sin dunkande puls och ett sus i öronen av skräck.

Men så tar hon sig samman och spänner ögonen i prästen:

– Om Fader Abraham lyssnar på rykten och vill diskutera dem tycker jag vi bör göra det någon annanstans. Hur skulle det vara att läsa texten över flickan först?

Beauty och Fader Abraham går efter varandra på den smala stigen tillbaka mot Beautys hus. Fader Abrahams raka svarta rock först, Beautys hopsjunkna klänningsärmar efter. Det gula gräset frasar mot hennes ben och hon hör sina egna hjärtslag medan tankarna snurrar runt:

Vad kan ha hänt? Har Puni inte följt mitt råd utan gjort något annat dumt? Är det mitt fel att det blivit så här? Och vad är det för rykten som Fader Abraham hört?

Gräset rasslar bakom Beauty och när hon vänder sig om ser hon en liten patrull av barn som traskar på rad efter dem. Några av dem är hennes egna, mitt i förvirringen har hon inte tänkt på att de naturligtvis följde efter, storögda och med alla sinnen på helspänn. Det blev en annorlunda dag, det här. Några av flickorna gråter lite för de förstår att något är sorgligt, men ingen vet riktigt vad det är.

Allt har blivit så komplicerat sedan den vita doktorn kom, tänker Beauty. Rätt och fel var lättare förr. Mycket var fel då också, men det var inget att göra något åt. Jo, visst kunde hon göra saker redan tidigare. Med stor skicklighet kunde hon påverka ödet, eller om det var Guds vilja, som nu med Millys barn, men till sist låg ändå avgörandet någon annanstans.

Kanske har Beauty fått för mycket makt. Många i byn är övertygade om att goda, men framför allt onda, makter kan styra människors liv. Som den nya svåra sjukdomen som många menar har med trolldom att göra. Kanske är det här straffet för att Beauty blivit övermodig?

Men å andra sidan – tänk så många liv hon räddat! För fem år sedan hade Puni varit en av fem, kanske tio döda flickor. Strumpstickor och glasbitar och vassa pinnar ger våldsamma blödningar eller feber som leder till döden. Stora doser malariamedicin dödar fostret men ofta även mamman.

Och alla de oönskade barn som kommit till världen i utdraget plågsamma förlossningar, med alltför unga mammor som tvingats sluta skolan och gifta sig med män de inte valt – eller helt enkelt körts bort från byn. Nej, hon måste skärpa sig. Det *är* bättre nu.

Beauty tvingar sig att tänka på Mary, den 13-åriga flickan som vägrade berätta vem pappan var och som sedan försvann med sin nyfödde son. Ett barn utan far har ingen plats i byn. Någon hade sett Mary vid busstationen i stan, i kort kjol och med en cigarett i handen och var pojken blivit av vet ingen.

Beauty tror att hon vet vem som gjorde Mary med barn. Beauty vet mer än de flesta för förlossningar lossar många olika band. I den stora lättnaden mellan värkarna är det många som pratar mer än de skulle önska i efterhand men Beauty säger ingenting. Det hon får veta angår ingen annan.

Det Beauty känner till om Marys barns far är inget Mary sagt, men hon kan lägga ihop två och två, eller ett och ett och ett och ett. Flickans gifte morbror har minst fyra barn på byn, i flera fall resultat av brutala våldtäkter.

Det är en sanning som ingen i Marys familj skulle stå ut med, det förstår Beauty. Mary var helt enkelt tvungen att resa. Tänk om Beauty kunnat hjälpa henne då, då hade hon kunnat fortsätta i skolan och inte hamnat vid busstationen.

Men vad är det som gått fel?

Varför är Puni död?

Vad har Fader Abraham hört?

Och var har Puni gjort av kartongen?

Beauty tvärstannar och vänder för att springa tillbaka för att undersöka marken vid kroppen. Det lilla ledet av barn stannar också, beredda att följa efter henne, kanske händer något mer. Men Beauty såg ju inget där flickan låg och antagligen har familjen flyttat på kroppen nu, så om något bevis fanns kvar har de redan hittat det. Hon fortsätter hemåt.

Nu finns mer närliggande problem som de andra kartongerna under sängen hemma i huset. De måste bort, genast. Senare kan hon gå hem till Punis föräldrar för att dela sorgen och se sig omkring.

## TAMPA, FLORIDA, USA
**17 februari 2004**

*Hej pastorn. Det är jag, Melissa, som pratar, men det hör du väl. Däremot vet du ju inte vad jag heter. Melissa. Så nu vet du det. Det kan räcka. Som allt har blivit behövs inga efternamn.*

*Om jag berättar för dig har du tystnadsplikt, eller hur? Du för väl inget vidare? Även om vi inte är katoliker kan vi väl se det här som en sorts bikt?*

*Jag berättar lite då och då på det här bandet, när jag är ensam i rummet, så får vi se hur långt jag kommer. Och sedan får jag se om jag ger dig bandet. Det har jag inte bestämt än.*

*Jag tycker det är svårt att vara här, det händer så lite och jag tänker så mycket. Ibland tycker jag att väggarna flyttar sig så att det finns mindre och mindre luft att andas, men jag förstår att det inte är så. Ändå fortsätter väggarna att röra sig. Då händer det att jag gråter.*

*Jo, jag talar med Gud nästan hela tiden och det hjälper, men inte alltid. Gud är kärleken brukar du säga och ja, jag vet det, men Gud kan också straffa. Om Gud har tagit sin hand ifrån mig, då vet jag inte hur jag ska kunna leva.*

*Det har vi ju pratat om. Även om jag inte säger så mycket när du är här ska du veta att jag tycker om att du kommer.*

*Jag har ju lovat att jag inte ska säga något om allt som har hänt och det löftet har jag hållit. Men det är så ensamt.*

*Jag tänkte att det skulle kännas lite bättre om jag kunde berätta för dig, även om du inte kan svara. Gud lyssnar ju också och kanske kan han förstå mig lite bättre då.*

*Fast han vet ju redan. Så dum jag är.*

*Jag tänker mycket på dom andra och undrar hur dom har det nu. Jag tänker på honom förstås, men också på flickorna och pastorn och dom. Jag hoppas att dom är stolta över mig, för att jag har varit en Guds soldat, precis som han sa.*

*Så här tänker jag om det som lagen säger att jag har gjort:*

*Om du går i en park och får syn på en krypskytt som skjuter små barn då vill du ju stoppa honom, eller hur? Men om du då går till polisen och de säger att krypskytten bara använder sig av sin "rätt att välja" och att dom inte kan göra nåt för att det vore ett intrång i privatlivets helgd, den-som-skjuters privatliv alltså – vad skulle du göra då?*

*Om du pratade med krypskytten och han sa att han minsann tänkte fortsätta att knäppa barnen, ett efter ett, eftersom det var hans lagstadgade rätt, vad skulle du göra då? Skulle du titta på, eller skulle du försöka stoppa honom, på alla sätt du kunde?*

*Jag tror du skulle försöka stoppa honom.*

## ARLANDA FLYGPLATS, SVERIGE

**2 februari 2004**

28,1 kg i ljusgröna digitala siffror. Markvärdinnans välplockade ögonbryn rör sig knappt när hon trycker fast lappen "HEAVY".

Ellen drar ljudlöst efter andan och en kall rännil glider ner under armarna. Visst kan hon betala övervikten men ju mindre väsen kring hennes bagage, desto bättre.

De två välpackade handbagagen står gömda framför incheckningsdisken. Det händer då och då, allt oftare, att man vill syna och väga även handbagaget. Det har till och med hänt att Ellen tvingats skicka den större handbagageväskan på bandet.

Inte bra.

Inte bara med tanke på hundarna utan också för stöldrisken.

Men det verkar gå vägen den här gången, också.

Visumet bryr sig ingen om heller. Det brukar aldrig vara något problem på Arlanda och i det här passet finns bara fyra likadana visum. Tålmodigt köar hon med blicken långt i fjärran. Biljett, boardingpass, vanligt pass – igenom.

Till synes obesvärad hivar hon upp två blytunga kollin på bandet till röntgenapparaten. Väskan faller omkull med en smäll och vakten reser upp den men verkar inte bry sig om övervikten. Det är väl inte hennes jobb. Ibland kan Ellen ställa sig så att hon ser den genomlysta bilden där inget ser misstänkt ut. Några fyrkantiga formationer som kan vara en necessär, eller böcker. Efter 11:e september skickar hon alla kanyler i resväskan. De skulle bara veta.

En gång i tiden – evigheter sen känns det som fast det bara är tre år – påminde atmosfären i utrikeshallen på Arlanda Ellen om champagne. Bubblande, förväntansfull, spännande. Spontan taxfreeshopping och kanske ett glas vin i baren. I kiosken köpte hon damtidningar och resmålen var London eller Kreta och någon gång New York. Numera kommer hon alltid i exakt tid, varken för tidigt eller för sent. Hennes destination är alltid Zambia.

Ändå känns det annorlunda den här gången. Inte som vanligt. Hon mår lite illa och när hon stryker fingrarna över pannan är den aningen fuktig, kallsvettig. Det kan inte fortsätta så här. Både projektet och livet har blivit så komplicerade. Om hon dyker djupare ner i projektet, går det då att leva det vanliga livet? Och räcker det livet, den vardagen, om hon släpper projektet? Vill hon släppa det? Är det över huvud taget möjligt? Vem skulle kunna ta över?

I taxfreeshopen köper hon några plastflaskor gin och ett nytt nagellack, alltid samma sak. Plastflaskor för att det inte ska bli så tungt (praktiska Ellen!), gin för att det kan vara gott efter en lång dag i hettan (svalkande Ellen!) och för att gin och tonic innehåller kinin (medicinska Ellen!). Fast faktum är att hon köper fler flaskor numera, och att de töms allt snabbare (alkoholist-Ellen?).

Nagellacket då? En blåvit Konsumdeodorant fungerar lika bra som Dyra Märket och när hon noggrant jämfört mascarapriserna utföll jämförelsen till Åhléns fördel.

Men av någon anledning gäller det inte nagellack. Om någon pressade Ellen kanske hon skulle säga att nagellack är en kvalitetsprodukt där hållfastheten hänger ihop med priset.

Men egentligen vet hon att det inte är så. Hon älskar nagellackshyllorna i taxfreeshopen och är stolt över sina långa välvårdade naglar som i Afrika får vara hur blodröda som helst utan att någon reagerar. Hemma på kliniken tittar kollegerna snett på färgglada naglar så där uppträder hon med genomskinligt lack men hon vägrar klippa dem med argumentet att hon mer än en gång fått använda sin pekfingernagel som minimejsel och att hon kan plocka upp den tunnaste tråd.

Hon tänker på sig själv som Liza Minelli i favoritfilmen ”Cabaret” som viftade med mycket långa illgröna naglar: ”divine decadence”.

De naglar som nu räcker fram kontokortet för att betala är oskyldigt blekrosa medan den nyinköpta flaskans innehåll är chocklila – och svindyrt. Divine decadence, tänker Ellen med ett leende.

Medan hon dricker sitt kaffe med mjölk läser hon DN intensivt och möter inga andra blickar för hon vill inte träffa någon hon känner. Hon tänker mycket på hur hon klär sig när hon är på väg ut. Vit stickad bomullströja och blåa jeans, anonyma svarta resväskor, det långa håret i hästsvans och ingen make up. Hon vill inte synas.

Kanske ska hon ändå ringa, till mamma, eller till Björn, fast han har sällan mobilen påslagen på jobbet och glömmer ofta att lyssna av den. I början skjutsade han henne alltid till flyget men det har han slutat med, och det förstår hon, säger hon. Det är ju bara dumt att han ska ta ledigt från jobbet en halv dag när hon lika gärna kan ta en taxi. Puss på dig på morgonen, ha det bra, mejla när du kommer fram, lycka till, vi ses ju snart igen. När hon kommer hem brukar han möta henne på flygplatsen med bil. I alla fall. Men hur länge?

Men mamma uppskattar alltid ett telefonsamtal och när Ellen slår sin barndoms telefonnummer går fyra signaler fram. Generationsskillnader blir tydliga i telefonsvarare. Mammans är omständlig och väluppfostrad:

– Hej, du har kommit hem till Marianne Olofsson. Jag kan tyvärr inte ta ditt samtal just nu men jag ringer gärna upp om du lämnar namn och telefonnummer efter signalen. Tala gärna om när du ringde också. Tack för att du ringde.

Det dröjde flera månader innan mamma bytte meddelande och tog bort pappas röst. Hon visste inte hur man gjorde, sa hon, och så glömde hon bort det för hon ringde ju aldrig hem till sig själv och lyssnade på meddelandet. Men döttrarna – plågade av den spöklika rösten på bandet – misstänkte att det handlade om något annat. Att inte släppa taget, riktigt. Fortfarande står pappans namn på ytterdörren.

Ellen håller ett öga på sina väskor vid cafébordet medan hon hämtar påtår. Så dyrt som kaffet är på Arlanda bör man åtminstone utnyttja det erbjudandet, tänker hon och rundar en stor grupp vid två sammanflyttade bord.

– Ellen! Jag tyckte väl att det var du!

– Hej.

– Guuud så länge sen! Hur länge sen är det? 10 år?!

Åtta och ett halvt för att vara exakt.

När Ellen gjorde sin AT-läkartjänst på Örnsköldsviks kvinnoklinik fanns Margoth Oxenstierna där. Färdig läkare sedan många år och 15 år äldre. Energisk, pratsam och överklassig men bussig och rolig. De hade hjälpt bebisar till världen och skrapat ut missfall med samma undertryckta galghumor och fnissanfall i sköljen när sjuksköterskorna inte såg.

De blev vänner men tappade bort varandra när båda flyttade. Några jular kom julkort men de upphörde snart.

I Läkartidningen har Ellen läst att Margoth börjat forska sedan barnen vuxit upp. Det var något om immunsystem. Runt Margoth sitter en halv skolklass, eller med tanke på kroppslängden snarare ett basketlag:

– Det här är Ellen, som jag jobbade ihop med i Ö-vik. Och det här är Peter, min man.

Jo, en av de vältrimmade har gråa stänk i håret. Kanske känner hon igen honom.

Margoth presenterar sin stora familj, alla nickar förstrött, måttligt intresserade av mammans gamla bekanta.

Vilken massa utbildning utan en enda inandning, tänker Ellen. Och varför känner jag igen Peter? Vi kanske träffades då, i Ö-vik, eller kanske han är nån slags kändis.

– Och du? Någon sa att du håller på med din avhandling?

– Ja, fast det tar tid …

Ellen vill inte prata. Hon vill vara i fred med sin kaffekopp och inte möta gamla bekanta. Vill inte tycka om Margoth och hennes stora familj. Vill bara sköta sitt. Det räcker.

– Jag har den här resan och sen några månader vid datorn kvar. Jag forskar om mödradödlighet i ett distrikt i centrala Zambia.

– Det låter ju jättespännande!

– Du då?

Ellen flyttar gärna intresset från sig själv.

– Äsch, jag sitter mest vid datorn och jag får aldrig åka nånstans. Till Frankfurt på nån tråkig konferens, i bästa fall.

Margoth skrattar och vinkar avvärjande till familjen som vill vidare, mot taxfree, barer och annat lockande.

– Och var ska ni nu då?

– På semester. Titta på lejon och giraffer.

– Till Nairobi, antar jag.

– Nej, nu tänker vi satsa på Zambia och South Luwanga-parken. Har du varit där?

– Nej.

– Men du ska till Lusaka nu?

– Jaaaa.

Det går knappast att förneka.

– Då ska vi ju med samma plan. Var bor du?

”Hos goda vänner” vill hon säga, men det är inte sant och det går inte att ljuga för Margoth, eftersom hotellbussarna hämtar på flygplatsen.

– På Pamodzi.

– Vi bor på Intercontinental först men när vi kommer från safarin kan vi byta. Det vore *så* roligt att ses lite mer ordentligt, och prata om allt som har hänt. Det är om fem dagar.

Hela basketlaget sveper iväg högljutt dividerande om vad en CD-spelare kan kosta i taxfreeshopen. De är inte rädda för att synas eller höras.

På planet ser Ellen inte till Margoth före middagen och när maten serverats gömmer hon sig bakom ögonbindel, öronproppar och den frasande syntetfilten. Alternativet att begrava sig i forskningsrapporter fungerar inte. Hon har inte ett enda papper med sig, bara en halvdan pocketdeckare och den fungerar inte som värn mot en framstormande Margoth.

Det förvånar henne lite att Margoth hoppade över de vanliga familjefrågorna:

– Och hur är det annars? ... Har du barn?

”Är du gift?” frågar man inte öppet i Sverige idag. Men barn är offentlig egendom och en tillåten fråga.

Ellen går i en lång ljusgrön korridor. Kanske en kulvert. Inga fönster. Skrapmärken från rullstolar, sängar och sparkcyklar som nuddat väggarna. Hon har bråttom men kan inte springa. Hon rör sig i ultrarapid, som om hon gick i vatten eller i hård motvind. Ändå är allt alldeles stilla. Det enda hon är säker på är att hon håller på att komma för sent. För sent till något viktigt.

Ellen vaknar när flygvärdinnan kommer med den varma handduken. Hon grymtar ett tack och kastar den alltför heta tygbiten mellan händerna.

Drömmen är inte ovanlig. Ellen kommer ofta för sent i sina drömmar. Drömtydning intresserar henne inte men det är klart att hon förstår att drömmarna handlar om att inte räcka till. Men vem räcker till?

Då funderar hon mer på miljön i drömmen. Vad var det för korridor? Den finns inte på sjukhuset, hennes arbetsplats. Ändå hade den en tydlig sjukhusdoft. Desinfektionsmedel och rena lakan. Metall och gummi. Det målade betonggolvet hade nötts av tusentals vita träskor. Dörren längst bort i korridoren hade en mörkare grön färg och ett litet rektangulärt fönster. En operationssal?

Nej. När hon slumrar till igen, sveper dörren upp med ett pysande hydrauliskt ljud och där står en gynstol. Ett grönt tyg ligger över benen på patienten. Med bultande hjärta tittar hon, Ellen, fram över tyget. Hon tittar på doktorn, den grönklädda som rotar runt under skynket. Det är också hon. Båda två är hon. Och båda två är rädda.

Vid mellanlandningen i Harare har Margoth hittat Ellen som inte orkar låtsassova längre. Hängande över den medpassagerare som Ellen knappt växlat ett ord med scannar Margoth hela frågeschemat, och Ellen svarar så lite som möjligt, utan att vara direkt ohövlig.

Jo, hon är gift med Björn som hon träffade på grundutbildningen. Han är också läkare men sysslar numera helt med forskning och arbetar i läkemedelsindustrin så det är inte konstigt att Margoth inte känner igen hans namn. De bor i Solna i en lägenhet. Inga barn, nej, det har inte hunnits med ännu. Ellen arbetar på förlossningen på Karolinska sjukhuset men har ofta varit tjänstledig för att forska.

Ellens pappa är död men mamman lever och allt är bra med systrarna.

Varför skulle hon inte berätta? Margoth har alltid varit nyfiken, men snäll, och inget av det Ellen berättar är hemligt. Ändå är det svårt.

Medan Margoth pladdrar på om sin forskning, om barnens framgångar, om villan i Stocksund, om sommarstället på Dalarö, om årliga semestrar med hela familjen, de senaste åren i Afrika – "Thailand har blivit så turistiskt" – funderar Ellen på hur hennes liv förändrats.

För två år sedan hade hon blivit glad över att träffa Margoth. Ellen hade gärna ätit lunch med henne, sett henne som en snäll storasyster, bett om goda råd kring avhandlingen, fjädrat sig lite över det exotiska i sitt projekt, kanske hade hon till och med bjudit hem Margoth och hennes man och lagat någon lite märkvärdig mat och fått beröm. Björn hade nog gillat dem.

Nu hoppas hon bara att Margoth & co ska bli så upptagna av varandra och flodhästarna att Ellen kan försvinna. Hon behöver ingen som frågar efter hennes person eller hennes ärende i Zambia.

Ellen bläddrar förstrött i flygtidningen i stolsfickan. På en världskarta är breddgraderna markerade. Nu kan hon räkna efter hur långt borta hon egentligen är. "80° från Varmvattnet" mumlar hon och kommer ihåg en snöig kväll för inte så länge sedan.

---

– Skål för nästa resa och en ny vän i viken!

Ellen och Anne-Marie ställer med var sin smäll ner sina vinglas och nickar belåtet. Alla företag tänker inte bara på pengar. Juntans nya partner har visat sig vara både pålitlig och generös. Tack vare Anne-Maries kontakt med sin chef är kommunikationen rak och enkel. Ellens nästa insats kommer att bli lättare, med bättre resurser. Och Björn är inte hemma så de kan tala öppet.

– Men herregud, är vinet redan slut!? säger Anne-Marie. Hur mycket har vi druckit? Jag borde nog gå hem nu.

– Det är ingen fara, jag har en låda till. Titta i skafferiet längst ner. Jag måste gå på toaletten.

Ellen vinglar till när hon drar ner strumpbyxorna för att sätta sig på toalettstolen. Jag ska nog inte dricka mer nu, tänker hon, och ångrar att hon berättade för Anne-Marie om vinlådan. Men när hon blaskat av ansiktet med lite kallt vatten från handfatet känns det bättre. Det är inte varje dag någon av Juntamedlemmarna kommer på besök. Björn är borta, för en gångs skull. Och Ellen har länge varit nyfiken på Anne-Maries historia.

Hon hämtar en flaska mineralvatten i kylen på vägen tillbaka till soffan och dimper ner bland kuddarna, fortfarande lite ostadig.

– Vad menar du med att du har ”erfarenheter av rättssystemet”?

– Äsch, ibland pratar jag för mycket.

Anne-Maries välstrukna bomullsskjorta har åkt upp ur byxlinningen och hon försöker tafatt peta ner den. Hon är inte heller nykter, konstaterar Ellen och det känns lite bättre.

– Det är väl inte det som är ditt problem, säger Ellen med en tydlig underdrift. Du är ju skithemlig!

– Tack detsamma.

– Vadå, jag är ju som en öppen bok!

– Psschh. Anne-Maries invändning låter som när man pyser ut luften ur en luftmadrass. Skitsnack!

– Vad vill du veta då, undrar Ellen och fyller vinglaset med vatten, för säkerhets skull.

– Varför du håller på så här?

Ellen tittar på gatlyktan utanför fönstret. Hon svarar med en motfråga och känner igen sig, inser att hon ofta gör det. Vänder uppmärksamheten från sig själv. *Är* hon hemlig?

– Tycker du inte det vi håller på med verkar vettigt?

– Jo, vettigt kanske, säger Anne-Marie, men konstigt. Du har det ju bra som du har det och du skulle kunna leva ett lugnt och bekvämt liv.

– Det skulle ju du också.

– Det gör jag väl, och jag utsätter mig inte för några stora faror. Och sen är jag mer den sorten …

– Vilken sort?

– Sorten som tar risker.

– Hur då?

– Nä, det var inget.

– Larva dig inte. Den som sagt A får säga B.

– Lova att du inte säger nåt till dom andra.

– Promise! Som i sin barndom räcker Ellen fram tummen och tummar på att inte avslöja Anne-Maries hemlighet.

– Nu har du lovat! påminner Anne-Marie och tar en klunk till av vinet.

– Jaa! Berätta nu!

– Jag är dömd enligt brottsbalken.

Så underligt högtidligt det låter. Som ett utdrag ur en lagbok.

– Är du?! För vadå?

– Bedrägeri.

– Det var som rackarn. Satt du i fängelse?

– Ja. Ett år.

– Vad hände?

– Dom upptäckte mig och polisanmälde mig, förstås.

– Ja, ja. Det begriper jag. Men hur gick bedrägeriet till?

– Det var egentligen jättelätt. Barnsligt enkelt. Dom hade inget säkerhetssystem alls. Det skrev dom i domen och det var ett skäl till att jag bara fick ett år.

– Hur mycket snodde du då?

Anne-Maries lugna röst låter annorlunda, trotsig och lite gäll när hon svarar:

– Tre miljoner lite drygt.

– Det var som fan.

Ellen ser på sin väninna med helt nya ögon.

– Vems pengar var det?

– Försäkringsbolagets. Jag jobbade där som skadereglerare.

– Hur bar du dig åt?

– Jag hittade på, både skador och kunder. Sen förde jag över pengarna till mitt eget konto.

– Och det märkte dom inte?

– Det tog över två år. Men det är klart jag förstod att dom skulle upptäcka det till sist.

– Och ändå fortsatte du?

– Jag tog reda på vad straffet kunde bli. Max två år, eftersom jag inte var straffad tidigare. Det kunde det vara värt, tyckte jag.

Kunde det? undrar Ellen. Hon har druckit upp vattnet och häller upp mer vin, både åt sig själv och Anne-Marie. Anne-Marie drar fingrarna genom håret och har gjort en paus för att släppa in fler frågor.

– Vad gjorde du med pengarna?

– Reste upp dom, köpte kläder, renoverade min lägenhet.

– Och vad hände när dom upptäckte vad som hänt?

– Dom polisanmälde mig förstås, och det var inget snack om att jag var skyldig, jag hade inte ens försökt sopa igen spåren. Men före rättegången bjöd bolaget mig på lunch för att jag skulle ge dom råd om hur säkerhetssystemet skulle kunna förbättras. Dom krävde inte att pengarna skulle återbetalas, dom var alldeles för skamsna för det och ville väl att historien skulle passera så obemärkt som möjligt så att inte deras kunder fick se hur dålig ordning dom hade på försäkringstagarnas pengar. Och domen gick på samma linje. Systemet nästan uppmuntrade till brott, sa min advokat i sin plädering.

– Herregud.

Anne-Marie sträcker ut benen under soffbordet för att räta på ryggen och komma åt att stoppa in skjortan i byxorna. Små svettfläckar syns under armarna och hon har sparkat av sig skorna. När hon för några timmar sedan satte sig i Ellens nötta skinnsoffa såg hon sval men obekväm ut. Eller – den gamla soffan såg obekväm, nedsutten och ofräsch ut. Anne-Maries välpressade kostym krävde en benvit soffa, eller kanske en ljusgul, hade Ellen tänkt. Nu passar plötsligt Anne-Marie och soffan mycket bättre ihop.

– Men hur var det i fängelset? fortsätter Ellen.

– Nja, inget vidare förstås, men dom flesta tjejer som sitter på kåken är knappt läskunniga. Dom har hållit på och strulat hela livet, kan inte skriva brev eller överklaga förflyttningar eller nåt, så jag blev lite av supermorsa åt dom, och jag var ju snäll och anpasslig så plitarna gillade mig också. Och så träffade jag ju Åsa där …

– Åsa?

Ellen drar upp benen under sig i soffan. Nu måste hon tänka. Ellen vet att Anne-Marie är lesbisk och lever ihop med Åsa. Juntan har bara träffat Åsa några gånger. Hon är en liten blyg tjej, rätt mycket yngre än Anne-Marie.

– Satt hon också inne? Eller jobbade hon där?

– Hon satt inne.

– Varför det?

Nu kan ingenting förvåna Ellen längre.

– Det gamla vanliga. Taskig morsa, ingen farsa, fosterhem, ungdomsvård, öl, hasch, sprit, amfetamin. Fick stryk av alla karlar hon mötte. Hon var bara 24 när hon gjorde sin andra volta på Hinseberg. Lite narkotikabrott och nån olovlig körning och urkundsförfalskning. Det här var ju tio år sen, när det fortfarande fanns checkar att förfalska. Vi fick cellerna bredvid varandra. Och på den vägen är det...

– Hur då – "och på den vägen är det"?

Ellen hör att hon låter onödigt skarp.

– Vi blev kära i varann.

– Ja, det begriper jag, men hur då?

– På det gamla vanliga sättet, antar jag.

Nu är det Anne-Marie som låter irriterad.

– Nej, men jag menar – hade ni varit ihop med tjejer förr?

– Inte jag. Jag hade knappt varit ihop med nån. Jag hade en pojkvän när jag tog studenten men han gjorde slut och sen hittade jag aldrig nån annan. Före Åsa. Det var nog därför jag snodde pengarna. Jag var väldigt ensam och hade så tråkigt. Ingenting hände. Det blev i alla fall ett spänningsmoment. Hade jag inte träffat Åsa hade jag nog fortfarande varit ensam och då hade det varit lätt att fortsätta med brott, men då hade jag väl varit tvungen att hitta på nåt smartare. För jag gillar det, planerandet och risktagandet och kalkylerandet. Låter det knäppt?

– Jag vet inte. Jag har aldrig tänkt så.

– Har du inte? Anne-Marie låter skeptisk.

– Hur var det med Åsa då? Var hon lesbisk?

– Hon hade haft ihop det med både tjejer och killar i knarksvängen. Det som lönade sig bäst, liksom. Men egentligen var det nog likadant.

Hon var också en ensam själ. Skepp som mötas i natten...

Anne-Maries blick fastnar på gatlyktan utanför fönstret. Ett lätt snöfall dimmar bilden.

– Det var det värsta, säger Ellen, mer för sig själv.

– Vill du ha lite kex och ost?

– Ja tack.

Ellen hämtar två små krukor färskost, en med vitlök och en med hackade örter, som hon gjort till middagen med Björn kvällen före. Kexen har sesamfrön och är goda, det vet Ellen. Nu krävs påfyllning av energiförrådet. Och lite mer vin. Men bara lite.

– Men sen då, fortsätter Ellen när hon dukat fram och räckt Anne-Marie ostkniven som farbror Bertil gjort av älgben.

– Gick det bra för er att skaffa jobb och så? Är det ingen som har frågat vad ni gjorde dom där åren?

– Vi hade tur. Först fick vi jobb via fängelset, mer som arbetsträning, men ganska snart började vi söka andra jobb, och Åsas chef på Åhléns hade själv nåt halvskumt i sin bakgrund och tyckte att folk skulle få en andra chans. Och jag – jag sökte bara på formella meriter. Jag var ju över 30 och hade haft flera bra jobb. Det där förlorade året förklarade jag med att jag pluggat men blivit sjuk och inte klarat en hel examen. Och det var ju lite sant. Jag pluggade i fängelset och fick ihop några få poäng. Som tur var ringde ingen försäkringsbolaget. Jag hade inte lämnat dom som referenser heller.

– Nähej, det kan jag nog förstå.

Ellen är inne på sitt tredje ostkex, och ännu ett påfyllt vinglas, när Anne-Marie kontrar:

– Nu är det din tur. Vilken hemlighet bär du på? Jag lovar – hon tummar symboliskt i luften – att inte berätta.

– Vadå? Jag har ingen hemlighet.

– Nåt konstigt är det. Varför släpper du en tjusig akademisk karriär för att ge dig in på nåt som är så osäkert, och faktiskt olagligt. Du kan ju åka fast, du också.

– Äsch.

– Det kan du visst. Vet du om att du ibland är rätt korkad?

– Vad menar du med det?

– Jag tror att du tar onödiga risker. Nåt konstigt är det. Skiter du i hur det går för dig? Vad säger han, vad heter han, Björn?

– Han säger ingenting.

– Det tror jag inte på, säger Anne-Marie snabbt.

Ellen känner att det hettar i ansiktet. Det angår inte Anne-Marie vad Björn tycker, och hur kan hon påstå att hon inte tror vad Ellen säger!? Den väluppfostrade smidiga sekreteraren är som bortblåst. Anne-Maries röst har en ny skärpa.

– Hur mycket vet han?

– Han vet det viktiga, att vi hjälper folk och inte gör nåt kriminellt, åtminstone inte särskilt mycket.

– Gör vi inte?

Anne-Marie håller inte med men släpper tråden.

– Vad tycker han om att du är borta så mycket?

– Det gillar han inte, men jag har sagt att jag ska vara hemma mer nu. Tror jag.

– Har ni det bra?

– Jaa! Skärpan i Ellens röst betyder ”hit men inte längre”. Anne-Marie fattar.

– Strunta i Björn då. Vad är det du försöker bevisa? För vem då?

– Ingenting. Jag försöker bara göra det som är rätt.

– Och var har du fått det ifrån? Vem har lärt dig vad som är rätt?

– Pappa, antar jag.

Ellen tänker efter en stund till.

– Och farfar. Och farmor. I Varmvattnet.

– I varmvattnet? Från varmvattnet till hetvattnet?

Ellen måste anstränga sig för att följa de vinmarinerade tankarna. Nyss, när hon sa Varmvattnet, stod allt alldeles klart. Att alltihop kom därifrån. Från de röda husen i sluttningen ner mot sjön. Från backen med rallarrosor och bryggan där man kan få mört på metspö. Från skogen med lingonen och blåbären och saltstenen till älgarna. Nu kan hon inte riktigt följa tankespåret, och att berätta om det känns omöjligt. Det är så lite ord. Mer en känsla. Hur ska Anne-Marie kunna förstå när hon knappt gör det själv?

– Nej, du förstår inte. Varmvattnet är en by. Där bodde min farfar och farmor och där föddes min pappa. Jag var där rätt mycket när jag var liten.

– Jaha?

– Där handlade allting om att göra rätt, att göra Det Rätta.

– Hur då?

– Farfar var nykterist, och ordförande i Nykterhetsnämnden, eller vad det hette, och mitt i natten åkte han iväg i sin gamla Opel för att ta hand om nån alkis som bråkade med sin fru och som efter en skarp tillsägelse fick sova ruset av sig i uthuset på gården. Och farmor var missionsförbundare, och ledde syföreningen, och åkte hem och tröstade alkisens fru och lagade alltid extra mycket mat för att det skulle räcka om nån kom förbi. Det kom nästan alltid nån förbi. Och de skickade alla pengar som blev över till de fattiga svarta barnen i Afrika.

– Och fast hon var jättekristen, ja, jag tror att hon sov med bibeln under huvudkudden, var hon aldrig fördömande och förstod alltid dom som hade det svårt. Det är ju länge sen farfar och farmor dog, men jag tror inte att hon skulle ha nåt emot det vi gör nu.

Ellens röst sviker. En klump i halsen går inte att svälja ner. Hon snorar lite, hittar en servett vid ostfatet och snyter sig.

– Ända upp i 60-årsåldern hade dom fosterbarn, säger hon. Jag älskade att vara där. ”Har du gjort nåt av bestående värde idag” brukade farfar fråga, när han kom och satte sig på min sängkant när farmor hade läst aftonbön med mig. Då fick jag tänka efter. Hade jag det? Det tänker jag fortfarande, nästan varje kväll.

Ellen torkar en tår som rinner nerför kinden.

– Men du var väl en duktig flicka som det gick bra för i skolan? frågar Anne-Marie. Annars hade du ju inte kunnat bli läkare.

– Jo, men det räknades liksom inte. Att göra sina läxor eller ha bra betyg var inget ”av bestående värde”. Det var en grundförutsättning. Det skulle jag göra, förstås. Men nåt mer krävdes.

– Och din pappa då?

– Han var deras son. Han försökte göra rätt på sitt sätt. Vi var inte alltid överens om hur det såg ut. Fast han frågade samma sak, om det där med bestående värde.

Ellen reser sig upp. Det snurrar till och hon får hålla i soffgaveln.

– Kanske har du rätt om det där med varmvattnet och hetvattnet. Hur långt kan det vara till Zambia?

– Jävligt långt.

– Söder om Varmvattnet kan det förstås bli rätt varmt.

– Ja, passa dig så du inte bränner dig.

Anne-Marie plockar ihop vinlåda, glas och ostar medan Ellen vacklar in i badrummet. Hon behöver kissa, och borsta tänderna, och gå i säng. Anne-Marie ringer efter en taxi.

Ellen minns precis på dagen, timmen, minuten, när hon la ner sin forskning. Inte formellt, nej, formellt är hon fortfarande igång och levererar då och då några förströdda papper till sin allt tröttare handledare. Men i Ellens hjärta dog det akademiska projektet på en omålad bänk i den afrikanska solen, en septembereftermiddag för två år sedan.

Sorgen hade drabbat byn, och i Afrika är sorgen en demon som måste drivas ut. Skrik och klagan i olika tonarter och med olika styrka, de närmast sörjande fick stöd av släktingar och vänner. Ellen önskade att det varit möjligt att hålla för öronen. Men Ellen var en viktig utländsk gäst, med placering på bänken närmast familjen.

Några av kvinnorna sjöng en långsam gungande sång.

–Oh Jesus, oh Jesus…

Gospel, tänkte Ellen, för att stänga ute skriken. Hon ville inte börja gråta själv, den stilla gråt som är hennes skulle kännas fel, alltför tunn och oengagerad. Tänk på nåt annat! Gospel, tänker hon igen, men tror inte det heter så i Afrika. Det var ju här alltihop började. Rythm and blues. Rock and roll. Vi andra har fått låna och ändrat lite här och där men det är här rytmen föddes, det är här den hör hemma.

Men om musiken är uråldrig och ständigt skjuter nya skott i den röda jorden har Jesus kommit med den vite mannen. Han tar massor av plats och verkar trivas.

Det tog tid för Ellen att vänja sig vid de ständiga åkallelserna – för att öppna ett möte eller avsluta det, före maten eller efter maten och i vanliga hälsningsfraser om Herrens goda vilja. Böner och välsignelser ständigt och jämt. På riktigt, inte bara som formalia. Jesus är ständigt närvarande under den heta solen.

– Oh Jesus, my Lord, bring mercy...

Att Jesus byggt bo kanske inte gjort så mycket om han inte hamnat i så dåligt sällskap.

– Oh Jesus, my Lord, bring mercy...

Sången växlade mellan engelska och andra språk, precis som i vanliga samtal. Ellen har gett upp försöken att lära sig, eller ens känna igen de olika språken. Hon kan några hälsningsfraser på nyanya och några på bemba och att hon kan säga "hej" och "tack" gör människor imponerade – få vita brukar bry sig – men sedan går det bra med engelska eller teckenspråk. Det mesta hon behöver framföra är dessutom rätt handgripligt.

Färgglada klänningar och rakryggade vita skjortor över gungande fötter i billiga plastsandaler. Begravningar är alltför vanliga och de döda alltför unga men den här var värre än vanligt. En så meningslös död. Alldeles alldeles alldeles i onödan.

När Patricia kastade sig framför tåget förstod ingen någonting. Hennes livlösa kropp släpades med loket flera hundra meter innan lokföraren lyckades stanna. Han var förtvivlad men hävdade envist, gång efter gång, att flickan bara plötsligt funnits där. Hon måste ha hoppat fram eller blivit knuffad från ett buskage, det var ingen vanlig olycka och lokföraren hade ingen chans att stanna. Om det inte funnits vittnen, några kvinnor som sålde rostade majskolvar på andra sidan järnvägen, hade lokföraren inte blivit trodd men kvinnorna bekräftade hans historia. Flickan hade suttit på en sten vid buskarna och när tåget kom rusande reste hon sig och klev ut på spåret. Det gick fruktansvärt fort.

Men varför? Patricia var duktig i skolan, verkade trivas med livet och ville bli läkare.

När Ellen träffade henne första gången var hon 15 år och med i en teatergrupp som spelade gatuteater om aids. Hon var snabb i huvudet och talade bra engelska och Ellen behövde en tolk. Patricia följde Ellen ut i byarna, tolkade och förklarade och blev den länk som den vita kvinnan behövde för att bli insläppt i hyddor och föreställningsvärldar. Själv fick Patricia lite betalt och lärde sig mycket om läkaryrket. Den sista tiden hade skolan krävt mer av henne så Ellen hade fått klara sig med andra tolkar.

Och så – helt oväntat – klev Patricia ut framför tåget.

Begravningsgästerna sjöng med gungande rytmer och Patricias mamma brast ut i nya skrik medan fadern höll sin hustru hårt i handen. Några skabbiga hundar strök runt begravningsgästernas fötter utan att begripa något.

Ellen funderade på om det varit något hon kunnat göra, något hon kunnat se, om hon hade kunnat hjälpa.

Det torra gräset kittlade hennes ben under den långa kjolen. Några myggbett kliade, och oroade. När hade hon fått dem? Här är myggbett inte bara ett irritationsmoment, de kan vara riktigt farliga. Malaria. Hade hon glömt att smörja in sig?

Ett av problemen med att bli vuxen är att man plågas av mygg. När Ellen återvänt till sin barndoms björkbackar och älvstränder har hon förvånats över hur hon som barn och tonåring kunnat stå ut där hela kvällar, ibland hela nätter. Myggplågan har inte förvärrats – hon har frågat – utan alltihop handlar om tolerans. Nu krävs sjalett, myggmedel, långärmat och byxorna nedstoppade i strumporna för att hon ska kunna njuta av de ljusa sommarnätterna i midnattssolens land.

Fördelen är att samma överkänslighet, liksom Apotekets myggmedel, följt med till Afrika så hon brukar inte få myggbett. Hon kliade sig irriterat och lyfte på anteckningsblocket i ryggsäcken på jakt efter Myggaflaskan.

– Hur kan du gå omkring här och föra anteckningar när du skulle kunna göra något istället?

Rösten var lågmäld och kontrollerad, men rasande. Tårarna rann sakta nerför Doras kinder medan hon rättade till babyn vid bröstet. Ellen fortsatte plocka med sin anteckningsbok och klappade sedan tafatt Patricias storasyster på den våta kinden.

– Vad menar du?

– Patricia var med barn.

Ellens hand sjönk ner i knäet och Dora höll för ena näsborren, fräste ut gråtsnuvan i gräset och torkade av handen mot en tuva.

– Hon bad mig om hjälp att ta bort barnet.

– Hur då? undrade Ellen men insåg att hon nog inte ville veta.

– Jag försökte men inget av det jag kände till fungerade. Patricia kräktes och blödde och plågades men barnet bet sig fast. Det var därför hon inte kunde jobba mer med dig, hon var sjuk i flera månader. Jag tror att mamma förstod men hon sa inget. Snart skulle det synas och saken måste ordnas.

Dora klappade sin sistfödda på det lockiga huvudet. Hennes andra barn satt på trappan till huset och tittade storögt på alla begravningsgästerna.

– Jag tyckte inte att det var någon katastrof, barn ska man ju ändå ha förr eller senare, men för henne var det det. En katastrof alltså. Jag gifte mig och fick Pilot, han som är sex nu du vet, ungefär samtidigt, då var jag sexton. Men Patricia, hon ville inte. Hon ville absolut inte gifta sig med barnets pappa som är hennes lärare i skolan. Har du träffat honom? Mister Phiri?

Jo. Ellen hade träffat honom. En sympatisk man i 35-årsåldern, vältalig och med ett stort vitt leende och kunskap om brittisk litteratur.

– Vår familj hade nog kunnat tvinga honom att ta henne som andra hustru, säger Dora. Men det vore ett öde värre än döden, tyckte Patricia. Så hon valde döden.

Myggaflaskan hade fallit ur Ellens hand men hon höll ett fast grepp om anteckningsboken, som om den kunde skydda henne. Hon frös mitt i solskenet.

Plötsligt reste sig Dora upp, med babyn dinglande på armen. Med den andra handen rättade hon till tröjan över bröstet där en mjölkdroppe hängde kvar. Hennes röst var fortfarande lågmäld men kroppsspråket hade ändrats och blivit hotfullt när hon lutade sig fram mot Ellen:

– Komma hit och studera oss!? Titta på oss som dom apor du väl tycker att vi är. Föra anteckningar och skriva i böcker och så småningom få en massa betalt och nåt fint jobb för att du gått runt och tittat på oss! Du vill till och med att vi ska hjälpa till, som Patricia gjorde. Tolka och förklara och hjälpa dig förstå så att du kan skriva dina rapporter och dina böcker och få dina pengar i ditt fina vita land där borta.

Dora tar en paus för att räta till barnen på höften. Ingen annan lyssnar, alla är upptagna av sorgen.

– Patricia berättade att du egentligen är doktor, fortsätter kvinnan. Att du vet hur man ska göra och har studerat en massa år för att kunna hjälpa människor och att det finns bra mediciner i ditt land. Ändå går du bara här och tittar på oss. Under tiden dör vi och våra kära i sjukdomar, eller kastar oss framför tåg för att vi inte ser nån annan utväg. Att du inte skäms!

Det mörkbruna tårvåta ansiktet förändrades plötsligt framför Ellen. Som i en dubbelexponering på film.

– ...en massa betalt och ett fint jobb ... när du skulle kunna hjälpa till!

När hennes ögon ställt in skärpan såg hon en ljusgrå mustasch under ett par blåa uppfordrande ögon:

– Har du gjort nåt av bestående värde sen sist?

Dora grät hejdlöst när prästen hällde en skopa röd jord på kistan. Han begravde hennes lillasyster tillsammans med en doktorsavhandling.

## LUSAKA, ZAMBIA
### 3 februari 2004

Och vad är det här?!

Tullaren vrider på en av de vita kartongerna i den öppnade resväskan. Ellen har varit med förr. Tullaren är inte ett dugg intresserad av vad "det här" är. Han har ingen aning om införsel är tillåten eller förbjuden, han vet ingenting om vilka tulltariffer som eventuellt gäller, han chansar. Han är fattig, han har en familj att försörja och han ser henne som en vandrande plånbok.

Om Ellen hade kunnat skulle hon protestera och vägra betala. Vägra underhålla detta system som förstör all hederlighet, sätta sig ner och kräva att tullaren tillkallar sin överordnade, om så krävdes hans överordnade och hans överordnades överordnade och begära fram de bestämmelser de hänvisar till. Hota med inrikesministern – vad som helst.

Men nu är det inte så.

Kanske kan tullarna lukta sig till att hon inte kommer att bråka. De stoppar henne ofta och rotar runt i hennes väskor, men ingen verkar minnas henne eller skriva några rapporter. Såklart inte, allt sker ju inofficiellt. Om någon skulle redovisa mutorna skulle fler vilja vara med och dela.

På ett sätt är det hennes räddning.

Ellen plockar fram en bunt dollarsedlar i små valörer, i förväg hårt ihoprullad och med gummisnodd omkring, så att tullaren inte ska kunna räkna dem utan att någon märker det innan han bestämmer sig för att låta pengarna glida ner i fickan och släppa igenom henne. Det har hänt att hon betalt i kwacha, men det har hon slutat med. Dels tänder de gröna dollarsedlarna ett annat ljus i de mutades blick, dels är deras ögonmått bättre när det gäller den egna valutan.

Så öppnas de automatiska dörrarna och hon är igenom, igen.

Strax bakom henne knuffas en lång svettig amerikan med portfölj. Han kan inte vara van vid Afrika. Kostym och väst!

Hettan slår emot henne som en varm vägg och hon drar av sig den stickade tröjan och knölar ner den i ryggsäcken. Fast flygplatsen är en prövning reagerar kroppen instinktiv positivt på värmen. Äntligen. De spända musklerna gläds åt den varma vinden och ljuset och det frusna skelettet förstår varför människosläktet valde att födas i Afrika och undrar varför det nånsin flyttade därifrån.

Ett av hjulen på bagagekärran är trasigt och vagnen svårstyrd. Väskorna är tunga, men Ellen sjasar undan alla hjälpsamma händer. Visst skulle hon kunna behöva hjälp, och visst skulle de tjänstvilliga behöva några slantar till sina stora familjer men Ellen orkar inte med dem. Hon vill vara i fred och klara sig själv. ”Typiskt svenskt”, tänker hon vresigt.

Så kommer taxiattacken. De hårt arbetande chaufförerna trängs med skojarna och alla har blanka ansikten och kortärmade skjortor. De flesta har bilar som inte skulle ta sig *in* på Svensk Bilprovning, och absolut inte *ut*. Ellen har åkt i taxibilar där hon trampat igenom det sönderrostade underredet och fått hjälpa chauffören att trycka fast växelspaken när han ska växla. För att inte tala om alla gånger hon betalt i förskott för att chauffören ska kunna hälla i de deciliter bensin som krävs för att nå målet.

Men här finns också de genomsnälla och serviceinriktade. Som han som inte ville ha betalt alls förrän han fått köra henne tillbaka till hotellet från restaurangen, ”det är inte säkert här för ensamma kvinnor, och jag vill inte att ni ska råka illa ut så jag kommer tillbaka om en och en halv timme, madam, blir det lagom? Gå inte ut, jag kommer in och hämtar er.”

Men nu ska hon inte åka taxi och med blicken hårt fäst vid trottoarkanten några meter rakt fram ignorerar hon alla som sträcker sig efter bagagevagnen.

– Madame! Taxi!?

– Madame! Taxi to the city? Very cheap!

– Miss! Can I help you?

Det vita ljuset slår emot henne och hon letar efter solglasögonen medan t-tröjan klibbar mot ryggen. I rännstenen ligger ihopknycklade coca cola-burkar och lortiga plastpåsar. Med den knaggliga bagagekärran zickzackar hon sig förbi groparna i asfalten.

– Buss till hotell Pamodzi!

Chauffören som kör minibussen från hotellet är glad att se henne igen och konstaterar att hon som vanligt har mycket bagage.

– Papper och böcker, ler hon ursäktande och sticker åt honom en slant.

Bussen är inte full men Ellen trasslar sig ändå längst bak och sätter sig närmast fönstret med en avmätt nick till den uppspelta brittiska semesterfamiljen. Solglasögonen skyddar lite. Hon vill inte prata med någon. Den kostymsvettige amerikanen har accepterat bärhjälp från terminalen och betalar en överlycklig ung man med en tjugodollarsedel. Han har kanske inte hunnit växla men Ellen skulle hellre släpa sina väskor själv än att överbetala på det sättet och det handlar inte om att hon inte har råd. Att kasta dollarsedlar efter fattiga människor är ett tecken på att pengar inget betyder, och eftersom mina pengar inget betyder har nog dina inget värde heller. Ellen säger sig att hon visst betalar, för hon har råd, men summan ska vara på rätt nivå. Annars känner hon sig som en kolonial översittare. Hon är inte säker på att bärarna på flygplatsen skulle hålla med henne.

Amerikanen verkar inte finnas med på chaufförens lista men visst kan han få åka med ändå. Han hälsar glatt på de andra passagerarna och sätter sig vid motstående fönster, längst bak.

Margoths stora familj har inte kommit fram till hotellbussarna ännu så med lite tur hinner Ellen iväg innan de kommer. Men nej, här kommer hela gänget under ledning av sin coach. Margoth är så upptagen med att räkna barn och väskor att hon glömmer att titta efter Ellen. Skönt. Måtte de försvinna i nationalparken och aldrig dyka upp igen.

Vägen in till Lusaka centrum har faktiskt blivit lite bättre. De stora groparna i vägbanan fylldes igen inför ett stort panafrikanskt möte härom året och överlastade minibussar dånar fram i 100 kilometer i timmen. Här och där en blanksvart Mercedes med rökfärgade bakrutor som signalerar regeringsfolk eller affärsmän. Biståndsarbetarna kör fyrhjulsdrivna jeepar.

Vid vägkanten – man kan inte kalla den knöliga marken för trottoar – går människor. Flickor i kritvita skoluniformsblusar och veckade kjolar, arbetare med jordiga verktyg i händerna, kvinnor med tunga bördor på huvud och rygg, gatpojkar med smutsiga kläder och något vilt i blicken. En kvinna med ett stort knyte på huvudet och underkroppen svept i det stormönstrade chitenjetyget står och vaggar vid det breda diket vid sidan av vägen. Hon balanserar och tar sats, inser Ellen, och precis när kvinnan hoppar ser hon det lilla barnet som dinglar på ryggen. Förstrött rättar kvinnan till bördan på huvudet och går vidare, rakryggad.

Det som utmärker Afrika, tänker Ellen, är att alla människor *går*. I timmar, dagar, mil efter mil. I Vietnam cyklar alla som har en chans att köpa en cykel. Eller – om man lyckats bättre – kör motorcykel med hela familjen på pakethållaren. När Ellen och Björn gick på läkarutbildningen tog de en sabbatstermin och arbetade som volontärer på ett sjukhus i Hanoi. Och då cyklade de hela tiden.

Åtminstone en cykel borde vara möjligt även för många afrikaner men man ser dem sällan. Kanske har människorna helt enkelt inte så bråttom i Afrika, det får ta den tid det tar att ta sig fram. Behöver man gå hemifrån två timmar innan jobbet börjar är det väl så och med lite tur kan man få skjuts en bit.

Betyder det att afrikanerna är lyckligare?

Eller bara fattigare?

Ellen lutar sig bakåt i bussfåtöljen och blundar.

Hon har blivit bra på att sova på flygplan, bara hon följer sina rutiner. Gin och tonic, middag med rödvin, kaffe och konjak. Inget samtal med medresenärer, av med skorna och på med mjuka strumpor, uppknäppt byxlinning, ungefär en halv film, öronproppar och nackkudde, filt. Hon har sovit även på denna resa och är egentligen inte så trött.

När hon kommer till hotellet får hon inte glömma att skicka ett mejl till Björn och berätta att hon är framme och att allt gått bra och be honom ringa sin svärmor. Ellens mamma har blivit alltmer orolig när Ellen reser. Innan pappan dog bekymrade hon sig inte alls men nu tyder hon varje nyhetsrapport om oro i världen till det värsta. Att de bomber som smäller på Bali finns ett halvt jordklot från Zambia har blivit allt svårare att förstå men Björn har bra hand med henne och lugnar henne mycket bättre än Ellen själv klarar.

Björn har över huvud taget bra hand med folk, tänker hon. Egentligen är det underligt att det är hon som blivit kvar bland patienterna medan han sitter vid ett mikroskop. Hennes systrar, som hon själv ofta råkar i gräl med, älskar sin trivsamme svåger. Ibland tycker de nog synd om honom för att han fått en så tjurskallig fru.

Det är nog Björns okonventionella barndom som lärt honom människokärlek. Han växte upp med sin mamma, morbror och moster i en stor våning i Uppsala. Björns pappa, skild från mamman sedan Björn var spädbarn, var också välkommen och hela gruppen åkte alltid på semester tillsammans, med den lille pojken i centrum. Ellen trivs hos klanen och jämför ibland avundsjukt med sin egen barndom där det ofta var mycket tyst. Tyst och liksom tjurskalligt.

Ibland har hon tänkt att det bästa med Björn är hans släkt, att hon skulle sakna dem mer än honom om de skulle skilja sig, men så får man inte tänka. Björn är en god människa och en bra äkta man. En kamrat i vingårdsarbetet, en god vän och så vidare, och så vidare. Mer kan man varken begära eller få. Eller kan man det?

Hon får inte glömma att mejla från hotellet. Hon krafsar runt i ryggsäcken för att hitta en penna och skriva ”Mejla Björn!” i handen. Kanske ska hon också ta ett dopp i poolen och se om kvinnan som ger massage har en ledig timme. Tids nog blir det dags för arbete och dammiga vägar så ankomstdagen är en pärla som bör putsas. Ellen sluter ögonen och låter de mjuka stötdämparna vagga henne till en lätt slummer.

När bussen tvärbromsar öppnar Ellen ögonen. Det är inget särskilt, bara ett rött trafikljus som alltid verkar komma som en överraskning för chaufförerna.

Bredvid bussen, så nära att hon skulle kunna nå den med handen om hon öppnade fönstret, bromsar en lastbil in. Den är överlastad med karlar som håller sig i flakkanten och gungar i takt när bussen stannar. Kanske är det något slags kollektivtrafik, eller en transport av arbetare. Männen är klädda i t-shirt eller skjorta och jeans, någorlunda hela men knappast rena.

Precis intill Ellen, med ansiktet mitt emot hennes, står en mycket vacker ung man som kanske är 15 år. Nu har han fått syn på henne och det kritvita leendet spricker upp, ögonen vidgas och rytmiskt och övertydligt börjar han röra underlivet. Det är en sexuell invitation – inget snack om saken. Det har hänt tidigare, men avståndet brukar vara längre, och en avvisande ryggtavla räcker. Nu sitter Ellen där hon sitter och den unge mannen kan till och med knacka på rutan intill hennes kind. När han börjar smeka rutan med sin ljusa handflata vänder hon bort ansiktet, generad och förvirrad.

Med afrikanska mått kunde pojken vara hennes son.

Vad tänker han sig? Är det bara en manlighetsuppvisning eller menar han allvar? Skulle han i så fall vilja ha betalt? Finns det vita kvinnor som har sex med unga svarta pojkar, kanske till och med betalar för det? I detta hiv-smittade land?

De andra männen på flaket har uppmärksammat situationen och ropar uppmuntrande till pojken som rör sig allt mer utmanande. Bulan under den nötta gylfen är tydligt markerad och den hand som han inte behöver för att hålla sig fast i lastbilsflaket smeker ett muskulöst brunt bröst under den uppknäppta skjortan. Ellen känner till sin förtvivlan att hon rodnar. Det måste vara trafikstockning för ljuset har slagit om men inget rör sig. Tack och lov för solglasögonen åtminstone.

Ellen vrider demonstrativt bort huvudet och stirrar ut genom fönstret åt andra hållet, på en reklamskylt för mobiltelefoner. Oväsendet tilltar från det testosteronstinna lastbilsflaket till vänster. Hon svettas trots luftkonditioneringen och kan känna sin egen puls ticka.

Då reser sig amerikanen häftigt från sin plats bredvid Ellen, tar ett långt steg och lutar sig fram över det tomma sätet framför henne. Han tar tag i handtaget och sliter ner bussens fönsterruta medan han skriker något till männen på lastbilsflaket. Ellen förstår inte språket. Tydligen vänder han sig direkt till den juckande unge mannen för pojken stannar upp och stirrar häpet. Trafiken hackar igång igen och medan amerikanen drar upp fönstret igen ser Ellen hur lastbilsflaket exploderar i en ny skrattsalva, men den här gången är det mot pojken som de elaka skratten riktar sig.

Amerikanen sjunker tillbaka på sätet med bussens alla blickar på sig. Den ende som säger något är chauffören. På tonfallet låter det uppmuntrande, men språket är lika obegripligt.

– Det var ett ord i rättan tid, säger chauffören förklarande på engelska direkt till Ellen.

Fortfarande skakad tittar hon förvånad på den kostymklädde.

– Tack, klämmer hon fram till sist.

– Varsågod, säger han och hon ser att han svettas. Ansiktsfärgen har mörknat och han drar otåligt i slipsknuten.

– Vad sa du? frågar hon.

– Det vill du inte veta, skrattar han och hans leende är brett. Det är något konstigt med hans ena öga som drar iväg ibland innan han tvingar det tillbaka.

– Vilket språk var det?

– Tonga. Jag lärde mig det som barn. Jag tror inte att det är lokalspråket här men de flesta verkar förstå. Och det fungerade ju.

– Bor du här, frågar Ellen.

– Nej, det är faktiskt första gången jag är i Lusaka. Men jag bodde i Zambia när jag var liten, på en missionsstation vid Zambezifloden. Min far var missionär där.

Han säger ”far”, konstaterar Ellen, inte ”pappa”, men det kanske många gör i USA, hon vet inte.

– Vi flyttade tillbaka till USA när jag var 14 men jag har alltid velat komma tillbaka. Nu blir det äntligen av, jag ska jobba lite här, och det känns spännande. Fast mycket har ju förändrats förstås.

Alldeles för lite har förändrats, tänker Ellen, men frågar:

– Vad jobbar du med då?

– Jag är frilansjournalist och jag tänker skriva lite om hälsosituationen. Aids och så. Jag jobbar åt några mindre specialtidningar. Har du varit här förr?

– Ja.

– Många gånger?

– Det kan man nog säga.

– Vad gör du då?

– Jag är läkare och jag forskar om mödradödlighet.

– Det verkar spännande. Du kanske kan hjälpa mig med en del tips och kontakter?

– Kanske det, säger Ellen men bestämmer sig för att inte hjälpa till alls utan hålla sig på armlängds avstånd från amerikanska journalister. Han hjälpte henne nyss och det är säkert inget fel på honom, men Ellen har inget behov av umgänge.

Amerikanens långa ben får inte riktigt plats i det trånga bussätet och han får vinkla dem ut mot mittgången. De blanka skorna har blivit dammiga och byxorna har pressveck och slag. En felklädd lite vindögd amerikan – med tonga som andraspråk.

Samtidigt passerar bussen tomten med stenhuggarna. De är tillbaka, konstaterar Ellen i god balans igen, och berättar lite om stenhuggarna för alla som vill lyssna i bussen. På en stor ödetomt – inköpt i spekulationssyfte men ännu ej bebyggd – sitter ett tjugotal kvinnor och män och alldeles för många barn, vid var sin hög med huggen sten. Olika huggare har specialiserat sig på olika stenstorlekar. Vissa är små kuber, som gatstenar, andra är större och mer oregelbundna, bredvid rejäla högar med grovt grus. Grundmaterialet, stenblocken, spettar de loss i närheten och sedan sitter de här hela dagarna på den vindpinade ödetomten och hugger.

Då och då stannar någon med en vagn eller en lastbil och köper lite sten. Varannan vecka kommer markägarens gorillor och kör bort stenhuggarna. Han har försökt hägna in tomten men utan resultat. Att få polisen att bry sig om stöld av stenblock har också visat sig svårt i ett land där människor slår ihjäl varandra för en säck majs – fast antagligen beror det på att inte ens markägaren bryr sig tillräckligt för att betala polisen för insatsen. När människorna blir bortkörda försvinner de några dagar, men kommer alltid tillbaka. Det enda en fattig människa kan sälja är sin kropp, i bästa fall i form av arbetskraft, och går det att kombinera med lite sten blir förtjänsten dubbel.

– Så är det nån som behöver lite sten kan jag verkligen rekommendera denna handelsplats, skrattar Ellen lätt och den brittiska familjen beklagar flygbolagens överviktsregler.

De fortsätter skratta när Ellen berättar vad rondeller heter, i vänstertrafikens Lusaka: ”keepilefti”.

Ellen känner inte riktigt igen sig. Hon brukar inte prata med människor hon inte känner, eller berätta roliga historier. Det var väl när spänningen efter lastbilsgrabbens attack släppte som pratet svämmade över.

Allvaret återvänder när bussen svänger in mot hotellet. Gruppen med unga flickor som alltid hänger kring öppningen i häcken har blivit större. De är välmålade och urringade, med höga klackar och korta kjolar. Då och då kommer hotellets vakter och kör bort dem, men vadå, tänker de flesta, så länge de inte antastar någon kan de väl få stå där och många av gästerna uppskattar lite sällskap ibland. Nattvakternas långtråkiga arbetspass kan också behöva uppmuntran. Gratis förstås, i utbyte mot oseende ögon när någon behöver smita förbi. Ellen ser att några av de nya flickorna är mycket unga, inte mer än 12–13 år. Hon måste komma ihåg att gå förbi med kondomer.

Amerikanen ger Ellen sitt visitkort och hon stoppar det i fickan för nu är de framme vid den välkända runda planteringen vid hotellet. Hotellets framsida är insvept i plast och några arbetare håller på att resa byggnadsställningar. Det hade Ellen glömt. Var det i februari hotellet skulle renoveras?

– Kära miss Ellen! Välkommen tillbaka!

Den gråsprängde vaktmästaren med guldgalonerna ser uppriktigt glad ut över att återse henne. Han ställer hennes väskor på bagagekärran medan han glatt berättar om hur mycket det regnade igår och hur lite det förväntas regna idag. Med en extra handtryckning ber han om ursäkt för renoveringsarbetena. De ska säkert inte störa och resultatet kommer att bli mycket, mycket vackert, det har han sett på planritningarna.

Luftkonditioneringen fungerar i alla fall i hotellobbyn och den gamle bekante souvenirförsäljaren har några nya trämasker som han tycker att Ellen ska titta på. Senare, hon ska stanna länge. Receptionisten är ny men receptionschefen hastar förbi och hälsar att rummet är bokat till vanligt specialpris. Och byggnadsställningarna med renoveringsplasten kommer inte till hennes sida av hotellet förrän senare. Då kan hon få byta rum, om hon vill.

Den unge mannen som bär väskorna verkar också glad att se henne. Det är inte så konstigt, han har fått extra dricks när han packat hennes presentträgiraffer i luftkuddeplast för hemtransport flera gånger.

Ellen fyller i registreringsformuläret vid receptionsdisken.

Namn: Ellen Elg.

Flicknamn: Ellen Olofsson.

När Ellen blev myndig, omedelbart efter 18-årsdagen, bytte hon efternamn. Hon hade suttit i kassan på Konsum alla lördagar för att spara ihop pengar till en namnbytesansökan, och formaliteterna var inga problem. Ellens farfar från Varmvattnet föddes med namnet Elg men han bytte namn till Olofsson eftersom han var så kortvuxen, bara 1,60, och hade blivit retad under sin uppväxt. Ellen hade därmed rätt att ta tillbaka det gamla familjenamnet – och hon hade kroppslängden inne med sina 1,76.

Problemet var att berätta om beslutet för pappa som ju naturligtvis – dum var han aldrig – begrep att det handlade om ett avståndstagande. Att vara en Olofsson hemma innebar att vara välkänd och bevakad. Ellen var trött på det och även om hon var på väg hemifrån ville hon inte bära med sig namnet. Hon ville byta bostadsort och liv med en ny identitet. Sedan gjorde det ju inget att namnet blev mer slagkraftigt och lättare att komma ihåg. På den tiden var det inte viktigt att vara anonym.

Att systrarna Kristina och Maria följde efter och även de bytte bort sitt Olofsson mot Elg så fort de blev myndiga gjorde inte pappa Olofsson gladare – och Ellen tyckte faktiskt att de kunde hittat på något eget.

Yrke: "Consultant" skriver hon för det är lagom otydligt.

Hemadress. Passnummer. Inga problem.

Sedan kommer den ruta hon alltid brukar hoppa över i protest:

Makes/faders namn: Idag skriver hon ändå dit Björns namn. Varför vet hon inte. Långt senare ska hon fundera på om det var en omedveten markering, som ett värn.

Ellen trivs på hotellet. Ingen frågar om hennes ärende i landet, frukostomeletterna är goda och servicen fungerar. När hon behöver lämna hotellet några dagar är det inga problem att packa ihop och slippa betala även om det kommer plötsligt. Hon får ungefär samma rum varje gång med solnedgång och utsiktsfåtölj på balkongen.

Det är ett typiskt affärshotell med ensamma konsulter, affärsmän och biståndshandläggare av båda könen. Idag sitter ovanligt nog en familj med tre små barn i sofforna vid entrén. Mamman snyter mellanbarnet och bebisen gnäller lite. Pappan torkar glasskladd från sonens haka och föräldrarna skrattar åt något roligt han säger. Ellens blick, som fastnat på bebisen, sliter sig loss och koncentrerar sig på receptionisten.

– Har jag fått några meddelanden?

Receptionisten lämnar över ett kuvert med hotellets logotyp. Det innehåller ett handskrivet meddelande med en slängig välkänd handstil, ihophäftat med en datautskrift:

”Välkommen Ellen. Ta det lugnt, packa upp och sov om du behöver men ring mig gärna så jag vet att allt är bra. Jag hämtar dig vid 6-tiden./ Blessing

PS. Jag lägger med ett roligt/tänkvärt meddelande som jag fått på mejlen”

I hotellets bagagerum står hennes papplåda kvar, rejält tejpad, till synes orörd och bagagegrabben släpar ut den och ställer den på kärran. Så har hon gjort förr, lämnat en eller två lådor i en skrubb på hotellet när hon åkt hem.

– En massa papper och arbetsmaterial som jag inte vill betala övervikt för, brukar hon säga. Hon tror inte att någon undersöker lådorna men om de gjorde det skulle de hitta lite papper överst, men främst alla hennes nytvättade kläder och nedpackade toalettsaker. Lite konstigt men knappast misstänkt. Hon är noga med att inte lämna något som kan skapa problem för hotellet eller ge en nyfiken hotellanställd underliga idéer.

Vid receptionen har det uppstått något krångel kring amerikanens bokning. Det finns inget rum reserverat, och nu är det fullbokat, säger receptionisten men allt kan naturligtvis ordnas när några sedlar halas upp ur en kostymficka.

Piccolon hjälper henne med väskorna. På hennes våningsplan pågår renoveringen för fullt, men piccolon säger att det inte är snickeri – bang, bang visar han med hammarslag – utan bara målning – han sveper med handen längs väggen. När han ska tala hotellengelska är ordförrådet imponerande, i andra situationer klarar han sig bra med teckenspråk.

Korridorens golv är täckt med masonitskivor och byggplast. En målare håller på med fönsterlisterna. Han har vita fläckiga målarkläder med knapparna uppknäppta långt ner på bröstet. Mot det svarta skinnet dinglar ett stort guldkors. Han tittar länge efter Ellen medan hon tar fram nyckelkortet.

Rummet ser exakt likadant ut som alla andra. Två sängar, ett skriv/toalettbord, en bänk att packa upp väskor på, en fåtölj, fördragsgardiner, TV med fjärrkontroll, badrum med badkar – allt i en blekaprikos färg. Det skulle kunna vara ett hyggligt medelklasshotell var som helst i världen om det inte var för utsikten över jakarandaträden, poolen och Lusaka skyline. Pojken trampar runt med helt onödig information om hur lamporna, luftkonditioneringen och TV:n fungerar. Kan han inte gå nån gång? Hon förstår vinken och stoppar ytterligare en sedel i hans hand.

Ensam. Ellen kollar noggrant att dörren gått i lås, drar av sig sina svettiga reskläder och gräver fram morgonrocken ur papplådan. Kläderna knölar hon ihop i hotellets tvättpåse. Det är en lyx som hon slutat skämmas för – att bara få lämna kläder ifrån sig och slippa tvätta och stryka. Men det tog tid innan hon slutade plaska med Y3-påsar i handfatet och ducka under droppande tvätt i duschen. Och hon kommer aldrig att berätta för mamma att hon inte tvättar själv.

I papplådan ligger det lilla kuvertet med det zambiska mobilsimkortet. Hon byter kort i sin telefon, får det entusiastiska välkomstmeddelandet från den zambiska mobiltelefonoperatören och slår Blessings hemnummer. Hennes hembiträde svarar att nej, miss

Blessing är tyvärr inte hemma och nej, hon vet inte när hon kommer hem.

Ellen sitter på sängen och bläddrar i sin nötta telefonbok. För hundrade gången tänker hon att det är dumt att ha alla kontaktuppgifter i en enda bok, utan kopior. Hon måste komma ihåg att kopiera hela boken, för säkerhets skull.

Efter många långa signaler svarar Blessing på mobilen. Hon sitter i bilen, spelar gungande kongolesisk rockmusik och är på väg till sin svägerskas begravning. Hon kommer att förväntas stanna där åtminstone till solnedgången men lovar att komma till hotellet sedan. Visst är det sorgligt med svägerskans död men den kom ju knappast som någon överraskning.

– Sånt är livet, för oss som ännu lever, numera. Men du – jag har fått ett underligt meddelande från Chongwe. Jag försöker kolla upp det och ringer dig så fort som möjligt. Det är antagligen inget akut.

Nej, antagligen inget akut, men något i Blessings röst på den skrapiga mobillinjen säger Ellen att Blessing faktiskt är orolig. Och Blessing är aldrig orolig. Hon är Afrikas coolaste kvinna, och det vill inte säga lite.

Ellen kan se Blessing framför sig, i sin buckliga bil på en dammig och gropig grusväg. Den intryckta framdörren, musiken som får handen att slå takten på ratten, den blommiga klänningen där mörkbruna jättearmar pressats genom för trånga ärmhål. Blessing är stor, i Sverige skulle hon vara fet men i Afrika är hon vacker. Hon vaggar fram på sina slitna höfter, i jättelika Kajsa Anka-skor och väljer noggrant vilka stolar hon kan försöka sätta sig i.

Blessing ser ut att kunna flytta berg. Hon kan flytta berg och det kommer att krävas, nu igen. Den döda svägerskan hade fyra små barn och barnens far, Blessings bror, dog för ett år sedan så nu ska barnen fördelas i släkten. Blessing som har fyra barn sedan tidigare kommer att få ta hand om några. Hon måste hitta ytterligare ett extrajobb för att kunna betala skolavgifterna och barnen får tränga ihop sig i det lilla huset. Om inte mister Singogo kan hjälpa till, förstås.

Ellen är säker på att både Blessings bror och svägerska dött i aids, men det har Blessing aldrig sagt. Hon kan vara brutalt öppen i andra sammanhang, inte minst när samtalet handlar om sex. Men när det gäller den egna familjen anpassar hon sig till den afrikanska traditionen där dödsorsaker inte är ett samtalsämne. Människor dör men man talar inte om hur eller varför. Livet och döden har alltid sovit i samma säng i Afrika, nu mer än någonsin.

Ellen har själv varit på alltför många begravningar under sina år i Afrika.

I Zambia är begravningar av tradition utdragna tillställningar som varar i flera dygn med massor av mat och släktingar som tagit ledigt från jobbet och sover på alla golv. Alla familjer har inte råd längre men Blessings släkt håller fortfarande på traditionen och bjuder på mycket mat. Alltså kommer alla.

På zambiska begravningar är sorgen högljudd och kraftfull och korsen på kyrkogårdarna primitiva men nyspikade. Jorden är röd.

I Sverige är begravningar tysta, klädda i kostym och svart dräkt. Högljudd sorg är genant och de närmast sörjande erbjuds lugnande medel upp till hårfästet. Man vill vara duktig och ta det bra. Sorg är ett arbete.

"Bridge over troubled water" känns nästan revolutionärt och jorden under de tunga gravstenarna är svart.

Som när Ellens pappa begravdes. Han hade planerat allt: kremering, en billig kista "för att inte slösa pengar på sånt som ändå bara ska eldas upp", den moderna kyrkan, den radikale prästen, "Internationalen", "Här är Gudagott att vara", vita liljor, ombudsmännen som bar kistan, minneslund och ingen gravsten. I bankfacket hittade Ellens mamma förhållningsorder ända ner till garneringen på smörgåstårtan och listan på inbjudna. Ingenting lämnade han åt slumpen, eller åt familjen.

Så blev det, helt enligt planen. Arbetarkommunen kom i samlad tropp liksom kooperationen och hyresgästföreningen, med var sin röd ros. Alla höll varsitt tal till "kamraten och kollegan Stig Olofsson", alla lika välformulerade, lika väl avvägda och lika opersonliga. Pappas kusin Bertil, barndomsvännen, hade förberett några ord på ett papper som han skrynklade ihop i handen när kommunalrådet talat färdigt.

Sedan stannade Bertil länge vid kistan och det syntes knappt att han rörde på läpparna medan Stig lyssnade under lågbudgetlocket. Bertils ros var vit.

Ellen, hennes mamma och systrar var skyddade av Valium och naturlig ordlöshet.

Ellen har läst att Svenska kyrkan fått växande problem med anhöriga som bråkar om begravningsdetaljerna. "Därför rekommenderas alla att noggrant fundera igenom sina egna begravningsönskemål i god tid, för att slippa ställa de anhöriga inför problem."

Problem? Om Ellens familj åtminstone haft något att bråka om, någon liten ventil att pysa genom. Nu lämnades de alldeles ensamma i en stor tystnad.

Ellen packar upp kläderna ur lådan och hänger in de skrynklade klänningarna i garderoben. Hon har låtit sy upp en liten zambisk garderob i lysande chitenjetyger. Den rostfärgade ärmlösa klänningen med gröna rutor är stiligast men jackan med turkosa fiskar är roligast. Den vita kjolen som packats ner och upp ur lådan många gånger har blivit trängre för varje gång. "Krympmal" brukar Ellens mamma kalla fenomenet. Hon har under hela sitt liv gått upp något kilo per år, en egenskap som Ellen ärvt och sliter med att bekämpa. Kjolen kommer inte att användas nu heller så den får ligga kvar i lådan.

Tygskorna är kanske inte så snygga, men de kan sköljas upp i handfatet när Ellen klafsat runt i bylera. De platta ortopediska sandalerna likaså. De vita högklackade minns hon knappt när hon köpte men det var i skoaffären vid Manda Hill, och måste ha varit till något ambassadevenemang när hon tyckte att hon borde vara elegant. Ellen gillar inte högklackade skor, både för att de är obekväma och för att hon tycker att hon är tillräckligt lång ändå. Hon växte snabbt och tidigt och var över 1,70 redan i sjuan. Under hela sitt liv har Ellen bedömt människors, främst mäns, längd och alltid valt pojkvänner efter hur långa de varit. Björn är 1,92. Det vore lögn att påstå att det inte spelar roll.

I badrummet packar hon upp necessären och radar upp toalettsakerna.

Oron från Arlanda vill inte släppa. Det är något definitivt med den här resan. Inte för att det skulle vara den sista, nej, fler är inplanerade och varför skulle de sluta nu när det nya samarbetet verkar så lovande?

Fuktighetscreme, mascara, hårborste och hårbalsam. Ellen släpper ut håret och borstar med långa drag. Det är opraktiskt med långt hår och hennes går långt ner på ryggen men det enda i sitt utseende som Ellen fått beröm för är håret och den uppskattningen har fått henne att behålla det långt även när det varit omodernt.

Handlar det om Björn? Var han ovanligt oengagerad den här gången? Hon försöker tänka efter. De åt middag och delade på en flaska vin igår kväll. Sen skulle han titta på fotboll. Inte ovanligt och lika bra, hade hon tänkt, så att hon fick packa i fred bakom en stängd sovrumsdörr. Hon försöker komma ihåg om han sa något särskilt innan han somnade. Vid frukostbordet läste han tidningen och hon letade efter baddräkten som, visade det sig, ramlat ner bakom badkaret. Puss och adjö och var försiktig nu. Nej, inget speciellt.

Glasögon, kontaktlinsvätska, extra kontaktlinser. Nagellackssamlingen har antagit löjliga proportioner. Sex, sju, åtta, nio flaskor där några har nästan exakt samma färg. Ellen lägger tillbaka några i necessären. Hon vet inte vem hon dukar för. Städerskan? Ägnar städerskor en enda tanke åt hur mycket nagellack hotellgästerna har? Knappast. Ändå gör Ellen samma sak med ginflaskorna. En får stå framme på skrivbordet medan de andra lämnas i handbagagebagen som hon trycker in under resväskebänken.

Tampongerna får också ligga kvar i necessären. Det är långt till nästa mens och tyvärr kan man ställa klockan efter Ellen Elgs menscykel. För tre år sedan slutade hon med p-pillren, när den trassliga historien med Thomas tagit slut och livet – för alltid – skulle levas med Björn. Då var hon 34 år, en lagom ålder att bli mamma, till och med lite tidigt för en akademiker i storstad. Ett bra beslut som firades med piggvar och champagne och ett försiktigt, nästan blygt, samlag.

Björn som så länge velat ha barn men accepterat att hon ville komma längre i sin forskning först började genast titta på barnvagnar i skyltfönster. Barnsligt nog trodde hon också att det skulle gå lätt, fast hon träffat så många barnlösa par. Just då kom hon bara ihåg de kvinnor som knappt kunnat ta i en karl utan att bli gravida. Men så är det inte för Ellen och medan åren gått och blödningarna kommit på exakt rätt tid har de båda talat allt mindre om saken. När Björn, apropå ingenting, nämnde möjligheten att göra en utredning viftade Ellen bort det. Det kan vara tillfälligheter och för vissa är det inte så lätt. Stress kanske. Dålig reseplanering i förhållande till ägglossningscykeln?

Eller något helt annat, mycket svårare att tala om.

Papperen lägger hon i prydliga högar på skrivbordet.

Till resväskorna har hon både kombinationslås och hänglås. Fast det bara finns varm luft utanför den sjätte våningen drar hon för gardinerna och lägger på dörrens säkerhetskedja innan hon öppnar väskorna.

Jodå, allt finns kvar. Alla kartongerna, tätt packade. Några flaskor sprit för rengöring, plasthandskar och kompresser. Från början tog hon med sig bomull också, men det är lätt att köpa i snabbköpet i Manda Hill.

Hon låser väskorna igen, fäster nycklarna i halskedjan och baxar väskorna till ett avskilt hörn i rummet, som om de precis tömts.

Om igen känner hon att hon fryser och släpper in den varma luften genom balkongdörren.

Det är inte mycket att göra mer än att vänta på att Blessing ska höra av sig. Hon kan lika gärna njuta av värmen under tiden. Och mejla. Björn brukar börja undra om han inget hört några timmar efter att hon landat och Juntan kan uppskatta några rader. Hon tar en varm dusch, låter håret hänga för att självtorka och häller den mörkröda klänningen med droppmönster över kroppen. Tittar sig i spegeln och sticker en penna i hårknuten. Hon är blek som en engelsman. Och tjock! Hon drar in magen och tittar på sig själv i profil med en missnöjd rynka mellan ögonen.

I ryggsäcken ligger pocketdeckaren och baddräkten och Ellen

hänger väskan över axeln men kollar först noga att dörren går i lås. Plasten frasar under hennes fötter när hon går längs korridoren. Målaren har försvunnit men hans färgfläckade stege står kvar. Hon tar hissen ner.

Det är kö till den enda internetuppkopplade datorn i businesscentret och hon kan få en massagetid om en timme.

Hotellets alla konsultgäster är antagligen ute på uppdrag för hela poolområdet är tomt och när Ellen kvitterat ut ett blått badlakan kan hon välja vilken solstol hon vill. Solstrålarna värmer och palmkronorna erbjuder både skugga och ett musikaliskt rasslande ljud. Hon byter om till baddräkt, lägger hotellnyckeln, klockan och halskedjan i ryggsäcken och dyker i poolen på den djupa sidan. Det är härligt. Vattnet, som bara känns kallt några sekunder, sväljer den flygstela kroppen och hon simmar under vattnet tills hon skrapar i botten på grunda sidan. Hon simmar några längder till, klättrar uppför stegen, kramar vattnet ur håret, hämtar ett badlakan till och släpar fram solstolen mitt i eftermiddagssolen, precis som hon inte ska. Hon vet att axlarna kommer att ömma redan ikväll men det är så skönt, en kroppslig befrielse efter vintereländet hemma. Deckaren är tögstartad och medan poolsystemet gurglar och palmbladen rasslar över hibiskusbuskarna somnar Ellen.

Hon vaknar av att det blivit kallt. Solen har flyttat sig och palmen skuggar huvud och axlar så hon fryser. Handduksutdelaren har försvunnit och när hon bytt om till klänning igen och sköljt ur kloret ur baddräkten lägger hon handdukarna på solstolens ryggstöd och släpar tillbaka stolen till sin plats. Ler lite åt sin egen ordentlighet och kommer ihåg när hon bodde hos Blessing några veckor i fjol och passades upp av hennes hembiträde.

När Ellen för tredje gången tassat ut i köket när flickan var upptagen på annat håll, för att få koka sitt eget te och slippa be om hjälp, kom hembiträdet med en allvarlig min och frågade om det var något fel på det te hon lagade och varför madam inte var nöjd med hennes arbete. Jag skulle aldrig klara att ha tjänstefolk, tänkte Ellen då, men inser att det skulle hon visst. Inget är så lätt att vänja sig vid som bekvämlighet.

En kväll för länge sedan, vid ett middagsbord i en varm trädgård, blev diskussionen om tjänstefolk riktigt inflammerad. En svensk kvinna som precis kommit till Lusakaambassaden som miljöhandläggare, hävdade lite stolt att hon minsann inte tänkte ha något anställd. Det kändes obekvämt att ha folk i huset, sa hon, hon levde ensam och matlagningen och städningen hade hon alltid skött själv – och trädgården klarade sig nog med någon gräsklippning då och då.

Ellen som också var nybörjare i Afrika tyckte att resonemanget var vettigt, tills David, den vänlige zambiske ekonomen som studerat i Lund, höjde rösten. Han var arg, argare än svenskarna någonsin sett honom, och med blixtrande ögon förklarade han för miljöhandläggaren hur djupt osolidariskt hennes resonemang var.

– Varje gång jag går förbi ett fint hus där trädgården växt igen skäms jag å ägarnas vägnar, sa han. Nej, värre – jag blir ursinnig. Om människor har råd med ett stort hus, och det har du, då har de skyldighet att ge människor arbete. Att sköta sin egen trädgård när man kan avlöna en trädgårdsmästare och försörja en hel familj – det är inte bara obetänksamt, det är ett övergrepp. Diska då och då om du så gärna vill, men anställ ett hembiträde och låt henne få känna stolthet över ett väl utfört arbete, och betala henne normalt. Det kostar dig mycket lite och är kanske – även om det låter hemskt i era öron – det vettigaste ni kan göra för människorna i det här landet, alla era biståndsmiljoner till trots.

David hade vänt sig till alla svenskar runt bordet. De lyssnade förvånat på utbrottet från den normalt så blide afrikanen som ursäktade sig och försvann in i huset. Senare tog han tillbaka det han sagt, framför allt det där om att det vettigaste biståndsarbetare kan göra är att anställa hembiträden, men Ellen är övertygad om att han menat varje ord. Hennes förståelse för att Blessing, trots sina ekonomiska bekymmer, alltid har ett hembiträde hade också ökat.

Businesscentret är tomt och uppkopplingen för en gång skull nästan snabb. Mejlet till Björn är kortfattat. Han vet mycket om hennes uppdrag och är ett gott stöd, men det finns saker han mår bättre av att inte veta. Dessutom är hon inte säker på sekretessen i mejlhanteringen på hotellet och vill inte göra något som kan innebära en risk.

Hon ber Björn ringa mamma och undertecknar med PoK, deras hälsningsord som betyder PussochKram. Hon tittar på klockan när hon trycker på "send"-knappen. Björn är antagligen kvar på jobbet. Det kan bli hur sent som helst när Ellen är bortrest. Björn jobbar för mycket när hon är borta och det ger henne dåligt samvete. Han tycker det är så tråkigt att vara hemma ensam. Ibland går han på bio men det är också tråkigt att göra ensam, för att inte tala om att äta middag.

Ellen tycker att det är precis tvärtom. Hon har inget emot att vara ensam, kan njuta av att få styra sin egen tid, titta på vad hon vill på TV eller inte titta alls, gå i säng klockan nio eller ligga i badet tills vattnet kallnat. Björn kunde gott få jobba över lite när hon är hemma också.

När hon talar om sina resor och vänner beklagar hennes ensamma hotellkvällar brukar hon hålla med, för att det förväntas, men om resorna inte blir längre än en månad, och ett lagom antal kvällar fylls av middagar eller annat socialt liv, blandat med strapatsrika uppgifter och resor på landsbygden, trivs hon med sitt hotelliv.

Medan hon fortfarande var forskare på riktigt använde hon hotellkvällarna till att renskriva sina anteckningar och läsa. Nu tittar hon mest på BBC och dåliga kabel-tv-filmer och sover. Verkligheten räcker. De kvällar som erbjuder vila behöver hon. Ibland är det bra att bo hemma hos Blessing men ofta föredrar Ellen hotellets ensamhet.

Tre otåliga affärsmän i nästan identiska blanka kostymer men med varierande hudfärg– "en gul, en svart och en vit", fnisstänker Ellen – köar efter henne till internetuppkopplingen. Den vite är amerikan och snaggad. Lite för tjock och gammal för att vara marinkårssoldat. Före detta, kanske. Han bräker i telefon med en biluthyrningsfirma. Han accepterar ingen annan hyrbil än en Jeep Grand Cherokee – "a great American car" – meddelar han alla inom femtio meters omkrets. Han är kort och bred, men välskräddad. Amerikanerna i Hawaiiskjortor och basketskor har tydligen åkt någon annanstans i år.

Plötsligt hakar något upp sig i cyberspace. Oändligt långsamt tickar anslutningen fram. Ellen trummar otåligt på bordet för att markera för affärsmanskön att långsamheten minsann inte är hennes fel. Och mamma, ja.... Om Björn läser sitt mejl för sent kommer han inte att ringa henne ikväll. Mobiltelefonsamtal till Sverige är oförskämt dyra men ibland brukar Ellen satsa ett på mamma, för att lugna henne, men alltför ofta vill mamma prata för länge, och berätta något om någon som gjort något och kan du tänka dig..., och det känns ofint att avbryta. Nej, det blir inget telefonsamtal till Västerbotten idag. Ett mejl till Kristina får räcka:

"Hej! Har kommit fram till Lusaka. Allt väl. Har stekt tantfläsk en timme vid poolen. Börjar jobba i morgon. Ring mamma och berätta är du bussig! Kram! Söstra di"

Ellen hade tänkt kolla sina egna mejl men struntar i det. De tre männens trampande på heltäckningsmattan stressar henne.

Hon loggar ut, betalar och växlar några ord med kvinnan som jobbar på businesscentret. Kvinnan beklagar renoveringsarbetena och säger att de orsakar strömavbrott då och då, och då är det hon som får skäll, när gästerna blir förbannade.

Förra gången Ellen bodde på hotellet hade kvinnan en cancersjuk bror och hon tillbringade all tid i telefonen med olika läkare och sina släktingar. Ellen lärde sig mycket om hennes familj vid sina långa timmar vid den långsamma datorn. Brodern har fått behandling och är bättre, säger kvinnan nu, imponerad av att Ellen minns och bryr sig.

Nöjd med sig själv och med känslan att höra hemma, även om hembygden bara är ett affärshotell i Afrika, tar Ellen hissen upp till rummet för att hämta en handduk till massagen och kollar mobiltelefonen i hissen. Varför har inte Blessing ringt? Är det något fel på telefonen? Men nej, mottagningen verkar bra och batteriet är laddat.

När hon går genom korridoren och passerar den blängande målaren hör hon hur en av hissarna med ett pling stannar på samma våning.

Solen har värmt upp rummet och hon drar för de randiga gardinerna. Handduken hon använde efter duschen ligger slängd över skrivbordsstolen och hon tar upp den för att hänga den på tork i badrummet.

Då fastnar blicken på det översta kompendiet i den högra pappershögen. Visst hade hon lagt allt i prydliga högar bredvid varann? Nu ligger den högra pappershögen på tvären, ett brott mot geometrin, som om någon plockat med papperen. Är det inbillning?

Snabbt vänder Ellen sig om och går fram till de stora resväskorna i hörnet. Lyfter dem försiktigt. De är lika tunga och hänglåsen ser orörda ut. Men visst är kombinationen ändrad på den ena? Hon brukar alltid ställa tillbaka siffrorna till 0000 när hon öppnat dem. Nu står den ena väskans kombination på 1234. Det är inte ens rätt siffror. Hur har det gått till? Och är inte väskorna lite flyttade? Hur stod de innan hon lyfte dem? Är något annat förändrat i rummet? Ellen rör sig snabbt och kastar en blick in i badrummet, i garderoben och under sängen – ingen där – och lägger på säkerhetskedjan innan hon börjar leta.

### TAMPA, FLORIDA, USA
### 17 februari 2004

*Jag har bara två böcker med mig här. Bibeln, förstås, och den pratar ofta nattsköterskan om. Hon läser också Bibeln när hon vakar. Hon frågar ibland vad jag tycker bäst om i Bibeln och det vet jag inte riktigt. Det mesta är ju bra. Berättelserna om Jesus förstås, men mycket annat också. I Gamla Testamentet och så.*

*Jag läser i Bibeln nästan hela tiden. Den ligger bredvid min kudde på natten.*

*Min bibel är ganska gammal och jag måste ha gummiband om den så att inte Korintierbreven ramlar ut. Det där lät ju nästan roligt, tycker du inte?*

*Jag köpte den begagnad för 13 dollar på min älsklingsavdelning i bokhandeln. Några änglar sitter över dörren till den avdelningen och mellan dom står det "Inspirationsrum för religiösa tankar" med fint textade bokstäver. Det tycker jag om: "Inspirationsrum för religiösa tankar"*

*Bokhandeln hittade jag ganska snart när jag hade kommit hit till Florida. Den är stor och den har både nya och begagnade böcker.*

*Att jag hittade bokhandeln hängde ihop med att jag stannade vid den där stora skylten som sitter precis utanför. "Brottsbekämpare – ring!" står det på en hel vägg. "Ring och anmäl brott! Du får vara anonym!" Jag ringde, flera gånger, och jag sa att jag inte behövde eller ens ville vara anonym, men dom sa att det jag ville anmäla inte var nåt brott. Då började jag förstå hur illa det är ställt.*

*Men bokhandeln, ja. Dom begagnade böckerna är både billigare och bätt-*

*re, tycker jag. Jag tycker bättre om gamla böcker. Dom har ofta ett bättre innehåll och så kan jag tänka på dom som ägt dom förut. Som min bibel. Den har inget namn i sig men den har många förstrykningar. Inte minst i Korintierbreven. Det är väl därför dom ramlar ut.*

*Man kan sitta i det där inspirationsrummet i bokhandeln och läsa i flera timmar utan att någon bråkar. Där finns några konstiga avdelningar, en stor hylla med "österländska religioner" och en med "astrologi" och till och med en för böcker om "häxeri". Tänk att inte Gud kan få vara i fred ens i sitt eget inspirationsrum!*

*Men vaktmästaren som sopar och tömmer papperskorgar tyckte om att jag satt där. Han sa alltid "hej" när jag kom och "ha en bra dag" när jag gick. En dag frågade han mig vilken blomma jag tyckte bäst om. Jag vet fortfarande inte varför han ville veta det. Då hade jag nog varit i Florida i några veckor, när han frågade alltså.*

*Jag saknar honom. Vaktmästaren, alltså. Det var för att han var där som jag inte rev sönder häxeriböckerna. Jag är säker på att Gud skulle ha tyckt om det. Guds vrede kan visa sig på olika sätt, det vet jag som har läst Bibeln, och jag hade kunnat bli en Guds soldat i det lilla redan då, men jag bestämde mig för att låta bli. På grund av vaktmästaren. Han skulle nog inte tycka om det, han hade väl ansvar för alla böckerna, och sen kanske dom skulle hindra mig från att komma tillbaka. Det ville jag ju inte heller.*

*Och jag sa att den blomma som jag tyckte bäst om är julstjärnan. Jag vet inte varför, jag skulle väl bara säga nåt, fast det var inte ens nära jul. Kanske borde jag ha sagt malört, för det är ju den blomma jag har växt upp med, men den är ju inte mycket till blomma.*

*Fast det var inte blommor eller vaktmästaren jag skulle berätta om.*

*Jag ville berätta för dig om Dee Esser. Jag tänker ibland att det är hon som är min mamma fast jag aldrig har träffat henne. Förut tänkte jag att jag skulle se om jag kunde hitta Dee Esser. Kanske bor hon här i Tampa, fortfarande, och bara väntar på att nån ska ringa. Nån som tänker som hon. Vi är inte så många nu för tiden så vi kan ju behöva varann.*

*Men det gjorde jag aldrig.*

*Jag försökte inte ens slå upp Dee Esser i telefonkatalogen. Och nu är det väl för sent. Det hade nog varit svårt ändå, att hitta Dee Esser, för hon står väl på sin mans namn i telefonkatalogen, men jag kunde ju ha ringt upp alla Esser jag hittade och frågat efter Tant Dee. Hon är väl gammal nu och kanske har fått gå hem till Gud men jag kunde ju ha försökt. Jag ångrar att jag inte gjorde det. Då kanske allt hade blivit annorlunda.*

*Du undrar säkert vem Dee Esser är?*

*Jo, hon ägde en gång en bok som jag har nu. Jag har köpt den i inspirationsrummet i bokhandeln. Det är den andra boken som jag har med här, förutom bibeln. Den heter "Du kan bli hustru till en lycklig man" och den är jättebra, och det är Darien B Cooper som har skrivit den. Det finns en bild på Darien B Cooper på baksidan av boken och hon verkar ha en frisyr som är besvärlig att sköta, med mycket lockar uppe på huvudet. Men boken skrevs ju 1977 och då hade man väl sådana frisyrer. Och Dee Esser, det var hon som ägde boken en gång, den som jag köpte begagnad på inspirationsavdelningen. Hon har skrivit sitt namn i den och årtalet 1981 och sen har hon strukit under massor och skrivit kommentarer i kanten. Det är som om hon pratar med mig, tycker jag.*

*1981 föddes jag, samtidigt som Dee Esser köpte boken, och jag tror att det är ett tecken från Gud. Vad tror du? Tror du att Gud ger såna tecken?*

*Jag tänker att om min mamma hade läst boken samtidigt som Dee Esser, och levt efter den, som Dee Esser gjorde, då hade allt kanske varit annorlunda.*

*På sidan 61, under rubriken "Följ ledaren" står det till exempel: "Hemmets och nationens stabilitet bygger på att mannen erkänns som familjeöverhuvud." Och förklaringen finns i Första Mosebok 3:16: "Till din man skall din åtrå vara och han skall råda över dig." Det har Dee Esser strukit under och satt ett utropstecken i kanten.*

*Det är både det där med åtrå och att mannen ska råda över kvinnan som jag skulle ha velat att min mamma hade läst.*

## LUSAKA, ZAMBIA
3 februari 2004

Ellen kollar mobiltelefonen för femtielfte gången när kyparen kommer med hennes Chicken Tikka. Den indiska kycklingen serveras med kumminkryddat ris, en spännande kombination som kan vara värd att pröva, och salladen på gurka och tomat måste ha smaksatts med lime, och någon slags mynta. Ellen ska fråga när kyparen kommer tillbaka. Den indiska maten är den bästa på hotellet och nu har kocken höjt ambitionsnivån.

Sammetsmörkret smeker de axlar som redan börjat hetta. Aningen solfrossa har fått henne att svepa en tunn sjal kring sig. Varför hör inte Blessing av sig? Vad kan ha hänt i Chongwe?

Ellen hade fortfarande inte hittat något misstänkt i hotellrummet när dom ringde från massagen och undrade om hon tänkte komma. Det måste ha varit en städare eller minibarskontrollant som varit inne i rummet och kommit åt mina papper. Om jag inte gjorde det själv med duschhandduken. Och kombinationen kan jag ha petat till utan att tänka på det. Hänglåsen var ju kvar. Allt är kvar och orört i resväskorna.

Men när hon gick ner till massagen satte hon en tejpbit över dörrspringan. Det kändes inte särskilt professionellt men bättre än ingenting. Hur är det agenterna brukar göra? En tråd eller ett hårstrå? Efter massagen satt tejpen kvar men hon satte dit en ny innan hon gick ner till middagen.

Det är tidigt och bara några få bord är upptagna på verandan, mest av vita människor som talar engelska. Det händer att någon grupp talar svenska men Ellen brukar aldrig ge sig tillkänna och numera talar hon inte heller om för ambassaden att hon kommer. Sedan hon slutade forska har det mesta blivit så svårt att förklara.

I ryggsäcken har Ellen hittat det papper – en utskrift av ett gruppmejl – som satt fäst vid Blessings meddelande. Hon hade alldeles glömt bort det men ställer nu den lilla oljelampan nära papperet så att hon kan äta och läsa samtidigt. Tänk att restaurangägarna inte begriper att det finns folk som inte bara vill sitta och mysa i romantiskt dunkel när de äter?

De första meningarna i mejlutskriften får henne att le. Blessings främsta hatobjekt är de amerikanska kristna TV-program som invaderat zambisk TV, sponsrade av den amerikanska nykristna rörelsen. En av TV-predikanterna kallar sig "Doktor Laura":

*Kära Doktor Laura*

*Tack för att Ni arbetar så hårt med att undervisa människorna i Guds lag. Jag har lärt så mycket av Ert TV-program, och jag försöker sprida kunskapen överallt. Om någon till exempel försöker försvara homosexualitet påminner jag honom bara att Tredje Mosebok 18:22 klart definierar sådant beteende som en styggelse.*

*Så långt har jag inga problem.*

*Men nu behöver jag några råd från Er, när det gäller några specifika regler och dess efterlevnad.*

*A/ När jag offrar en oxe på mitt brännaltare vet jag att Herren uppskattar doften (Tredje Mosebok 1:9). Problemet är mina grannar. De klagar. Ska jag prygla dem?*

*B/ Jag skulle vilja sälja min dotter som slav, som beskrivs i Andra Mosebok 21:8. Vad tror Ni jag kan få för henne i dagens prisläge?*

*C/ Jag vet att jag inte får ha någon kontakt med en kvinna som har sin orena menstruationsperiod (Tredje Mosebok 15:19–24). Problemet är – hur jag ska veta? Jag har försökt fråga men de flesta kvinnor blir upprörda.*

*D/ Tredje Mosebok 25:44 säger att jag får äga slavar, både manliga och kvinnliga, under förutsättning att jag köpt dem i ett grannland. En av mina vänner säger att det gäller mexikaner, men inte kanadensare. Kan Ni klargöra? Varför får jag inte äga kanadensare?*

*E/ Jag har en granne som envisas med att arbeta på Sabbaten. Enligt Andra Mosebok 35:2 är det helt klart att han ska dödas. Är det jag som ska göra det?*

*F/ En annan av mina vänner säger att även om det är en styggelse att äta skaldjur (Tredje Mosebok 11:10) är det ändå en mindre styggelse än homosexualitet. Jag håller inte med. Kan Ni avgöra vår tvist?*

*G/ Tredje Mosebok 21:20 fastslår att den som har fel på ögonen inte får träda inför Herrens altare. Jag tvingas medge att jag använder läsglasögon. Måste min syn vara perfekt, eller är den här regeln förhandlingsbar?*

*H/ De flesta av mina manliga bekanta klipper håret, även vid tinningarna, fast det är uttryckningen förbjudet i Tredje Mosebok 19:27. Hur ska de dö?*

*I/ Jag vet från Tredje Mosebok 11:6–8 att jag blir oren om jag vidrör skinnet av en död gris, men får jag spela fotboll om jag har handskar på mig?*

*J/ Min farbror har en bondgård. Han bryter mot Tredje Mosebok 19:19 genom att plantera två olika sädesslag på samma åker. Även hans fru bryter mot Moseboken genom att ha på sig kläder med blandade fibrer (bomull/polyester). Det händer också att han förbannar och hädar. Är det verkligen nödvändigt att vi krånglar till det genom att kalla in hela staden för att stena dem? (Tredje Mosebok 24:10–16) Kan vi inte bara bränna dem till döds vid en liten privat familjetillställning, som vi gör med den som sover med sin svärmor? (Tredje Mosebok 20:14)*

*Jag vet att Ni har studerat dessa frågor noggrant så jag är säker att Ni kan hjälpa mig.*

*Tack ännu en gång för att Ni påminner oss om att Guds ord är eviga och oföränderliga.*

*De bästa hälsningar*

*Blessing*

Kycklingen är god, det vitlökstunga nanbrödet lite smörkladdigt och Doktor Laura-attacken begåvad. Ellen känner sig på bättre humör och beställer en Mosi-öl till av den uppmärksamme kyparen som säger att ja, köket har en ny indisk kock. Märktes det?

Det där med att någon varit i hotellrummet var säkert bara inbillning, intalar sig Ellen. Om bara Blessing kunde ringa ordnar sig allt. Värmen och mörkret har gjort henne lite sömnig och hon skulle gärna gå i säng tidigt.

– Vill du sitta i fred eller kan jag få lite sällskap?

Det är kostymmannen från flygbussen som har tagit av sig västen och kavajen och bara behållit sin vita skjorta och mörka slips. Han är lång, säkert närmare två meter. Ellen viker ihop doktor Laura-papperet och lägger det i ryggsäcken. Men en nick bekräftar hon att han kan sätta sig mitt emot henne. Den lätta vindögdheten kompenserar den tråkiga slipsen. Hon kan behöva lite småprat för att slippa fundera så mycket. När hon ätit färdigt eller om Blessing ringer kan hon ju bara gå.

– Nej, det går bra. Varsågod och sitt.

Hon minns inte vad den vindögde amerikanen heter, han presenterade sig ju i morse men visitkortet ligger kvar i jeansfickan i tvättpåsen på rummet. Det känns dumt att fråga igen eftersom han, som amerikaner brukar, självklart memorerat hennes namn.

”Elg?” frågar han och hon berättar historien om sin lille farfar som inte ville bli retad men erkänner samtidigt att hon, som ovanligt lång 12-åring, kanske inte heller velat heta ”Älgen” på skolgården. Att skaffa sig sitt namn när man är vuxen är ganska bra. Han håller med, med stort eftertryck.

Han beställer en indisk lammgryta och funderar som bäst på om han ska ha vitlök i nanbrödet när Ellens mobiltelefon ringer. Hon ursäktar sig och går ut i den doftande trädgården för att ta samtalet. Konturerna av de svarta jakarandaträden skärps av gatlyset från andra sidan muren. Det är Blessing som ringer från begravningen med många högljudda röster i bakgrunden:

– Hej och välkommen till Afrika, honey. Jag hoppas du haft en bra och vilsam dag.

– Jotack. Jag har simmat lite och fått massage.

– Jag är jätteledsen, men jag kommer inte härifrån. Jag måste hjälpa till med maten och inga ursäkter håller. Inte ens att min gamla vän från Sverige landat.

– Det är okej. Men vet du vad som hänt i Chongwe?

– Nej, men det verkar vara Beauty, barnmorskan du vet, som har försökt nå mig. Hon har ju ingen telefon så jag kan inte ringa tillbaka och hon ville tydligen inte lämna något meddelande. Jag får se om jag kan köra förbi henne i morgon bitti. Om bensinen räcker. Sedan kommer jag till dig. Vid tiotiden på hotellet? Passar det?

– Visst. Jag är beredd och har packat väskan!

– Förresten – läste du doktor Laura-texten?

– Ja, den var rolig.

– Jag har försökt få den publicerad i The Post men jag tror inte att dom törs. Det går an att vara tuff mot regeringen, men kyrkan vågar man sig inte på! fnyser Blessing medan någon ropar på henne och hon ursäktar sig och lägger på.

Amerikanen reser sig för att dra ut hennes stol när hon återvänder och han har beställt fler öl.

– Jag beställde en Mosi – det är väl det lokala märket? – till dig också, när kyparen ändå var här. Man vet aldrig när nästa chans kommer.

Det är knappast sant för den uppmärksamme kyparen stryker runt bordet hela tiden men Ellen känner sig lite uppassad, till och med uppvaktad, och det är ovant. Hon brukar klara sig själv, framför allt här i Afrika.

Han är nyrakad och rakvattnad. Björn använder aldrig sådant och Ellen hade rentav glömt att hon gillar herrparfym.

– Tycker du om indisk mat, frågar hon och inser att hon har fördomar mot amerikaners matkultur.

– Jag älskar kryddorna men tycker ibland att den är lite fet och kladdig.

– Jag håller med, men mycket av oljan och smöret går att hoppa över om man lagar själv. Egentligen är jag mest förtjust i grönsaksrätterna.

– Spenat med färskost är fantastiskt. Har dom det här?

– Jag tror det. Dom har tydligen en ny indisk kock på hotellet så man kanske till och med kan göra specialbeställningar.

– Då gör vi det nästa gång!

Ellen tittar upp och backar, både med kroppen och själen. Hon lutar sig bakåt och lägger ned besticken. Vadå ”nästa gång”? Hon har inte tänkt sig att umgås med honom.

Hon har ätit färdigt och tittar demonstrativt på klockan.

– Är inte du trött? Du måste väl ha flugit i flera dygn?

– Nej, det är ingen fara. Jag stannade till i Rom på vägen.

Ellen frågar inget mer. Hon vill inte veta vad han gjort på vägen eller vad han tänker göra i Zambia. Inte för att det inte kunde vara intressant utan för att hon inte vill ha några sådana frågor själv. Men han har precis fått sin mat och det verkar ohövligt att bara resa sig och gå. Hon accepterade ju faktiskt att han satte sig vid hennes bord och något måste de ju prata om och hellre om honom än om henne.

– Hur gammal sa du att du var när du flyttade hit som barn?

– Sex år.

– Var bodde ni, sa du?

– I närheten av Siavonga, nära Zambezifloden. Min far var utsänd av den Evangeliska kyrkan i Iowa och mamma och jag följde med.

Han skär sitt lamm i små bitar innan han stoppar dem i munnen. Pedant, tänker Ellen och tittar en gång till på den välstrukna skjortan och den blanka slipsen. Hon spanar ner mot sin sjal som har en fettfläck i ena kanten. Fläcken syns inte, såvitt hon kan se.

– Vi bodde här i drygt sju år och kom tillbaka till USA när jag var 14. Sedan dess har jag inte varit i Zambia men nu tänker jag åka ner till Zambezi. Missionsstationen har blivit ett barnhem för föräldralösa och jag tänkte skriva om det.

Rösten blir ljusare när han kommer till nutid och vilka planer han har för besöket. Han har långa smala fingrar och kortklippta naglar. Lite fjun på ovansidan av händerna. En dov skugga kring orden ”far” och ”mamma” väcker hennes nyfikenhet:

– Lever dina föräldrar?

– Inte mamma. Hon dog för fem år sedan.

Tystnad. Ytterligare några finfördelade tuggor.

– Far har jag ingen kontakt med.

– Jag är ledsen.

– Det finns ingen anledning.

Svaret är kort och markerar en stängd dörr, eller kanske är den halvöppen? Ellen bestämmer sig för en bakväg:

– Var din mamma sjuk?

– Det kan man nog säga.

Hans röst hårdnar och han höjer ölglaset i en ironisk skål:

– För mycket kröken i för många år efter för många dåliga erfarenheter och felaktiga beslut.

Ordet "kröken" känns främmande i hans mun. Munnen får ett spänt drag, han tömmer ölglaset och ställer ner det med en smäll.

– Nej, jag ska inte vara för hård mot henne, backar han. Hon hade det inte lätt.

Kyparen plockar bort Ellens tallrik och kommer med dessertmenyn. Hon bläddrar förstrött och ska egentligen inte ha något mer än en kopp kaffe. Kalorierna lyser från de aptitretande indiska sötsakerna.

Nu måste enligt alla konversationsregler samtalets fokus flyttas och Ellen förbereder sig på undvikande svar om sin verksamhet i Afrika. Men amerikanen överraskar:

– Var är du född?

– I Lappland – "midnattssolens land", säger hon med ett leende.

Han ler tillbaka och ögat vindar iväg.

– Kallt och mörkt, föreställer jag mig.

– Ja. Kallt och mörkt på vintern och varmt och ljust på sommaren. När jag var 13 år var jag några veckor på besök hos en brevvän i södra Sverige och det var första gången jag var med om att det varit varmt och mörkt samtidigt. Värme hade jag alltid förknippat med ljus. Det var egendomligt.

Amerikanen skrattar och pekar ut mot den svarta afrikanska natten.

– Då har du flyttat dig långt från ditt ursprung.

– Men inte du.

Det är ett konstaterande snarare än en fråga, men nu ligger bollen i hans knä igen.

– Nej, mina minnen från Afrika är både goda och onda, men landskapet och ljuset och djuren är verkligen Guds gåva som jag är mycket tacksam för att ha fått dela.

Hon är lite förtjust i hans lite högtidliga sätt att uttrycka sig. Som om han läste ur en bok eller en predikotext: ”Fadern, Sonen och Det Heliga Afrika.”

När han börjar berätta blir hon intresserad. Han älskar Afrika och har varit med om saker som hon med sina jeeptransporter och tolkar och sitt tydliga utanförskap aldrig kommit i närheten av. Han har övernattat veckovis på savannen i tält som rivits av elefanter. Hans favoritämne i skolan var biologi och fortfarande kan han identifiera ett 20-tal afrikanska fågelläten. Han lärde sig förstå och tala tonga när han fiskade med kamrater och deras pappor i Zambezifloden. Han fick alltid vara med för det var han som ägde fotbollen.

– Berätta nu, vad sa du till killen på lastbilsflaket? frågar hon nyfiket.

– Nej, det sparar vi till en annan gång, säger han och ler.

Kaffe och honungsglass serveras medan han fortsätter berätta om det kudu-kid med brutet ben som han fick mata och vårda. Eller hur man identifierar ormbajs (små hårda bollar av kaninhår i avföringen) för att leta upp eller undvika ormen (han försökte för det mesta hitta den, men lyckades sällan.) Eller den folkilskna flodhäst som bodde i Zambezi och som dödat flera bybor innan fadern tog med sig en välkänd tjuvskytt som lyckades skjuta besten, utan att något rapporterades till myndigheterna.

– Den döda flodhästen gav far en ännu starkare ställning i trakten, säger han men låter inte särskilt stolt.

– Var inte det bra?

Han ser ut att fundera ett tag, som om frågan var ny.

– Han var en ledare och afrikanerna accepterar tydliga ledare. Fick han som han ville kunde han nästan vara rättvis.

– Nästan?

Amerikanen petar i glassen och bestämmer sig för att han inte vill ha mer. Kyparen ser bekymrad ut men gästen fyrar av ett strålande leende och klappar sig på magen för att visa hur mätt och nöjd han är – ändå. Ellen upprepar sin fråga, mer intresserad än rösten avslöjar:

– Om han fick som han ville kunde han vara ”nästan rättvis”?

– Ja, för det var svårt. Han ansåg alltid att han hade rätt och den som opponerade sig kunde råka illa ut. Då fanns ingen hjälp att få någon annanstans.

– Gjorde du det?

– Vadå?

– Råkade illa ut?

– Ibland…

– Och din mamma?

– Ja.

Det är en tydlig punkt efter "ja", följd av en tung tystnad och till sin förvåning börjar Ellen berätta om sin mamma, den undanskuffade och tillbakadragna som haft så svårt att hitta tillbaka till livet sedan pappan dog.

– Vad arbetade din pappa med? undrar mannen.

– Han var elektriker från början men hade varit fackligt och politiskt aktiv på heltid i flera år redan när jag föddes.

– Fackpamp alltså, som Jimmy Hoffa?

Han skrattar ursäktande, som om parallellen med den mördade amerikanske fackbasen med maffiakontakter skulle såra henne. Hon ler avvärjande. Hon är inte sårad och ser inga likheter.

– Nej. Mer som en sorts kombination av informell borgmästare och affärsman och byggmästare och hyresvärd. Folkvald i alla funktionerna.

Han förstår inte och det tar tid att förklara. Inte för att han inte kan föreställa sig en man med stor lokal makt, men att förklara den svenska arbetarrörelsen med alla dess maktcentra är svårare än hon insett. Vadå hyresgästförening som hör ihop med kooperativa bostadsbolag som har nära relationer med facket och där alla handlar på Konsum? Flera av hans frågor får henne att gapskratta. Inte för att de är dumma utan för att hon inser hur svårbegripligt alltihop är för någon som inte vuxit upp med det. Hur konstigt det faktiskt är, om man tänker efter.

Han försöker inte få betala hennes mat och det uppskattar hon, men nu räcker det. Hon vill inte lära känna några nya människor. Det räcker så väl som det är.

– Det har varit trevligt men nu måste jag faktiskt gå i säng. Det har varit en lång natt och en lång dag.

– Jag förstår, men kan jag inte få bjuda på en sängfösare i baren? Då lovar jag att berätta om min mamma.

Det är ett erbjudande hon helt enkelt inte kan motstå.

– God natt då!

Ellen vänder sig om och vinkar lite innan dörrarna glider ihop och hissen lyfter amerikanen – tänk att hon aldrig kom sig för att fråga vad han heter – till hans sjunde våning.

Hon kollar mobilen igen. Egentligen vet hon att den fungerar och att Blessing inte har ringt. Och det skulle hon ju inte göra heller. Hon kommer i morgon. Tejpbiten sitter där hon satte den eller åtminstone tror hon det. Vid närmare eftertanke är det inte särskilt svårt att sätta tillbaka en tejpbit på samma ställe. Hur är det James Bond brukar göra?

Hon fnissar över sin paranoja och inser att hon är ganska berusad. Det blev flera underliga drinkar innan bartendern lyckades med något som avlägset liknade Dry Martini.

Hotellrummet ser likadant ut som när hon lämnade det. Inga papper i oordning, väskorna orörda, bara sängen som blivit uppbäddad av den nitiska hotellpersonalen som också lagt en chokladbit på kudden.

Medan Ellen drar av sig bomullsklänningen funderar hon på kvällen. Hon har inte varit sig lik. Känt sig trygg och lite uppskattad och fått prata om saker som inte är hemliga.

Mannens stränga och antagligen misshandlande pappa var underligt nog mindre viktig än mamman som han inte riktigt kunde förlåta. Föräldrarna skilde sig när de kom tillbaka till USA, pappan försvann och pojken bodde med sin mamma som aldrig hittade rätt i hemlandet. Sakta söp hon ihjäl sig. Sonen pendlar mellan förståelse i ord och fördömande i kroppsspråk.

De hade beställt en ny drink av den förtjuste bartendern.

Sedan hade de talat mer om farfar och farmor i Varmvattnet och om Stig Olofsson och hans krav på sina döttrar. Hur hennes ansträngningar i skolan eller på universitetet aldrig riktigt räknades. Egentligen är väl Ellen också en sorts missionärsbarn, inser hon. Utan krav att sprida Guds ord, men väl att förändra världen.

När Ellen hade försökt kontra med frågor om den amerikanska kristenheten gled han undan. Sa bara att han lämnat det bakom sig och stängde resolut dörren.

Amerikanen – hette han Robert? – hade inga syskon och det sörjde han. Ellen kunde trösta honom med sin halvtaskiga relation till systrarna. Han frågade mycket.

Baren var nästan tom. Bakom Ellens rygg, vid det svarta fönstret, satt en vit mycket kortklippt man försjunken i en tidskrift, men han hade sippat på samma öl i timmar så den unge bartendern såg det pratglada paret som sitt sista, och kvällens bästa, hopp. Så fort glasen var tomma var han framme och jordnötsskålen fylldes hela tiden – fast Ellen vet att hon inte ska äta jordnötter. Ellen jämförde bartenderns besvärande energi men den irritation hon känt över hans företrädare, som aldrig såg eller hörde något där han hukade bakom bardisken. Han kanske hade fått sparken och fått lämna ifrån sig sin nötta välstrukna jacka som nu hängde, lite för stor, på den unge servitörens magra kropp. Luftkonditioneringen skapade en konstgjord fuktig kyla.

Ellen svarade på frågan om man och barn med ett kort tonfall, snävare än hon tänkt sig. Ja, hon var gift, med en kollega. Nej, de hade inga barn. Hade inte haft tid. I Sverige väntar man ofta tills all utbildning är slutförd och hennes avhandling hade kommit i vägen, men snart så, det var hennes – och Björns – största önskan. Ja, sannerligen, tänkte hon och suckade, men sedan blev hon tvungen att gå på toaletten.

I spegeln såg hon röda kinder och en upplöst hårknut. Fläcken på sjalen lyste mitt på bröstet. Nu var det definitivt dags att gå i säng, bara de fick betala så.

Medan de väntade på notan berättade amerikanen, mer i förbigående, att han inte heller hade några barn. Han hade ännu inte träffat den rätta, sa han, och blinkade till med sitt vinda öga. Flirt? Ellen kände sig osäker på signalerna men det var ju länge sedan hon deltog i parningsdansen, om hon någonsin gjort det på riktigt.

Konstigt nog pratade de nästan ingenting om sina ärenden i Zambia. Det kändes som ett skydd för Ellen som vant sig vid att vara svävande i det ämnet. Kanske var det därför hon blivit så personlig om sin familj.

Mot slutet, när klockan blivit alldeles för mycket och bartendern kommit med notan som Ellen den här gången fick kämpa för att få dela, fick hon ur sig några pliktskyldiga fraser om sitt lyckliga äktenskap. Bara så att han inte skulle få för sig nåt. Han log snett och det undflyende ögat blinkade till igen.

Och så försvann han bakom de automatiska hissdörrarna.

Egentligen är hon trött och borde gå i säng men hotellrummet känns ensamt, den hopplösa zambiska statstelevisionen har klappat ihop och gått hem, filmkanalen visar samma film som på planet och BBC har inte producerat några nya nyheter. Det enda som finns att se är de kristna evangelistprogrammen. Ellen stänger av TV:n.

Det slår henne att hennes lyckliga äktenskap har gjort sig förtjänt av en present. Björn är säkert vaken och kan behöva en puss i telefonen från en salongsberusad hustru.

När den fjärde signalen genomborrat lägenheten drar telefonsvararen igång och Ellen trycker av telefonen. Mobiltelefonräkningen är tillräckligt hög utan att hon behöver lyssna på sitt eget pladdriga telefonsvararmeddelande. Björns mobil då? Han svarar inte där heller. Äsch, han har väl glömt att sätta på den, eller spelar musik i bilen för högt så han inte hör, eller sitter kvar på jobbet, eller nåt.

Om hon inte varit en så väluppfostrad svensk flicka hade hon kanske plockat med sig två småflaskor mousserande vin ur minibaren och tassat upp en våning, till den trevlige amerikanen. Hon fnissar vid tanken, inte minst på hur förvånad han skulle bli, och hur stor risken är att han skulle säga att han var trött och inte hade tid eller ork att umgås mer. Det skulle vara oändligt pinsamt för den väluppfostrade svenska flickan. Dessutom vet hon inte var han bor, inte ens säkert vad han heter.

Hon går ut på balkongen och tittar ner mot poolen. Där är det mörkt och stilla men borta vid infarten till hotellområdet är kommersen i full gång. Två bilar med tända strålkastare brummar, den ena har uppenbarligen fel på avgassystemet. Flickorna i de korta kjolarna trängs runt bilarna. Vakten i kuren tittar bort.

Ellen kränger på sig klänningen igen, plockar fram nyckeln till hänglåsen, låser upp den ena resväskan och plockar ut en låda med etiketten "Grön Mamba". Med kondomerna under armen och nyckelkortet i fickan tar hon hissen ner och kliver ut genom entrédörrarna. Natten är varm och mycket mörk. Inget månljus. Nattvaktmästaren som dåsat till på sin stol under lampan reser sig upp och säger:

– Taxi, madam?

– Nej, jag ska bara gå en liten bit.

– Gå? Nu? Det verkar inte så klokt.

– Det är ingen fara. Jag är strax tillbaka.

Vaktmästaren undrar om det ingår i hans jobb att handgripligt hindra idioter att begå misstag men bestämmer sig för att det nog inte är så. Men lämnar kvinnan hotellområdet och försvinner ut på gatan måste han larma receptionen.

Kavat kliver Ellen fram längs den grusade uppfarten. Vakten vid infartskuren, fullt upptagen med att inte titta på affärsverksamheten vid gatan, får något annat att intressera sig för. En vit kvinna i full karriär mot honom.

– Taxi, madam?

– Nej tack.

Ellen är framme nu. Gruppen under gatlyktan delar på en pappersförpackning av det billigaste ölet. Den yngsta flickan, med knappt skönjbara bröst under en djup urringning, är den som ser henne först. De andra flickorna tittar upp och tre unga män i skrotbilen utan avgasrör visslar uppskattande. De överröstar nästan den bullrande motorn. Den andra bilen, en välskött fyrhjulsdriven biståndsarbetarkärra, försvinner med en rivstart. Alltid något, tänker Ellen, och undrar om föraren var någon hon känner.

– Vad vill du? frågar en av flickorna. Hon låter både tuff och rädd.

– Jag vill bara ge er en present, säger Ellen och håller fram kartongen med kondomer. Använd dom här. Om ni verkligen måste hålla till här.

– Angår det dig?! frågar en äldre flicka aggressivt. Hennes hår är konstfärdigt uppsatt i en blank frisyr och de röda sandaletterna har höga snedgångna klackar. Stick tillbaka till ditt fina hotell, du. Och behåll dina "presenter".

Grabbarna i bilen skrattar högt, föraren tutar och flickorna omringar Ellen. De verkar knappast tacksamma, noterar vakten i kuren. Snarare hotfulla. Han blir nog tvungen att ingripa i alla fall. I kuren har han ett gevär. Han sliter fram det och tar några steg mot gruppen vid trottoaren. Flickorna backar undan och den gamla bilen drar iväg med ett dån.

Ellen tittar förvånat på vakten med vapnet:

– Det där var väl bra onödigt, säger hon, men verkar ändå förstå vinken.

– Okej, säger hon till vakten. Ta den här – hon räcker kartongen till honom – och ge den till tjejerna när allt har lugnat ner sig.

– Visst, ljuger vakten.

Rakryggat går Ellen tillbaka mot det upplysta hotellet och in genom svängdörrarna.

– Idiotiska fruntimmer, fnyser vaktmästaren efter henne.

Söndagsluncherna är de som Ellen minns bäst från sin barndom. Inte för att de var gastronomiskt märkvärdiga – burksill och kokt mandelpotatis för det mesta – eller ens alltid trevliga, men kanske för att alla var hemma. Det vill säga, för att pappa var hemma.

Annars delades de flesta måltider av familjens kvinnor; mamma, Ellen, Kristina och Maria. Inte ens på lördagarna var pappa hemma, som Ellen minns det. "Sammanträde" eller "kurs" eller "mottagning" eller "arbetsmiddag" hette det. Ibland har Ellen funderat på om det egentligen handlade om något annat, om fadern levde ett dubbelliv, men hon tror inte det. Pappans älskarinna hette Arbetarrörelsen.

Pappa var visserligen hemma till frukost men doldes då alltid bakom Västerbottens Folkblad. Han läste, kommenterade, åt havregrynsgröt och sörplade. Flickorna härmade honom när han inte var hemma och mamma inte lyssnade. Han förväntade sig instämmande hummanden på sina analyser av världs- och sockenläget, åtminstone från sin hustru. Om flickornas mamma inget sa sänkte han tidningen och tittade uppfordrande och då hummade hon raskt, även om hon stod vid spisen och vände ryggen till. Hennes tidningsprasslarhörsel var knivskarp, även när hon stängt av ordmottagaren. En visst sorts avstannande prassel betydde att hon skulle humma. Alltså hummade hon.

När flickorna blev äldre vände fadern sig ibland till dem, oftast till Ellen, som var äldst.

– Vad tycker du?

– Är det inte förjävligt?

– Där fick han så han teg!

Även då räckte det med hummanden, något egentligt meningsutbyte förväntade Stig Olofsson sig inte från sin familj.

Under flickornas tonår uppstod då och då blixtsnabba gräl vid den Olofssonska frukosten. Det hände – om än inte särskilt ofta – att Ellen eller Kristina ifrågasatte pappans tidningskommentarer. Några argsinta argument och så reste sig Stig, alltför snabbt, så att pinnstolen från Ikeas postorder dånade in i elementet. Sammanbitet marscherande han ut i hallen, slet åt sig rocken så att galgen föll i golvet och smällde igen ytterdörren. Hans steg ekade i trapphuset och det blev mycket tyst i köket.

Men söndagsluncherna var annorlunda. Stig hade visserligen alltid något möte på eftermiddagen eller några papper att gå igenom eller behövde gå tillbaka till kontoret, men luncherna var heliga. En snaps eller två unnade han sig – om han inte skulle köra bil efteråt – och mamma läppjade på sin.

Då hände det att Stig skämtsamt drog historierna om sin fattiga barndom. ”Salt och potatis var allt man fick att äta”, och döttrarna skrattade när han satte igång. Det var inte sant, i Varmvattnet fanns det alltid mat, men de gudagoda farföräldrarna hade haft stora krav på sin ende son. Hans revanschlust var betydande. Hans kraft och framgång likaså.

Hemma hos mamma Marianne hade pappan – en morfar som Ellen aldrig träffat och knappt hört förnamnet på – köpt brännvin för hennes skolresepengar. Det berättade hon aldrig om på söndagarna. Fattighistorierna i det Olofssonska hemmet skulle vara heroiska, gärna med musikaliska citat ur Internationalen: "från mörkret stiga vi mot ljuset, från intet allt vi vilja bli!"

Det är först nu, efter Stigs död, som flickornas mamma börjat städa i sitt minnes källarvåning. Mest har hon berättat för dottern Kristina, den lyssnande. Dottern Ellen, den duktiga, får höra berättelserna i andra hand när Kristina vill dela med sig och Ellen orkar lyssna. Dottern Maria, den problematiska, får inget veta.

Men söndagarna var fina. Som Ellen minns det var det alltid soligt i det södervända köket. Bordduken var orangeblommig och tallrikarna hade ett geometriskt mönster runt kanten. En bröllopspresentsservis där ingen del gått sönder, något som Stig regelbundet påpekade: "Har vi sagt det, att varje assiett är kvar, utan att en enda flisa gått?" Jo, han hade sagt det. Kaffepannan hette Don Pedro och var gammaldags fast den såg så modern ut. Mjölkglasen var av "okrossbart" Duralexglas.

Den rundmagade Stig – "kalla mig Stickan eftersom jag är så tunn" – var populär hos Ellens kamrater som tyckte att han var rolig. Han pratade och skrattade och älskade ordvitsar. Det var samma vitsar hela tiden, visserligen, och döttrarna hade tröttnat, men för deras kamrater var "Tyst? Jag är ingen tysk!" nytt och orsakade flickfnitter. En gång när Ellens bästis Lena var på besök hade Stig tagit ett Duralexglas och med stor kraft slängt det i väggen i en skämtsam protest mot någon orättvisa. Lena bleknade men glaset höll. Alla skrattade, Lena mest. Fortfarande, härom året, när Ellen stötte på Lena hemma på posten, hade Lena berättat om episoden. Oförglömlig. Något så tokigt gjorde ingen i hennes familj.

Bordsskivan var av Perstorpsplatta. Vad hände med Perstorpsplattorna? Såldes de dyrt på retroauktioner idag? Tillsammans med kökshanddukarna med stiliserade tulpaner? Eller ryamattorna? Ibland tar Ellen en tur i någon av secondhandaffärerna i stan, mest av nostalgiska skäl. Hon köper aldrig något. Prylar har hon alldeles tillräckligt av. Kristina är däremot stormförtjust i sin barndoms mode och byter gärna stil. Senast Ellen var på besök hade hon dukat med nytillverkat 50-talsstuk och till och med fått tag i en – svindyr – fladdermusfåtölj där hon obekvämt benspretande besvarar sina telefonsamtal, men även för henne går gränsen hitom ryamattorna. Det är bara mamma som har dem kvar, men så har hon ju knutit dem själv.

Ellens föräldrar gifte sig unga men väntade länge med att skaffa barn så under tiden hann mamman knyta många ryor. De senaste åren har Ellen funderat på om barnlösheten var ett val, eller om det bara inte blev något de första 18 åren. Marianne var 38 när Ellen föddes, sedan kom systrarna med ett års mellanrum. Ellen har aldrig kommit sig för att fråga fast hennes arbete och de senaste årens erfarenhet borde gett henne all rätt. Typiskt, tänker hon. Typiskt oss.

Ett tag var syster Kristina med i vänsterns ungdomsförbund. Det hade Stig svårt att tåla, men hans argument tröt ibland, vilket var ovanligt. Varför skulle gränsen för solidaritet gå vid Bottenviken? frågade Kristina. Men risfälten och ökenutbredningen låg alltför långt från Stigs kommunala nämnder. Globaliseringsdebatten förstod han inte. Och amerikanerna hade ändå räddat Europa från Hitler.

Ellen minns ändå diskussionerna mellan Kristina och Stig som ömsesidiga, nästan jämbördiga. Inte helt igenom respektfyllda och med fler hårda ord än vänliga, men trots allt. Stig brottades med tredje världen och när Kristina lyckades beskriva frihetskampen långt där borta i termer som Stig kände igen, som förtryck och människovärde och rätten att fatta egna beslut – då skakade Stig på huvudet och reste sig för att ta skydd bland sina papper och protokoll, men tvekande och utan att välta stolen.

Ellen deltog sällan i debatterna. Hon var inte politiskt intresserad även om det hände att hon stoppade några kronor i Kristinas bössa utanför Domus. Ellen var den tysta och duktiga. Den som frivilligt reste sig för att duka av bordet, diskret hälla ut moderns orörda brännvinscentilitrar, tappa upp diskvatten och sätta på kaffet medan debatten böljade vidare. Hennes engagemang behövde tid för att växa. Mamma sa aldrig något men trivdes med den samlade familjen och var glad att slippa diska. Maria då? Ellen minns inte ens var hon brukade sitta.

Långt senare, när systrarna flyttat hemifrån och hela familjen bara träffades vid jul och finare födelsedagar, kunde Stig återkomma till tredje världen. Han hade haft fel, sa han. Bara det var märkvärdigt, att Stig Olofsson erkände att han begått ett misstag. Nu visste han att man måste göra något, även om orättvisorna fanns långt borta. Och inte slösa bort sin tid i bibliotek och forskningssalar.

– Så hur är det, flickor, har ni gjort något av bestående värde sedan sist!?

## CHONGWE-DISTRIKTET, ZAMBIA
### 4 februari 2004

Beauty drar undan den nötta presenningen som omgärdar byns toalett. Hon har inte mått bra sedan Puni dog. Magen krånglar och hon måste ofta springa från jobbet på tegelbruket. Hon är orolig.

Hon passerar sitt hus, kastar ett öga på sin sovande minsting och drar en kam genom de korta lockarna. På väg tillbaka till tegelbruket ser hon hur två bybor stannar till bakom knuten och säger något som hon inte hör.

Det är ingen som talar direkt med henne, men häxeriryktena har fått ny fart. Många bybor råkar numera ta vägen förbi en plats strax bakom hennes hus, petar lite i buskarna och går vidare. Hon vet varför.

Där begravdes en gång Mama Mooni, en kvinna som utpekats som häxa i en grannby. Eller sannare – där begravdes en del av Mama Mooni. Hon var nämligen så stark att ingen by kunde bära den kraft som strålade från hennes kropp. Hela hon skulle spöka hembyn sönder och samman.

Alltså styckades hennes kropp och olika delar begravdes i de fyra grannbyarna. Ett ben och en arm och halva underlivet grävdes ner i buskaget bakom Beautys hus. Allt för att hindra hennes rörlighet. Mest oroliga var byborna i hennes hemby, där huvudet begravts, men det ansågs inte mer än rätt att hembyn som ju egentligen hade huvudansvaret skulle ta huvudet. Dessutom var det ingen, hur stark han än må vara, som vågade höja en yxa och klyva Mama Moonis skalle. Den som gjort det skulle inte kunna sova lugnt under resten av sitt liv.

Det var länge sedan Mama Mooni begravdes, Beauty var bara ett litet barn, men hon minns ceremonin väl. Hur både prästen från grannbyn och häxdoktorn kom, med olika metoder, men samma syfte; att tvinga Mama Mooni att stanna bland de döda. Ett litet stenröse i form av en pyramid skulle utgöra ett visst hinder för spökerierna och markera var häxan höll till.

Precis efter begravningen talades det mycket om Mama Mooni. När tvätt försvunnit från tvättstrecken på nätterna hade Mama varit framme, sa man. När Moteles tredje son dog kopplades det till årsdagen av Mamas död – fast ingen nog egentligen visste säkert vilken dag det varit. När majsskörden var god hade Mama haft många lugna nätter. I lönndom kontrollerade mer än en bybo att stenpyramiden låg på plats.

Men tiden gick och för de flesta bybor blev berättelserna om Mama Mooni allt mer som en saga, något man kunde skrämma olydiga barn med. Häxan blev till och med för barnen mindre och mindre farlig. Pojkar lekte och skrämde flickor genom att hoppa fram bakom en knut och skrika "Mama Mooni". Flickorna skrattade förtjust.

Begravningsplatsen växte igen. Stenarna sjönk ner i jorden eller användes till annat. Ingen brydde sig om att återställa graven. Skulle tanten upp fick hon väl gräva sig genom rötterna, skrockade Beautys pappa.

Alla glömde bort Mama Mooni – utom Beauty. I hennes fantasi växte häxan bakom huset för varje natt. Hon såg den styckade kroppen krafsa sig upp genom buskarnas rötter, på jakt efter henne. När något rörde sig i buskarna stängde hon in sig i huset och gömde sig längst in i hörnet. Riktigt modiga dagar gick hon långt in i skogen för att hämta så stora stenar hon orkade bära och lägga dem på gravplatsen, eller där hon trodde att den varit. Hon la stenarna i en pyramid.

Beauty började kissa i sängen fast hon var tio år eftersom hon inte vågade gå ut på natten. Hon grät hejdlöst när pojkarna skrämde henne med "Mama Mooni" och det gjorde det hela ännu roligare för dem. Mardrömmarna väckte henne nästan varje natt och till sist vägrade hon lämna sin mamma när mörkret fallit.

Det blev ohållbart. Beautys mamma hade åtta andra barn, de flesta yngre. Beauty måste arbeta och hjälpa till, även på kvällstid. Dessutom måste Beautys mamma rycka ut vid behov och barnafödslar, även på nätterna.

En tidig morgon tog mamman sin dotter vid handen och började gå. Vid middagstid vilade de en stund under ett akacieträd och drack lite vatten som de burit med sig men sedan gick de igen. Först när himlen börjat rodna var de framme.

Beautys mamma hade beställt tid hos den klokaste människa hon kände, sjuksköterskan på kliniken.

Vid två tillfällen tidigare hade barfotabarnmorskan från byn varit i kliniken men nu hade hon skickat ett meddelande till sjuksköterskan och bett om hjälp. Det var en av de äldre männen i byn, en ovanligt välbeställd karl, som gått till kliniken för att få sin halvårsdos av malariamedicin, som tagit med sig meddelandet:

”Min flicka är tio år och mycket duktig i skolan. Hon kan göra stor nytta för sin familj och sin by och sitt folk. Men då måste hon sluta tro på häxor. Kan syster hjälpa mig?”

Mannen kom tillbaka med ett brev som Beautys mamma måste ha sin dotters hjälp med att läsa. Där stod:

”Jag hjälper er gärna. Kom hit med henne så ska vi se vad vi kan göra. Jag har en del böcker, och du kan säkert mer. Kanske kan min vita uniform hjälpa.”

Det gjorde den.

Tillsammans satt Beauty, hennes mamma och sjuksköterskan i två långa kvällar, efter att kliniken stängt, och pratade.

Beauty berättade om hemska saker hon hört där Mama Mooni och andra häxor varit inblandade. Hennes mamma fyllde i med andra myter som kopplats till häxeri. En del föreställningar kunde mamman själv avfärda och ge naturliga förklaringar till, medan andra, mest sjukdomar, fick sjuksköterskan gå igenom. Med hjälp av bilder i böcker visade hon hur magsjuka kommer från smutsigt vatten och hur feber sprids av malariamyggor. Och hur barn kommer till, växer i mammans mage och sedan föds.

Beauty höll sin mamma i handen och lyssnade, storögt. På dagarna, när sköterskan arbetade, fick de hjälpa till på kliniken. De desinficerade instrumenten och de rena dukarna imponerade på dem båda. Häxorna var långt borta.

Men – och det är mest det som Beauty minns – för första och enda gången i sitt liv fick Beauty vara ensam med sin mamma. På nätterna sov hon på en matta i sjuksköterskans rum, på mammans arm, och redan andra natten var mardrömmarna borta.

Sedan dess har Beauty aldrig trott på häxor.

Den sista tegelstenen är klar och Beauty sköljer av sina händer i det lergråa vattnet i hinken vid brunnen. Ryggen värker när hon rätar på kroppen för att gå in i huset och hämta grytan till majsgröten.

I eftermiddagssolens motljus är det svårt att se tydligt. Beauty kisar med ögonen.

Men jo, hon har sett rätt.

På hennes trappa, vid ytterdörren, står en liten noggrant sammanfogad pyramid av stenar.

– Vad är det där, mamma? frågar hennes barn som just kommit från skolan.

WASHINGTON POST, USA 1 FEBRUARI 2004

# DOMARE McARTHURS DOTTER MISSTÄNKER BROTT – MIN FAR VAR HOTAD

**Domaren i Högsta Domstolen, Vernon McArthur, som avled i sitt hem i onsdags, kommer att obduceras.**

– Domare McArthurs dotter har begärt en fullständig polisutredning kring dödsfallet, bekräftar kriminalkommissarie Stephen Chu vid Washingtonpolisen.

Bakgrunden är att dottern hittat hotelsebrev, riktade mot fadern, när hon gått igenom hans kvarlåtenskap

– Jag vet inte vem som skrivit dem, eller vad som låg bakom, men min far var hotad till livet, säger dottern Jane McArthur till Washington Post.

– Min fars läkare tror inte heller att han drabbats av en ny hjärtinfarkt. Jag kräver att han obduceras och att polisen utreder dödsfallet.

**LUSAKA, ZAMBIA**
**5 februari 2004**

Ellen väcks av en het solstråle mitt i ansiktet, med lakanen i en svettig knut runt benen. Med slutna ögon försöker hon återkalla drömmen för hon tror att den är viktig.

Det är vinter och kallt. Natt eller åtminstone kväll. Hon kommer farande i hög fart på en plogad men osandad vinterväg med höga drivor. Åker hon spark? Eller kör hon barnvagn? Det bör vara en barnvagn, eller en spark med sparklåda, för plötsligt välter hela ekipaget och tre paket ramlar ut i snödrivan. Hon börjar förskräckt samla ihop dem för de är tre barn, hårt lindade, som mumier, i små små paket. Björn är också där och hjälper henne och paketen är hela och barnen lever. Det minsta lindebarnet ryms i hennes ena hand.

Nu är hon vaken och vet att det var en dröm.

Känslan som är kvar under de hettande ögonlocken är ändå förskräckelse för att hon nästan – ja, vadå? Dödat barnen? Tappat bort dem? Slarvat?

Solen måste ha börjat vid hennes fötter och sakta värmt upp hela henne innan den nådde näthinnorna genom ögonlocken. Drog hon inte för gardinerna ordentligt igår? Hon är törstig och har ont i huvudet. Var är mineralvattenflaskan? Vad är klockan? Halv åtta. Hon måste ringa Blessing!

Ellen bläddrar i telefonboken medan hon tömmer sitt tredje juiceglas. Frukostkyparen med det stora varma leendet tittar oroligt på hennes tallrik med kallnad äggröra. Han är på väg med kaffekannan till en vit man med mycket kort hår längst in i hörnet, men stannar upp vid Ellens bord.

– Mår madam inte bra?

Ellen skakar obestämt på huvudet. Nej, hon mår inte bra och nej, hon vill inte diskutera saken.

– Dålig i magen?

– Ska jag byta ut kaffet mot te?

– En huvudvärkstablett?

Ellen kan inte låta bli att le. Kyparen har sett bakrus förr.

– Nej tack, jag har egna tabletter. Men lite mer juice, tack. Och kanske ett glas mjölk.

Hon sväljer sin malariatablett – lyckades i alla fall komma ihåg den – och bläddrar vidare i telefonboken medan hon försiktigt läppjar på kaffet. Det är inte gott.

Himla onödigt med allt vin igår kväll. Det var amerikanen, tänk att hon inte kan komma ihåg vad han heter, som satt i baren när hon var på väg till matsalen.

Onödigt med allt vin alla fall. Och konjak till kaffet! Värken har parkerat sig i en punkt över högra ögat och huvudvärkstabletten hjälper inte, eller också vore det ännu värre utan den vilket Gud förbjude för nu gäller det att samla ihop sig. Hon har e-postadresser till alla i juntan och kan få iväg ett meddelande till alla nu. Då borde de hinna läsa det under dagen och samlas så att hon kan ringa ikväll.

Hittills har allt gått så bra. Inga upptäckter, inga misstankar, inget trassel. Det kunde inte fortsätta hur länge som helst, det förstår Ellen och nu går hon igenom sin lilla grupps stresstolerans.

Hur går vi vidare härifrån? Vem kommer att bli mest nervös? Vem är mest handlingskraftig, om så krävs? Finns det risk att någon läcker? Juntans hållfasthet i ett krisläge har aldrig prövats, även om man försökt förbereda sig.

Agneta? Nja, hon har varit med förr. Vid sidan om Ellen är hon den enda som verkligen känner Afrika. Hon har hotats till livet av machetebeväpnade tonåringar och sytt ihop våldtagna småflickor. Två år som sjuksköterska hos Läkare utan gränser i inbördeskrigets Rwanda har gett henne den hårda hud och de starka nävar som ibland skrämmer de sjåpiga förstföderskor hon möter på Huddinge sjukhus. Nej, hon är att lita på.

Inga likaså. Hon träffar poliser varje dag men mycket av det hon gör sker vid sidan om lagen. Kvinnojouren där hon är ordförande har ett nära samarbete med polisen, men Ellen vet att Inga vid flera tillfällen hjälpt till att gömma asylsökande på flykt undan utvisning. Ingas låga flammar stadigt sedan hon som tonåring på 40-talet tvingades till en illegal abort som höll på att kosta henne livet och för alltid gjorde henne barnlös. Behöver hon bränsle till sin ilskas brasa sätter hon sig bara en kvart i kvinnojourens kök och lyssnar till de misshandlade kvinnornas berättelser. Dessutom är hon gammal. Hon pratar ofta om att hon blivit allt mindre rädd med åren. Vem ska ge sig på en 70-årig käring? Änka och inga barn. Vad har hon att förlora?

Och så Anne-Marie. Hon kom in i gruppen lite från sidan, och välkomnades snabbt på grund av sina kontakter. Hon hade träffat Inga på kvinnojouren där hon svarade i jourtelefon. Hon är gruppens länk in i industrin, sekreterare till Medicis marknadschef, en roll som blivit allt mer viktig sedan Medicis engagemang i projektet ökat. Att Anne-Marie är lesbisk och lever ihop med Åsa vet alla i gruppen.

Men det finns mycket som de inte vet.

Juntan har ofta imponerats av Anne-Maries kunskaper om svensk lagstiftning. Så fort någon oroat sig kan Anne-Marie ta reda på och förklara, oftast lugna. Förklaringen är att hon läst proppen i juridik, säger hon, men det räcker inte. Anne-Marie är helt enkelt världsmästare på framförhållning.

Just nu, när stormen kring gruppen är på väg att tillta, är Ellen glad att hon känner till Anne-Maries kriminella historia. Anne-Marie kan vara hänsynslös och orädd, men framför allt är hon extremt kalkylerande. De kan komma att behöva henne.

Ellen lägger ihop sin telefonbok och stoppar burken med malariatabletterna i ryggsäcken. Frukostkyparen kommer hastande med ännu ett juiceglas och Ellen sväljer törstigt.

För en gång skull är det inte kö till internetuppkopplingen och anslutningen fungerar utan trassel.

”Viktigt! Vi måste talas vid. Meddela mig per mejl när ni kan vara samlade i morgon och ring mig då på mobilen så ser jag till att vara på ett ostört ställe. Ellen”

## CHONGWE-DISTRIKTET, ZAMBIA
**5 februari 2004**

Den flugsmutsiga glödlampan gungar till varje gång någon öppnar dörren och det händer ofta. Ungdomar tittar in, ställer sig och trycker vid väggarna ett tag, smiter ut igen och återkommer med en ny kompis. Musiken gungar från baren tvärs över gatan och i rummet intill, mer som ett hål i väggen, står ett biljardbord som lockar många ungdomar.

I taket intill lampan hänger buketter med torkade blommor och på bänken bredvid Ellen ligger buntar med stela batiktyg. De färgar av sig något förskräckligt när man försöker tvätta dem, det vet Ellen för hon har säkert fem olika hemma i Sverige. Hon har köpt dem för att stödja den ungdomsgrupp som sköter lokalen, och plockar blommorna, och trycker tygen, och spelar gatuteater om sex och aids.

Ikväll har gruppen bjudit in Ellen och barnmorskan Beauty för att de ska informera om kondomer.

Ellen, Beauty och Joseph kom redan vid fyratiden och hade tänkt vara klara innan nattsäcken dras ner över marknadsplatsen, men nya ungdomar kommer droppande hela tiden och Ellen vill inte låta någon gå innan de hört vad hon vill säga, så hon börjar om igen.

I gränden utanför har ljudnivån höjts, flera bergsprängare konkurrerar om musikutrymmet och höjda röster signalerar ökat intag av ”shaky-shaky”, det billiga ölet som säljs i pappkartonger.

Ellen har med sig sin träpenis, den ståtliga fallos som alltid drar ner orkaner av fniss när hon tar fram den.

– Vet ni vad det här är, frågar Ellen och drar ut en kondom av märket "Success" till maximal längd och trär den över träsnoppen. Blyga skratt, främst från flickorna.

Ja, de vet. Många nickar men ingen vill prata. Det är ovant att tala om sex över huvud taget, och ännu konstigare att tala med vuxna. Ellen är dessutom vit, och flera av ungdomarnas mammor känner Beauty. Till sist höjer Charlie från teatergruppen rösten, vänder sig till ungdomarna och säger:

– Det är klart att ni vet vad det är. Men vet ni vad den är bra för?

– För att stoppa sexuellt överförbara sjukdomar, viskar en ung man med glasögon.

– Rätt. Och mer?

Ellen har pratat för ungdomsgrupper i Sverige men där får hon aldrig svaret "att stoppa sexuellt överförbara sjukdomar". Här är verkligheten en annan. Här är det mer än spermier och gonorré som överförs sexuellt.

– För att inte bli med barn, förstås, piper en flicka i bakre raden.

– Visst. Kondomen har två stora poänger. Den hindrar befruktning och den skyddar mot smitta. Kondomer är bra. Brukar ni använda kondomer?

Självklart! skrävlar några lätt ölberusade unga män vid dörren. Varenda dag! Vi kan ta hela lådan!

Beauty går runt och delar ut kondompaket. De flesta av flickorna vill först inte ta emot – de vill inte bli betraktade som horor – men när Beauty säger att de kan ge bort dem som presenter smusslar de ner några paket i sina handväskor. Några ungdomar tar inte emot gåvorna utan markerar avstånd inför hela föreställningen. En flicka har demonstrativt lagt en bibel i sitt knä. De högljudda pojkarna tappar sina paket men samlar ihop dem i en upp-och-nervänd keps.

Det finns något aggressivt i pojkgänget, och Ellen är tacksam för att Beauty insisterat på att hennes man, den storvuxne Joseph, ska följa med. Han står utanför dörren och tittar in då och då. På ryggen har han den Fjällräven-ryggsäck han fått av Ellen för många resor sedan. I ryggsäcken ligger en del av innehållet från Ellens dubbellåsta resväskor på hotellrummet. Kartonger med medicin, vakuumpumpar, gummihandskar, desinfektionsmedel.

– Förresten, säger den tuffaste av de tuffa grabbarna. Jag undrar en annan sak.

– Javisst, vadå? säger Ellen.

– Jag undrar vad du tycker man ska göra om man upptäcker att flickan ändå blivit med barn. Om kondomen har läckt, eller så. Det är många som säger att kondomer inte är säkra.

– Det är fel, säger Ellen bestämt. Om man hanterar kondomerna försiktigt och inte river sönder dem med vassa naglar eller så är de mycket säkra. Titta här – hon drar med full kraft i gummihylsan – tror du att du är starkare än så här?

Gapskratt från hela gruppen. Det gör inte grabben på bättre humör.

– Men ändå. Om flickan har blivit med barn och inte vill ha det. Vad ska man göra då, tycker du. Du som är vit och doktor och kommer från Europa och allt...

Pojkens röst har blivit len och inställsam, han låtsas att han verkligen vill höra hennes professionella råd.

Beauty hostar till i sitt hörn. Frågan är en fälla, det vet Ellen. I gruppen finns flera ungdomar som inte gillar kondomer och som kommer att gå hem till sina föräldrar och berätta vad den vita kvinnan – och Beauty – har sagt. Aborter är ett ännu känsligare ämne. Men Ellen har svarat på frågan förr:

– Har du hört talas om någon som gjort något? frågar hon.

– Ja, jag har hört att man brukar försöka sticka in pinnar och stickor och så.

– Tror du det är bra?

– Nej, det verkar ju jätteäckligt.

– Dessutom är det farligt, både för fostret och för mamman. Så det ska vi inte göra.

Hon låter blicken gå runt mellan flickorna i församlingen. En av dem, en tunn tonåring med intrikat flätfrisyr och rutig kjol, tittar ner och plockar nervöst med sina knappar. Hon signalerar ångest, ja, skräck. Henne måste Beauty få ett samtal med innan kvällen är slut, tänker Ellen.

– Vet ni vad lagen säger om aborter? fortsätter hon.

Nej. Det har ingen en aning om.

– Enligt den zambiska lagen är aborter tillåtna, berättar Ellen och Beauty nickar bekräftande. Men man måste ha ett intyg från tre läkare för att få göra ingreppet och i det här distriktet finns väl inte ens tre läkare?

Beauty nickar, och skakar på huvudet. Såvitt hon vet finns inte en enda färdigutbildad läkare i hela distriktet.

– Det är alltså svårt. Men ni ska veta att det inte är olagligt.

– Men en sån doktor kan väl inte vara du, en utlänning? Nu är den unge mannen öppet utmanande.

– Nej, jag kan inte arbeta som praktiserande läkare här, säger Ellen. Jag kan bara undervisa andra och hålla informationsmöten, som det här. Egentligen är jag här som forskare. Min avhandling vid universitetet i Sverige ska handla om Zambia.

Pojken gruffar otydligt men hans kamrater lugnar ner honom.

– Om ni funderar på att göra något som ni tror är farligt måste ni lova mig – Ellen spänner nu ögonen i flickorna och stannar länge vid henne med den rutiga kjolen – att prata med Beauty först. Hon kanske kan hjälpa er. Det bästa är ju att ni kan föda och ta hand om barnet. Prata med Beauty!

Pojkarna slinker ut genom dörren med sin kondomfyllda keps. Ylande kastar de sig in på baren mitt emot. Kanske kan de byta till sig ytterligare lite öl, i utbyte mot några kondompaket.

Sakta lommar ungdomarna iväg och Beauty har precis lyckats få kontakt med flickan med kjolen när dörren kastas upp. I dörröppningen står en medelålders man med rödsprängda ögon. Hans smutsiga skjorta hänger utanför och det ena byxbenet är grått av halvtorkad lera. Han måste ha fallit omkull i den halkiga geggan mellan husen.

– Vad är det som pågår här? sluddrar han fram. Bakom honom trängs de högljudda pojkarna.

– Jag har fått rapporter om olagligheter.

Fulla karlar har Ellen mött förr. Hon tar fram sitt tålmodigaste leende, tar en försvarlig hög kondomer i båda händerna och går fram till mannen.

– Det är ingen fara. Inga olagligheter. Jag är en svensk läkare som arbetar med aids-frågan och håller ett litet informationsmöte. Hälsoministeriet är informerat.

Det är inte riktigt sant, men ministerier brukar ha en lugnande effekt på bråkstakar.

– Här! Hon trycker kondomhögen i hans hand. Vem är du?

– Jag är polischef här.

Mannen vinglar till och tappar kondompaketen när han ska dra fram sin legitimation ur bröstfickan. Ellen kastar en blick på Beauty som nickar bekräftande. Han är polischef. Hon ser rädd ut.

Beautys man Joseph tränger sig förbi pojkarna och börjar prata med polismannan, lugnande, som till ett barn, på ett språk som Ellen inte förstår. Joseph försöker dra med sig polischefen till baren. Skapa ett utrymme så att Beauty och Ellen kan försvinna. Men inget hjälper. Mannen står på sig, kvinnorna ska till polisstationen, och de gormande pojkarna i gränden eldar på. Polismannen knuffar ut kvinnorna på gatan där hela baren verkar ha samlats.

Plötsligt är massor av folk där. I centrum av folkmassan förs Ellen och Beauty framåt mellan butikerna där människorna nyfiket tittar ut, och hänger på.

– Men vi har ju inte gjort något olagligt, protesterar Ellen med hög röst. Människorna som knuffar henne framåt bryr sig inte och Beauty viskar att det nog är bäst att inte bråka så kanske alltihop lugnar ner sig.

Polisstationen är ett litet rum med flagnande målarfärg, avskavda väggfasta bänkar och en hög disk för anmälningar. Framför disken står en liten krum kvinna. Hon når knappt upp och berättar gestikulerande något när hon hör den larmande hopen och tystnar. Bakom disken skymtar en cell med gallervägg. Dit ska Ellen och Beauty, säger polischefen och pekar. Åtminstone över natten.

– Men vad har vi gjort!?

Ellen anstränger sig för att låta lugn och inte visa det ursinne som rinner upp i henne. Beauty drar i hennes arm för att lugna.

De unga polismännen som står bakom disken är förvirrade. De förstår inte heller vad Ellen och Beauty gjort, och med hänvisning till vilket lagbrott de ska kunna låsa in en vit kvinna, men polischefen är nu en gång för alla chef, om än berusad, och en konstapel sticker inte upp i onödan.

Människorna i dörröppningen trycker på, lukten av svett och hembränt öl är intensiv och Ellen känner hur någon ställer sig obehagligt nära bakom henne, en man, med ett pockande stånd mot hennes stjärt. Rasande försöker hon vända sig om men kroppen är helt låst i folkhavet. De hukande poliserna bläddrar i sina papper, lyssnar på sin chef och försöker hitta något sätt att slippa ta ställning. Chefen viftar med en nyckelknippa och pekar på cellen bakom disken. Mobben hejar på.

Ellen har kommit ifrån Beauty och söker hennes blick bakom ett gäng tonårspojkars dammiga huvuden.

– Beauty, väser hon. Vad ska vi göra?

Beauty vänder sitt normalt så lugna ansikte mot Ellen, och hon är vettskrämd. Läpparna är hårt spända och de mörkbruna ögonen flackar. Pannan är täckt av små svettdroppar.

– Jag vet inte, säger hon tyst. Men var lugn, framför allt. Reta inte upp nån. Om det här fortsätter kan det bli säkrare i cellen än utanför.

Ellens svenska rättvisepatos försvinner i en blink och ersätts av kall skräck. Om Beauty är rädd, på sin egen marknadsplats, hur rädd borde då inte hon vara? Aggressiviteten har hela tiden riktat sig mer mot henne, den vita inkräktaren. Om ambassader och myndigheter blir inblandade är hon säkert fredad, men här finns inget ambassadfolk. Sverige är oerhört långt borta.

Hon mår plötsligt mycket illa och ölstanken kladdar ner luften. Hon andas i korta stötar, genom munnen för att slippa lukten.

När folkmassan, och kuken som trycker mot hennes rumpa, skjuter på hamnar hon nästan ända framme vid disken. En rad halvstora barn har slingrat sig längst fram och mellan Ellen och polisreceptionen står en tioåring med sin lillasyster i ett skynke på ryggen. Ellen försöker hålla emot för att barnen inte ska bli mosade mot disken. Luften är alldeles stillastående. Någon krafsar henne i nacken – försöker lossa på guldkedjan? Hennes armar är fastlåsta längs sidorna i trängseln. Och var är Beauty?

Ellens synfält krymper och den fläckiga affischen bakom polisdisken som propagerar mot drogmissbruk börjar röra sig. Svetten rinner som tårar från pannan och ner över kinderna. Sältan svider i ögonen. Om människorna inte höll henne uppe skulle hon falla omkull. Benen bär inte länge.

Då plötsligt, mitt i en harang om osedligheter och olagligheter tystnar polischefen. En pojke har trängt sig förbi mobben, ställer sig på tå och viskar något i hans öra. Polischefen tittar ut mot torget och kommenderar folkhopen att sära på sig så att han kan komma ut. De lyder, lite gruffande, rädda att gå mista om ett uppskattat spektakel. I korridoren som bildas kommer lite frisk luft in. Folkmassan runt Ellen släpper taget, ståkuken försvinner och hon tar tag i disken för att inte falla omkull. Sakta slutar drogaffischen att snurra. Hon håller sig hårt i den kladdiga disken med sin fria hand. Fingrarna är halkiga av kallsvett. När trycket bakifrån försvunnit söker hon en av polismännens blick – kan de gå nu?

Men då kliver polischefen in igen. Han har en grön bunt i handen och stoppar klumpigt sedlarna i byxfickan.

– Det är okej, säger han till poliserna. Vi bryr oss inte om dem. De kan gå.

Han höjer rösten och vrålar till alla människor inne i polisstationen och på gatan utanför:

– Låt dem gå. De hade tillstånd. Jag har kollat. Det är okej. Gå hem, allihop!

Folkhopen är missnöjd, det hörs på grymtandena, men att vara en mobb med stöd av polismakten är något helt annat än att agera mot direkt polisorder.

Omtumlade kliver Ellen och Beauty ut på torget. På gatan står en jeep med motorn på. En vit man sitter vid förarplatsen, öppnar dörren på passagerarsidan och vinkar till Ellen att kliva in.

– Vad gör du här?

– Fråga inte så mycket. Det är bäst att vi åker nu.

– Men mina vänner? Jag kan inte lämna dem.

Ellen söker med blicken efter Beauty men ser bara Joseph.

– Åk du, säger Joseph. Inget blir bättre av att du är kvar och vi måste ändå reda upp det här själva. Gör vi det inte nu har vi kvar det senare. Och det blir nog lättare när du åkt. Vi bor ju här.

Beauty har om igen omringats av människor och rösterna har höjts igen. Joseph nästan knuffar in Ellen i jeepen. Sedan tar han av sig ryggsäcken och hänger den på magen istället. Med båda armarna som ett skydd kring Fjällräven kliver han fram till sin hustru som står mitt i folkhopen.

**TAMPA, FLORIDA , USA**
**17 februari 2004**

*Jag kanske måste berätta lite mer om min mamma, fast jag är inte säker på att jag vill. Hon trodde inte på Gud till exempel. Hon bad ingen aftonbön med mig när jag var liten. Visst är det hemskt? Att inte ge sina barn en barnatro. Jag har ju hittat hem till Gud ändå, men tänk om mina bröder inte kommer till himlen? Då är det hennes fel!*

*Det är länge sedan jag träffade henne nu så jag vet inte hur hon har det. Hon kanske inte ens lever. Hon kanske till sist har tagit livet av sig, som hon alltid sa att hon skulle göra. Jag brukar säga om människor som dör att de går hem till Gud, men när det gäller mamma undrar jag var hon kommer att hamna. Gud förlåter inte allt, det vet jag. Självmord till exempel.*

*Fast om hon inte har gjort det, dött alltså, så ligger hon nog mest till sängs, eller är uppe och bråkar med pappa. Eller också är hon på sjukhuset igen. Då blir det lugnare för pappa, men han känner sig nog ensam nu när jag inte är där längre.*

*Om mamma hade läst boken om hur man får en lycklig man hade hon nog förstått lite mer. Dee Esser har strukit under "När det är knappt om pengar kan din inställning till din mans kamp att skaffa inkomster antingen hjälpa eller stjälpa honom. Män känner sig otillräckliga om de inte kan försörja sin familj. Utan stöd av sin hustru kan män börja missbruka alkohol, kvinnor eller till och med drivas till självmord."*

*När jag gifter mig, och senare ska jag berätta för dig med vem jag ska gifta mig, då vet jag hur jag ska göra. Jag har lärt mig mycket av allt som har hänt i mitt liv, och av Dee Essers bok.*

*Pappa kan jag också berätta om. Han har arbetat hårt i hela sitt liv, men han har haft otur, med vädret och gräshoppor och sjukdomar hos korna och så. Och sedan har regeringen ställt till det för honom. Regeringen bestämmer alldeles för mycket i det här landet, det har jag sett sedan jag var en liten flicka. BLM och EPA och OSHA och allt vad dom heter, dom som skickar ut regeringsagenter som lägger sig i hur vanligt folk har det. Mot Guds vilja.*

*Vi hade en farm i närheten av Baker i östra Montana. Pappa hade ärvt den av sin pappa som hade ärvt den av sin pappa. Marken hade faktiskt gått i arv i fyra generationer och det är länge i Montana.*

*Jag är stolt över min familj och den del av landet som jag har växt upp i. Det är tråkigt att jag blev tvungen att flytta.*

*Kan du tänka dig – när jag gick i high school fick vi höra om regeringens planer – att allt lantbruk, alla åkrar och alla staketstolpar, skulle försvinna och alla farmarna måste flytta till städerna för att marken skulle återlämnas till bisonoxen. Tänka dig, allt arbete som alla människor hade lagt ner, och sen bara låta det växa igen, för att det skulle bli ”buffelland”. Inte klokt, men typiskt regeringen. Vad vet dom i Washington?*

*När jag var liten sa pappa att min äldste bror skulle ta över och då skulle vår familj vara den som hade ägt sin gård längst av alla i hela området. Det var roligt, att sitta vid köksbordet och prata om hur vi skulle bräcka Jeffersons som tidigare hade varit ”äldsta familjen” i countyt men som nu bara hade en ful och tjock dotter och inga söner som kunde ta över. Det var nog straffet för att den första ägaren av Jeffersons farm var ett fruntimmer, sa pappa, hon var en lärarinna som flyttade från Minnesota och fick köpa marken, fast hon inte hade nån egen familj. Det var typiskt regeringen, redan då.*

*Men sen fick ju lärarinnans brorson ärva och ännu mycket senare så försvann mina bröder och regeringen tog gården från pappa och sen började alltihop.*

CHONGWE-DISTRIKTET, ZAMBIA
5 februari 2004

Hur kom det sig att du dök upp här?

– Jag hade fått tips om att en ovanligt duktig träsnidare skulle hålla till här, säger amerikanen. Men när jag äntligen hittade marknadsplatsen visade det sig att träsnidaren stängt butiken och gått hem så jag var precis på väg när jag såg folkhopen komma. Jag hade tänkt sticka, för det kändes lite obehagligt, men så hörde jag din röst. Det var nog tur för dig.

– Så du mutade loss oss?

– Tja, det kan man kanske säga.

– Hur mycket betalade du?

Han svarar inte, rycker bara på axlarna.

– Men varför? Vi hade ju inte gjort något olagligt.

Skräcken har lämnat Ellen och nu pladdrar hon på, om hur den zambiska lagen är skriven, att hennes informationsmöten är godkända av alla tänkbara instanser, att polischefen skulle ha fått stora problem med den svenska ambassaden om han försökt bura in henne och så vidare och så vidare.

Han säger ingenting utan håller blicken fast riktad mot den kolsvarta gropiga vägen. Han kör fort.

Och sakta, när minnet av människomassan och den hotfulla penisen mot stjärten kommer tillbaka, inser Ellen att hennes tjurskallighet mycket väl kunde satt henne i finkan, åtminstone över en natt. Eller också kunde något mycket värre hänt.

– Tack, menar jag. Det var tur att du var där.

Han nickar men svarar fortfarande inte.

Plötsligt får hon syn på sina egna händer i knät. I ett krampaktigt grepp håller hon fortfarande träpenisen. Gapskrattande höjer hon handen och viftar med fallosen framför sin chaufförs ansikte. Han verkar inte tycka att det är roligt.

I backspegeln ser han två billyktor som stadigt håller samma höga fart som jeepen. De starka lyktorna är högt placerade och bländar ibland. Det är ingen afrikansk skrotbil från mobben i byn som förföljer dem. Han trampar gasen i botten medan Ellen pratar på.

## STOCKHOLM, SVERIGE
**6 februari 2004**

Den gamla bilen är svår att starta i kylan och måste chokas, precis lagom länge. Om choken är utdragen för länge stannar bilen vid alla rödlysen. Varje vinter tänker Agneta att hon antingen måste köpa en ny bil eller skrota eländet och sluta köra bil. Det är alldeles för dyrt och med bättre planering skulle hon klara sig kommunalt men planering och tidsmarginaler har aldrig varit Agnetas starka sida. Nu är hon till exempel sen, igen. Hon parkerar bilen i köpcentrets parkeringshus under ett blinkande lysrör och hänger den tunga sportbagen på axeln medan hon hoppas att lysröret inte ska dö innan hon ska hem för hon gillar inte mörka parkeringshus. Genom en bakdörr tar hon sig in i hyreshuset som är hopbyggt med affärskomplexet.

En bra kvinnojour är som ett rävgryt, med alternativa in- och utgångar. Jourlägenheten består av två hopbyggda fyrarummare så även där finns reträttmöjligheter. Om en hotfull man lyckats ta sig in genom den ena dörren kan den hotade kvinnan hinna ut genom den andra. På den ena dörren står ”Johansson”, på den andra ”Karlsson”. All post till jouren går till en neutral boxadress och via ett kontor i polishuset. Om något brev ser skumt ut tittar polisen på det först, och telefonnumret är så klart hemligt.

Agneta ringer på dörren och Inga öppnar genast, fast Agneta vet att hon först godkänts med en blick i dörrögat. Inga är klädd i manchesterjeans och mörkbrun hemstickad tröja. Inga stickar fortfarande, fast det blivit omodernt. Mönstren är ofta komplicerade och det har hänt att hon avbrutit ett resonemang i Juntan för att hon tappat räkningen på avigsidan. Det är alltid krångligare på avigan.

Agneta drar av sig stövlarna och letar efter en galge för sin rock medan Inga tar emot sportbagen. Hallen är belamrad med täckjackor och vinterkappor och barnstövlar och plastpulkor.

När en kvinna och hennes barn flyr från våld sker det ofta i stor hast. Ibland får de inte ens med sig kläder, men även när flykten varit planerad och kvinnan transporterat flera omgångar packning i hemlighet innan hon själv lämnar hemmet, brukar hon glömma de skrymmande leksakerna. Barnens kläder och favoritgosedjur stuvas i neutrala bagar och plastkassar, liksom kvinnans mest privata ägodelar som dagböcker och fotoalbum, men legot, skridskorna och pulkan glömmer hon. Därför har jouren en hel garderob fylld med leksaker och sportutrustning i olika barnstorlekar. Men pulkorna är inte särskilt nötta. Många barn lämnar aldrig lägenheten.

Inga plockar upp en halsduk som snott in sig i ett pulkasnöre och tar emot Agnetas sportbag.

– Vet du vad det handlar om?

– Nej. Jag har mejlat och talat om när vi ska ringa men hon svarade inte. Vi får väl vänta och se. Vi kan ju ringa snart. Har Anne-Marie kommit?

– Ja, hon är här.

Agneta hejar på Anne-Marie genom springan i kontorsdörren och följer efter Inga in i köket där hon dukar en plåtbricka med muggar, socker och mjölk. Tre kvinnor som sitter vid bordet tystnar när de ser Agnetas obekanta ansikte. Balkongdörren står på glänt och en överfylld askkopp står på en avskavd pall på utsidan. Agneta inser att hon aldrig sett någon stå ute på balkongen och röka, vid räcket. Balkongen används bara som ett luftutrymme som tar emot rökmoln inifrån. Rökmoln avslöjar inte rökaren från gatan om någon skulle stå där och spana. Många kvinnor lämnar aldrig lägenheten under månader i sträck. De vågar inte.

Köket är pedantiskt renskurat, med glänsande diskbänk och svärtade spisplattor. Vaxdukens mönster är uppsluppet midsomrigt och de kritvita bomullsgardinerna stärkta – jo stärkta. Var annars i Sverige hittar man stärkta gardiner?

När Agneta kom till jouren första gången häpnade hon över prydligheten i de gemensamma utrymmena och trodde att alla kvinnor som bodde på jouren var perfekta husmödrar. Nu vet hon bättre för Inga har förklarat.

Många av kvinnorna har tvingats bli pedantiska i sina äktenskap och förhållanden, med män som klagat på varje fläck eller tvingat dem att om igen stryka ett berg av skjortor på grund av att armvecket ligger några centimeter fel. Precision har blivit en metod för överlevnad, tills den misshandlade inser att inte ens det hjälper. Man kan få stryk för att man vattnar blommor för sällan – eller för ofta.

I jourlägenheten pågår också en sorts intern husmorstävlan, där visserligen inte alla deltar, men där kunskap om bra toalettrengöringsmedel kan ge status i brist på annat. Gör man inget annat än gömmer sig, vecka ut och vecka in, kan det vara meningsfullt att bleka och stärka köksgardiner. Men framför allt är köket och badrummen den kollektiva fasaden, det gemensamma utrymmet där ordning måste finnas i en för övrigt kaotisk värld. Ibland lyckas Agneta se en glimt av kvinnornas sovrum, genom halvöppna dörrar. De kan se ut som knarkarkvartar, eller som Agneta föreställer sig knarkarkvartar eftersom hon aldrig har varit i någon. Berg av kläder, obäddade sängar, smutsiga handdukar och trassliga veckotidningar på golvet, unket, ovädrat. Kaos. Men i köket är gardinerna stärkta.

Ingas kontor är litet och belamrat. En stor affisch med Karen Blixen i profil över skrivbordet där papper, brev, tidningar och dator trängs med tre begagnade kaffekoppar. Inga gör högar av papperen och bär ut kaffekopparna till köket för att få plats med fyra muggar, en sockerskål och en mjölktetra. Hon plockar fram tre klappstolar i vit plast och flyttar undan några kartonger med texten ”Medici/Medical equipment” för att bereda gästerna plats. Innehållet i Agnetas sportbag låser hon utan ett ord in i skåpet bredvid bokhyllan.

Anne-Marie petar undan ytterligare en pulka som glidit fram från sin plats under bokhyllan och letar efter en näsduk i sin axelväska. Hon är ofta snuvig på vintern och brukar säga att hon är allergisk mot kyla. Hon är som vanligt välklädd i mörkt grön kostym och polotröja i matchande rostrött. De långa benen avslutas med svarta platta skor – inneskor! konstaterar Agneta, som vanligt förvånad över Anne-Maries förutseende medan hon tittar på sina egna knottriga Helly Hansen-sockor.

Anne-Maries gråa hår är kortklippt och hon har nya röda glasögon.

– Snygga brillor, berömmer Agneta, men vill nog inte veta vad de kostat.

Inga stänger dörren mellan kontoret och hallen. När hon slår numret på högtalartelefonen ställer hon ljudet på låg volym och alla flyttar närmare skrivbordet för att kunna lyssna på vad Ellen säger utan att det hörs utanför kontorsdörren. Mottagningen är knastrig och Ellen berättar att hon promenerar runt hotellets swimmingpool för att hitta bäst läge för signalen.

– Swimmingpoolen! fnyser den vinterfrusna Juntan samfällt avundsjukt men Ellen nonchalerar kommentaren.

– Jag får fatta mig kort för mitt batteri är på upphällningen. Vi har fått problem.

– Vilken sorts problem?

– Jag vet inte säkert än, men i värsta fall är det mycket allvarligt. Jag vågar knappt tänka på hur allvarligt.

– Vad då?

– Det verkar som om tre flickor som vi har hjälpt har förblött. Det kan var en tillfällighet, och kan ha med något annat att göra, men våra barnmorskor har blivit rädda och några av dom vill inte fortsätta. En präst har också börjat med något slags undersökning, och hotar att blanda in polisen. Jag hade förresten lite problem med polisen igår kväll men det var nog nåt helt annat.

– Hur då problem?

– Strunt i det. Jag berättar senare. Jag tror inte det har med det här att göra.

– Blessing säger att det inte är nån fara med flickorna och att jag inte ska bekymra mig så mycket, men jag tycker att det verkar skumt.

Samtidigt vill jag inte dra till mig uppmärksamhet genom att forska för mycket själv. Och det vore ju hemskt, om deras död har något med oss att göra.

– Det låter jobbigt. Vad kan vi göra här?

– Jag ska försöka få tag i några prover på medicinen som vi har gett flickorna och skicka hem dem med nån som åker hem till Sverige. Kan ni kolla om ni känner någon som skulle kunna analysera dem, så vi får veta vad de innehåller och om det har blivit något fel?

– Jag vet inte vem, bara ...?

– Anne-Marie – känner du nån på jobbet som du kan lita på?

– En kemist menar du?

– Ja, eller nån annan som kan göra en säker analys.

– Jag vet inte. Jag måste fundera lite.

– Men om medicinen kommit från Medici kanske det är bättre om analysen görs helt utanför företaget?

– Antagligen ...

– Nån annan som har nån idé?

– Men hur är det med Björn, din man? Skulle inte han kunna hjälpa oss?

– Jag vet inte ... han är ju inte informerad om allt som vi gör ...

– Då kanske det är dags att han blir det nu.

Agnetas röst är skarp.

– Men det skulle jag vilja berätta själv, spjärnar Ellen emot, och det är så svårt härifrån.

– Vi ska se om vi hittar nån annan. När tror du att du kan få hem proverna?

– Jag vet inte, men de flighter som svenskarna brukar ta går bara tre gånger i veckan härifrån, så jag får väl kolla. Så fort som möjligt i alla fall. Jag mejlar uppgifter om flyget och vem som bär med sig grejerna så får ni möta på Arlanda. Går det bra?

– Javisst. Hur har det gått annars då?

– Bra. Jag har delat ut det mesta av utrustningen och medicinen. Ute i byarna går det bra, åtminstone där vi har hunnit hålla ordentliga utbildningar. De är verkliga naturbegåvningar, många av barnmorskorna. Starka och modiga. Det är värre på sjukhusen. Där är alla så rädda för att bli upptäckta. Läkare har mer att förlora – eller också är de bara fegare.

– Där sa du ett sanningens ord! fnyser barnmorskan Agneta.

– När hörs vi igen då?

– Jag vet inte, men jag hör av mig. Nu är batteriet slut. Vi hörs!

– Var försiktig!

Innan gruppen skiljs åt lämnar Inga över en lista till Agneta:

Frankfurt: 10 kartonger flexibla Karman-katerar, 50 doser Mifepristone

Lisa i Eskilstuna: 3 kartonger gummihandskar, två kartonger smärtstillande

Ulla i Umeå: 10 vakuumpumpar, 5 kartonger dilatatorer i plast

Gudrun i Lund ????

– Jag kollar med Gudrun, säger Agneta och drar på sig stövlarna.

## CHONGWE-DISTRIKTET, ZAMBIA
**7 februari 2004**

Beauty tycker att hon precis somnat när hon hör den försiktiga knackningen. Tyst, knappt hörbart, men Beauty sover alltid lätt.

En mansröst som hon inte känner igen viskar något om en sjuk kvinna. Beauty brukar veta när hon ska vänta nattliga utryckningar men nu har väl något oförutsett hänt. Hon häller på sig klänningen, krånglar med blixtlåset, drar till sig väskan och trycker försiktigt upp dörren. Den är svår att öppna men går inte heller att stänga ordentligt.

Det har slutat regna men tjocka moln täcker himlen och byn är kolsvart. Det sista normala Beauty senare ska minnas är den starka doften av genomfuktad växtlighet.

Hon vinglar till på det vickiga och lite hala trappsteget.

Innan hon återfått balansen kommer en stark arm bakifrån och trycker till om hennes hals medan mannens andra hand sluter sig över hennes mun. Handen är stark och trycker hårt, överläppen styrs ihop upp mot näsan och smutsiga fingrar pressar mot hennes tänder. Hon försöker skrika men då trycker han till, också över näsan, så hon inte kan andas. Han böjer hennes nacke bakåt och det knäpper till i en halskota. Det gör ont.

Hennes bara fötter halkar i leran på gårdsplanen men hon hålls uppe av flera starka händer. Svarta skuggor rör sig runt om men hon känner inte igen någon. Det luktar smutsiga kläder och svett. Dammigt hår och många starka armar. Hårda muskler håller henne, hårt.

Under de valkiga fingrarna som släppt näsan men trycker hårt mot tänderna blir hennes skrik dämpade kvidanden. Hon tappar väskan och försöker sparka bakåt. Fortfarande mer arg än rädd.

Då trycker mannen till om hennes hals igen och hon får svårt att andas. Men hon kan fortfarande se och sparkar så hårt hon kan bakåt, mot sina angripare. Försöker vrida loss kroppen men greppet om halsen är för starkt. Kastar med huvudet för att se bättre. Kan hon känna igen någon? Vad ska de göra med henne?

Andra händer håller nu fast hennes armar bakifrån och någon binder för hennes ögon med en stinkande trasa.

Ingen säger något men hon hör många fötter och upphetsade andetag. De måste vara många, tänker hon. Den starke mannen föser henne framför sig medan andra knuffar från sidan. Hon känner inte igen dem, varken på de få viskningar de utbyter eller på lukten.

– Nu ska du få, din barnamördare, väser någon och hon vet inte vems rösten är men den låter ung. Ung och kanske lite rädd. Han sliter i hennes klänningsärm och det tunna tyget brister.

– Och vi vet var din vita kompis bor, säger en annan, högre och mer aggressivt.

Beauty kämpar hela vägen medan hon förs bort längs den snubblande stigen.

## CHONGWE-DISTRIKTET, ZAMBIA
**8 februari 2004**

Fader Abraham funderar. Solen sjunker snabbt bakom skogsbrynet och kvällsvinden som susar i bananbladen ger svalka. Han sitter på den vitmålade bänken utanför sin kyrka och prästkappan är dammig och svettig. Han måste be grannfrun om hjälp med tvätten igen. På fötterna har han plastsandaler för att inte nöta på läderskorna. Det blir allt svårare att hålla sig snygg, till och med till gudstjänsterna. När församlingen svälter är prästen hungrig.

En höna pickar vid husknuten. Han har några höns kvar men de lägger knappt några ägg längre och har börjat slåss med varandra om fodret. Kanske är det lika bra att äta upp dem medan de har något kött kvar på de magra benen.

Bibeln ligger oöppnad i prästens knä. Han vet inte var han ska leta efter råd.

Egentligen är detta den bästa tiden på dagen, när skymningen nalkas och fåglarna störtdyker mot en himmel som slår i guld och cikadorna förbereder sig för nattens konsert. I hyddorna runt kyrkan tänds eldar för där det finns mat är det middagsdags. Bakom skolhuset skäller en hund. De välkända kvällsljuden brukar lugna Fader Abraham, men ikväll vill oron inte lägga sig.

Först hade den vite mannen kommit som ett bönesvar.

I över ett år har Fader Abraham brottats med sitt samvete och den information han fått. Det började med att några unga män från byn sökte upp honom, en söndag efter gudstjänsten. Han bjöd in dem i sitt lilla hus eftersom de verkade obekväma utomhus. Ett konfidentiellt ärende, tänkte Fader Abraham och gladde sig. Själasörjandet är den del av ämbetet som han tycker bäst om. Det fanns bara stolar till två av besökarna och den yngste satte sig på det trampade jordgolvet.

– Vi går kanske inte i kyrkan så ofta, började den äldste pojken, och Fader Abraham fick hålla med. Han hade inte sett dem i kyrkan på flera år.

– Men vi vill ändå göra det rätta, för vi vet ju vad Gud vill, det har vi läst i Bibeln (Jaså? tänkte Fader Abraham, inte särskilt övertygad.)

– Och nu är det något som är på tok här i byn, fortsatte pojken.

– Jaså. Vadå?

– Det är en häxa i farten! sa den yngste av de tre bestämt. Och vi tror att vi vet vem det är.

– Jaså. Varför tror ni på häxeri då?

– Vi är alla tre – den äldste talade och de andra nickade instämmande med blickarna fästade på prästen – helt övertygade om att vi har gjort våra flickvänner med barn.

– Era flickvänner? Med barn? Före äktenskapet? Fader Abraham låtsades bestört.

– Men hur är det nu? Tänker ni gifta er med flickorna?

– Det kanske vi hade tänkt, men nu är det något konstigt som har hänt. Flickorna bryr sig inte om oss längre och ingen mage har börjat växa.

– Hur kan ni vara så säkra på att de verkligen har varit med barn då, frågade Fader Abraham som kände sig okunnig och inte riktigt visste om en man kunde veta att han lyckats med en befruktning.

Dels för att pojkarna delat säng med flickorna många gånger, vid många olika tillfällen, olika tider under månaden, och dels för att flickorna efter ett tag dragit sig undan dem och inte velat längre. Det brukar vara ett tecken på att de upptäckt att de blivit med barn. Sedan hade inget hänt. Det vill säga, flickorna ville fortfarande inte veta av dem. De gjorde slut, och höll fast vid det, och midjemåttet var fortsatt lika slankt. Det var nåt skumt.

– Det måste vara häxkonster!

Eller något värre, tänkte Fader Abraham, som inte trodde på häxkonster och absolut inte ville ha några häxor utpekade. Till skillnad från många andra bypräster hade han varit i stan, hos biskopen, och blivit informerad om vad som är möjligt för den som inte bryr sig om Guds vilja och är beredd att bryta mot livets heligaste principer. Instrument och mediciner – Djävulens verktyg.

Efter pojkarnas besök började Fader Abraham höra sig för men från kvinnorna fick han mest undvikande svar. Även många kvinnor i kyrkan ville inte tala om saken, fast de borde veta vad Bibeln säger. ”Det föds så många barn ändå, och alldeles för många som inte har någon framtid.” Som om det var ett skäl att bryta mot Guds bud!

En del av männen var mer meddelsamma.

Fader Abraham satt en eftermiddag utanför handelsboden och småpratade med Malcolm. De diskuterade skillnader mellan människor, mellan folk från stammarna bemba och tonga och lozi. Malcolm hävdade bestämt att skillnaden skapades i moderlivet och berodde på att den mjölk barnen får där är olika för olika stammar. Fader Abraham sa att han inte trodde att barnen drack mjölk i moderlivet alls, men då sa Malcolm, bestämt:

– Det vet väl inte du som inte har några barn. Jag har fem!

Och så fortsatte Malcolm berätta om sina barn. Sedan han och hans fru gifte sig för sju år sedan hade de fått ett barn varje år men nu hade barnen slutat komma. Två år och inga nya barn.

– Det är inget fel på den här, försäkrade Malcolm och skrevade menande med underlivet.

– Eller på farten på nätterna, en ny gest som gjorde Fader Abraham än mer generad.

– Det är bara som att det inte hakar fast längre.

Malcolms frus förklaring var att hon kunde blivit steril efter alla barnafödslar, och att hon var lika glad för det, men Malcolm misstänkte nog också häxkonster. Den där Beauty till exempel – vad håller hon på med?

Och så kom det här med Punis död. Fader Abraham hade försökt tala med Punis mamma men inte fått fram något nytt. Kanske hade dottern varit ovanligt tystlåten den sista tiden, eventuellt till och med illamående, men det hade mamman tytt som att dottern var orolig för sin examen. Om hon inte klarade den fanns det inga chanser att bli uppflyttad och även med utmärkta betyg var framtiden mycket osäker. Punis pappa hade för länge sedan flyttat till stan och slutat skicka pengar, och mamman visste inte om hon hade råd att låta dottern studera vidare, med tanke på alla småsyskonen. Men utan toppbetyg fanns det inte ens någon anledning att börja räkna pengarna. Att Puni då skulle vara så dum att hon blev med barn – nej, det var omöjligt, trodde mamman.

Ett annat fall dök upp i hans minne. En flicka i en annan by hade dött plötsligt utan att ha varit sjuk innan och utan någon riktig förklaring. Familjen tystade ner alltihop och begravningen skedde i stillhet. Hade även hon förblött i en grässlänt? Fader Abraham visste inte och kom ingen vart i sina efterforskningar men någon sa att Beauty kallats även dit och gjort en undersökning. Och hade det inte fötts färre barn än vanligt i de flesta familjer den senaste tiden?

"Häxkonster" grymtade allt fler och blickarna riktades mot Beauty. Det tyckte Fader Abraham inte om. För alltid skulle han komma ihåg scenen i det mörka rummet, med den hemska lilla armen som stack ut ur ett rödflammigt sköte, och Beautys kraftinsats som räddade livet på både mor och barn. Nej, han visste att Beauty inte var någon häxa för han visste att det inte finns några häxor. Men kanske var hon skyldig till något annat.

Han ville inte lämna över det ansvaret till de vidskepliga byborna och därför hade han pratat med polisen men han förväntade sig inte mycket därifrån. Den enda gång polisen ansträngde sig var när de fick extra betalt och Fader Abraham hade inga pengar att erbjuda.

Så, för några dagar sedan, hade den vite mannen dykt upp. Det regnade och han körde själv en lerig jeep, ända fram till Fader Abrahams lilla hus intill kyrkan. Han var opraktiskt klädd på vita mäns sätt med ljusblå skjorta och mörka byxor men han var en ovanlig västerlänning. Gud hade skickat honom.

När regnet lugnat ner sig gick de ut och satte sig på Fader Abrahams bänk. Doften från eucalyptusträden gjorde mannen berusad, sa han. Länge ville han bara sitta tyst och lyssna, fast regnskurarna kom och gick. Fader Abraham hämtade sitt stora paraply som kunde täcka dem båda. Mannen körde ner sina skohättor i den röda leran och gnuggade den doftande buskens blad mellan fingrarna. Han älskade Afrika, sa han. Och biskopen hade rekommenderat honom att ta kontakt med Fader Abraham.

Prästen sträckte på sig på bänken. Biskopen hörde aldrig av sig själv, fast Fader Abraham ringt flera gånger efter besöket i stan, men kanske berodde det bara på att han var en upptagen man. Det är klart att biskopar är upptagna.

– Jag är speciellt intresserad av fosterfördrivning, sa han. Pastorn kanske har hört att barnamord är en viktig sak, också i mitt land. Efter många års kamp har de sanna kristna äntligen fått presidenten att sätta ner foten för att stoppa de demoner från västvärlden, utsända av Djävulen själv, som tar livet av små svarta barn.

Jo, det hade Fader Abraham hört talas om. Han kunde bara hålla med och nickade intensivt. Det är en mycket viktig sak.

Fadern visste vad som stod i Bibeln och de nyvunna vännerna i Kristus utbytte många tänkvärda bibelord, men amerikanen hade också andra starka argument. Och bilder! Han hämtade en väska i jeepen och visade en bok med de mest förskräckliga foton på små små barn som hackats sönder av knivar, de vilade i stora blodpölar och kunde hållas i en öppen hand när de fotograferades – alla var de mördade. Tyvärr föreställde nästan alla bilderna vita barn och fader Abraham trodde att det skulle förminska bildernas kraft i hans församling så han tackade nej till erbjudandet att få låna boken.

Amerikanen ville bidra i den kristna kampen för de ofödda barnen på sin hemmaplan och han hade förstått av biskopen att Fader Abraham hade något att berätta.

Det var då Fader Abraham tänkte att amerikanen var ett bönesvar.

Nu var han inte lika säker längre.

Igår natt hade en grupp maskerade unga män kommit hem till Beauty, tvingat iväg henne till skogen och slagit henne tills hon svimmat. Med en bruten arm och många knäckta revben släpade hon sig tillbaka till byn framåt gryningen.

Fader Abraham hade besökt henne, plågad av dåligt samvete. Hon var illa tilltygad men vid medvetande och kunde berätta vad som hänt:

”Här får du din barnamördare!” hade våldsmännen sagt flera gånger så att hon inte skulle missa budskapet, men utan någon riktig övertygelse. Beauty kände inte igen dem och trodde inte att männen kom från trakten eller slog för sin egen skull.

– De var inte särskilt arga. Jag tror att de hade fått betalt och bara gjorde vad de fått pengar för att göra.

Det utesluter häxjägarna, tänkte Fader Abraham.

Vem hade råd att betala ett helt gäng för att spöa upp en enkel barnmorska?

Han visste inte vad han skulle göra. Tafatt slog han i sin bibel för att finna ett svar. Men solen gick ner och svaret försvann i dunklet.

WASHINGTON POST, USA 5 FEBRUARI 2004

## DOMARE McARTHUR FÖRGIFTAD MORDUNDERSÖKNING INLEDD

**På Washingtonpolisens begäran har en obduktion genomförts av domaren i Högsta Domstolen, Vernon McArthur, som avled i förra veckan.**

Den preliminära dödsorsaken antogs vara en hjärtinfarkt, eftersom domaren nyligen genomgick en kranskärlsoperation men enligt obduktionsprotokollet var dödsorsaken istället kvävning. I domarens blod hittade man rester av ett smak- och luktfritt gift som förlamar andningsorganen.

– Vi är intresserade av alla som har några upplysningar att lämna i fallet, säger kriminalkommissarie Stephen Chu vid Washingtonpolisen.

– Vi tror att domaren nyligen anlitade en ny städhjälp som vi inte kunnat identifiera. Städfirmor eller andra som haft kontakt med domaren ombeds kontakta Washingtonpolisen.

**LUSAKA, ZAMBIA**
**9 februari**

Taxibilen får motorstopp vid trafikljuset igen. Ellen orkar inte bli arg, vevar bara ner rutan för att få lite luft medan chauffören kliver ut och rotar under motorhuven. Det fläktar men luften är långt ifrån frisk. Avgaserna ligger som ett lock över staden, värre för varje månad. Den växande fattigdomen gör att allt fler kör på bensin med låg oktanhalt och att de gamla bilarna, utan avgasrening, får hosta sig fram så länge det över huvud taget är möjligt. Tunga svarta moln forsar ut ur avgasrören. Det är obegripligt att de inte bara lägger sig som en svart sörja på gatan utan faktiskt orkar stiga mot skyn.

Andra bilar tutar åt Ellens taxi och chaufförerna skriker – uppmuntrande eller oförskämt. Taxichauffören gapar tillbaka. Tre flickor i kritvita skoluniformsblusar går förbi och fnissar åt de fula orden. Ellen tittar än en gång i sin ryggsäck.

Hon har inte bestämt sig för hur hon ska lägga upp sitt ärendc utan tänker att det får bero på vem hon får träffa. Hon vill att besöket ska verka oplanerat, nästan förstrött. I ryggsäcken har hon ett litet kuvert och i det, mellan två tunna hoptejpade kartongbitar, ligger tre vita tabletter. Märkligt nog var kartongen som hon fick av Blessing utan etikett och hade bara en handskriven märkning.

På kuvertet står Agnetas hemadress. Vid närmare eftertanke verkade det bättre, att låtsas som att det var ett vanligt brev som hon ville ha säkrare transport för än vad det zambiska postverket kan erbjuda. Kanske skulle det kunna gå med diplomatposten till och med. Att Agneta eller någon annan skulle erbjuda sig att möta på Arlanda höjde uppdragets specifika vikt på ett sätt som kunde verka misstänkt. Och här ska allt vara vardagligt, sååå vardagligt.

Men nu storskrattar taxichauffören med alla sina vita tänder och bilen går igen.

Ellen anmäler sig hos vakten vid den svenska ambassaden, hon vill träffa Martin Lindström, biståndshandläggaren för hälsofrågor.

Det är krångligt att vara besökare på svenska ambassader eftersom alla dörrar är låsta, inklusive den till köket, så någon anställd måste öppna med kod och kort inför varje förflyttning. Ellen får kaffe med mjölk, tar sin kopp och väntar i trädgårdsmöbeln på den öppna gården – i skuggan, för säkerhets skull. Efter en kvart kommer Martin Lindström hastande. Han balanserar en flaska mineralvatten på en hög med papper, på väg till ett nytt sammanträde. Han sätter sig inte ner.

– Hej Ellen, så roligt att se dig, det var länge sedan sist.

– Ja, jag har inte varit i Lusaka så ofta på sistone. (Lögn.)

– Hur går det med forskningen?

– Jotack, men jag har haft mycket på jobbet och har inte kunnat koncentrera mig ordentligt, så tempot är lite lågt. (Lögn eller faktiskt hela sanningen?)

– Vi måste ses ordentligt snart. Kanske kan vi äta middag nån kväll? (Hövligt och förväntat men lögn, Martin hinner inte med alla allmänintressanta svenskar utan vill använda sin representationslediga tid till att pussa på frun och barnen.)

– Visst. Hör av dig bara. Jag bor på Pamodzi.

– Hur länge är du kvar då?

– Knappt två veckor till. (Förhoppningsvis sant.)

Martin Lindström har fortfarande inte satt sig ner utan håller pappershögen och flaskan i ett opraktiskt grepp som signalerar snar förflyttning. Han har inte tid för småprat.

– Var det något särskilt du ville ...? (Med en blick på klockan.)

– Ja, faktiskt. (You bet!) Jag skulle behöva hjälp med att få hem ett brev och jag hörde att du ska åka hem i rappet.

Ellen reser sig upp för att möta hans blick, så stadigt som möjligt. Vardagligt, sååååå vardagligt.

– Ja, jag ska hem på ett Sidamöte. Jag åker i morgon.
– Perfekt!
– Vad handlar det om? ("Did you pack your suitcase yourself?" som man brukar fråga på flygplatsen.)
– Det här brevet.

Ellen tar fram det kartongstadiga, väl ihoptejpade kuvertet med Agnetas namn och adress på. Hon har till och med hittat några svenska frimärken i plånboken och satt på dem.

– Jag har köpt en guldlänk åt en kompis och hon ska ge bort den i 40-årspresent. Nu visar det sig att min kompis tagit fel på datum och födelsedagsfesten är redan nu på fredag, så jag hinner inte hem och det har blivit lite bråttom. Även om jag skulle lita på den zambiska postgången, och det gör jag inte, skulle brevet inte hinna fram. Du behöver bara lägga det på lådan på Arlanda.
– Inga problem. Det fixar jag! Det var inget annat?
– Nej, men jag hoppas vi kan ses snart. Det vore kul. (Lögn.)
– Jag hör av mig! (Lögn.)

Martin ställer ifrån sig sin pappershög och mineralvattnet, tar kuvertet med de tre vita tabletterna, stoppar det i innerfickan och plockar upp papperen igen.

Ellens hand darrar lite när hon tar sin ryggsäck och följer Martin till säkerhetsslussen där han släpper ut henne efter ett fast handslag. Det värsta som kan hända är att han glömmer kuvertet i innerfickan, tänker hon. Han kommer inte att öppna det.

Ellen andas ut när hon skriver ut sig hos ambassadvakten. Hit skulle hon aldrig gå om hon inte varit tvungen. En hel del energi har gått åt till att undvika den gamla kollegan Margoth och hennes familj som – naturligtvis – kom indånande på Pamodzi när de avslutat sin safari. Ellen har hejat några gånger, och delat frukostbord med familjen en morgon, men lyckats slingra sig undan förslag om middagar eller gemensam shopping. "Har inte tid", "Just ikväll går det dessvärre inte", "Jag tror att jag ska åka till Kopparbältet då."

Underligt nog klarar hon av att umgås med Josh. Det är så han heter, amerikanen, frilansjournalisten Josh Smith från Florida. Hon har följt honom till köpcentret Manda Hill för att handla lite nya, mer praktiska, kläder. Han har en hyrbil, en stor Jeep Cherokee som han gärna skjutsar henne i. Ellen brukar reta honom för att det är så viktigt att bilen är amerikansk. Han är barnsligt patriotisk i vissa avseenden, men det är kanske alla amerikaner?

Det blev ett par khakifärgade byxor som kan förvandlas till shorts med hjälp av ett blixtlås ovanför knäet och några rutiga kortärmade skjortor. Något mer afrikanskt kunde han inte tänka sig, fast han provade en stormönstrad tunika och de skrattade länge när han svansade runt med den på sig i butiken. Som tack för shoppinghjälpen köpte han en smäcker trälejoninna åt henne i den exklusiva souvenirbutiken.

– Hon liknar dig, sa han, stark och beslutsam.

Hon kände att hon rodnade.

Hon måste komma ihåg att mejla Björn ikväll.

**TAMPA, FLORIDA, USA**
**17 februari 2004**

*Jag har tre äldre bröder, Bill, Joe och Mitch. Dom är mycket äldre och flyttade redan när jag var liten. För det mesta var det bara pappa och jag, mamma låg ju mest till sängs och pappa fick sköta allting. Jag gick i skolan och åkte skolbuss men på vintern hade vi ibland ingen plogad väg och jag kunde inte komma fram till huvudvägen så jag fick stanna hemma. Flera av mina klasskamrater hade det likadant men dom hade ju mammor som hjälpte dom med läxor och så. Det hade inte jag. Jag hade bara pappa.*

*Pappa tyckte ändå att vi hade det bra. Han brukade prata om hur det var när han var liten, några hemska vintrar när hans föräldrar inte kunde hålla värmen i huset utan var tvungna att elda upp sina egna staketstolpar. Det var det värsta som kunde hända, förstod jag, för då kunde man inte hålla kvar boskapen på den egna marken, och då kunde vad som helst hända. Staketstolpar var livsviktiga. Det första pappa gjorde när han tog över gården var att isolera huset så att det höll värmen bättre. Vi frös ganska sällan, tack Gode Gud. Pappa var väldigt rädd om sina staketstolpar.*

*Vi visste ju hela tiden att regeringen inte gillade sådana som oss. Egentligen var hela Montana ett enda lurendrejeri eftersom de flesta som flyttade hit i början trodde att vädret och marken var mycket bättre än de var. Pappa har kvar en gammal broschyr som skulle locka hit folk och där man inte kan känna igen sig alls. Baker ser ut som en stor stad och det finns massor av blommor på gröna fält. Det har jag aldrig sett på riktigt.*

*Vår familj hade haft tur, och varit ovanligt skickliga jordbrukare, tror jag, eftersom vi var kvar. Nästan alla gårdar runt omkring oss ägdes redan när jag var liten av regeringen igen, eller av nån bank, för folk hade inte haft råd att stanna. Det var ju så att bankerna gav en massa pengar till politikerna och sen fick bankdirektörerna sina pengar tillbaka genom att regeringen tog gårdarna av folk och gav dem till banken. Därför blev det så många tomma hus, för ingen på banken ville ju bo ute hos oss. Dom ville bo i stan, helst i Washington. Det kan jag inte förstå, Guds skapelse var mycket tydligare hos oss, det inser jag nu när jag är långt borta och ibland längtar hem.*

*Vi brukade åka med traktorn till de gamla övergivna husen när pappa behövde en ny fönsterbåge eller ett lass tegelstenar eller nåt annat. Då hämtade vi det i husen som stod kvar fast dom nästan rasat ihop för det var ingen som brydde sig om husen längre. Då slapp vi handla och det blev billigare. Det var bra. Jag brukade leta efter skatter som glasburkar och fina porslinsfat. Det mesta var trasigt men ibland hittade jag nåt fint.*

*När vi gick där och rotade brukade pappa berätta om familjerna som hade flyttat och vem som hade tagit över. För det mesta verkade det vara regeringen och det handlade ofta om skatter. Regeringen skulle alltså ha så mycket pengar av folk att dom inte kunde stanna på sin farm utan tvingades lämna ifrån sig sin mark som sen bara växte igen. Är det klokt det, av en regering? Att stjäla de pengar som folk behöver för att överleva?*

*Jag begriper inte att regeringen kan få hållas. I Bibeln står det ju klart och tydligt att det är Gud som ska bestämma, inte furstar och hövdingar. Om vi levde efter Bibeln istället för efter lagar och regler som människor hittat på utan att bry sig om Guds vilja, då skulle allt vara annorlunda. Jag skulle inte behöva gömma mig, till exempel.*

*Jag tror att det var på sommaren när jag skulle börja fyran som mamma flyttade in i pojkarnas rum. Dom hade i alla fall försvunnit. Pappa tyckte att det var ensamt och först började han komma till mitt rum och ligga i min smala säng, men det var ju trångt och opraktiskt, det hade han rätt i, så vi flyttade in i stora sängen i sovrummet. Jag förstod att han kände sig ensam och att det var fel av mamma att låsa in sig i pojkarnas rum, men jag tyckte inte om det. Pappa var snäll, det var inte så att han slog mig eller så. Pojkarna slog han ibland, men aldrig mig. Men det fanns andra saker som jag inte tyckte om.*

*Om bara mamma hade förstått det där med att lyda och åtrå sin man, då hade allt varit annorlunda.*

*På vintern efter att jag börjat sova i sovrummet köpte pappa den stora gröna John Deere-traktorn. Vi hade haft en bra skörd men vintern började tidigt. Jag var rädd att jag inte skulle kunna gå i skolan ordentligt eftersom allt skulle snöa igen, och mamma hade åkt till sjukhuset redan på hösten. Då lovade pappa att han skulle skjutsa mig till stora vägen varje morgon, i den nya fina traktorn, så att jag inte skulle missa en enda skoldag. Jag blev glad och tänkte att pappa bryr sig väldigt mycket om mig, ändå. Han älskar mig.*

*Jag missade en del skoldagar ändå, för att skolbussen inte kunde köra på stora vägen heller eftersom snön drivit igen vägen, eller för att det var för kallt för alla bilar, men det var skönt att åka högt upp i den varma förarhytten och sitta kvar där tills skolbussens lyktor syntes vid vägkorsningen. Då gav pappa mig en puss och jag klättrade ner till bussen.*

*Jag hade inga riktiga bästisar i skolan. Jag bodde ju så långt bort och fick inte stanna i stan när skolan var slut. Det var nästan aldrig nån som kom hem till mig heller. När jag fyllde år fick jag ofta en fin present av pappa, en docka eller en klänning och en gång en cykel, och om mamma var hemma brukade hon baka en tårta.*

*Min moster i Minnesota brukade skicka böcker till mig i julklapp och till födelsedagar. Dom handlade om snälla barn som gjorde goda gärningar och tänkte på Jesus hela tiden och ibland var böckerna lite tråkiga, men det var roligt att läsa om barn som bodde i hus intill varann, med bara en häck emellan, och som hämtade varann för att gå till skolan tillsammans, och hur dom sov över hos varann och bråkade ibland, men alltid blev sams innan boken var slut.*

*Ingen fick nånsin sova över hos mig.*

*Egentligen tyckte jag bättre om Bibeln än om de där böckerna om de rara barnen. När Jesus plågades på korset och gräshopporna dånade fram över Israels folk, då kände jag igen mig. Vi har också gräshoppor.*

*Det hemska, att vi förlorade farmen, hände precis när jag skulle sluta high school. Det hade märkts länge att vi hade mindre pengar och pap-*

*pa pratade mer och mer om banken och bankkamrern och regeringen och skatterna. Mamma var på sjukhus igen. Kanske berodde det på att vi inte hade råd med hennes dyra mediciner, men pappa brukade säga att hon kunde väl sälja sina smycken, och sluta klaga. Jag vet inte varför hon inte ville det. Hon ville ingenting. Bara stänga in sig i sitt rum och sova.*

*Jo, en gång minns jag att mamma kom ut i köket för att prata med mig. Pappa var ute nånstans och jag var ledig från skolan. Skolan var stängd för att en flicka i min parallellklass hade dött på toaletten. Det var en stor och tjock flicka som nästan ingen kände ordentligt, och ingen brydde sig om att hon inte kom till lektionen efter skollunchen. Om nån tänkte nåt tänkte dom väl att hon hade gått hem. Det var först på kvällen när vaktmästaren skulle släcka och låsa överallt som han upptäckte att ett av båsen på flicktoaletten var låst. Det var ett stort bås, nån sorts handikapptoalett tror jag, så därför hade inte ens den där stora tjocka Sharon stuckit ut något ben så att nån kunde se. Hon låg där inne i en stor blodpöl och bredvid sig hade hon ett nyfött barn. Det var en flicka. Barnet var också dött. Efteråt sa dom att barnet antagligen hade varit dött när det kom ut, men det undrar jag.*

*Ingen hade sett på Sharon att hon skulle ha ett barn, för att hon var så tjock, och jag undrar om hon själv visste om det. Jag tror det kom som en överraskning för henne när ungen pluppade ut och då höll hon för munnen på bebisen när den började skrika och då kvävdes ungen och sen vågade hon inte gå ut och blodet bara fortsatte att forsa och på ett sätt kanske det var lika bra.*

*Jag såg det ju aldrig men vaktmästarens pojke, som gick i min klass, berättade att hans pappa hade sagt att det var som en sjö av blod under Sharon. Jag tänkte att hon hade drunknat i en sjö av blod.*

*Jag undrade mest var Gud var den där dagen, eller hur han tänkte. För Gud är ju alltid med, det förstår jag nu. Sharon måste ha gjort något förfärligt för att bli straffad på det sättet. Jag hade läst mycket i Bibeln om straff och domedagar och hur kvinnans öde är att föda i smärta så jag tänkte att om Sharon verkligen dödat sitt barn var det inte mer än rätt att Guds svärd drabbade henne. Att det kan bli så stora blodpölar av Guds svärd!*

*När mamma kom ut i köket den där dan förstod jag att hon skulle prata om Sharon. Jag visste också att det skulle bli väldigt pinsamt för oss båda två och det visste hon också, det kunde jag se på fläckarna på hennes hals.*

*Hon började prata om bina som vi hade i bikupan bakom huset. Blommor och bin och pollen och befruktning och sånt som vi hade pratat om massor av gånger i skolan och som var rätt trist. Jag tyckte det var pinsamt men inte hälften så pinsamt som hon tyckte, det kunde jag se på henne. Sen sa hon att om nån pojke ville göra nåt med mig som jag inte tyckte kändes rätt skulle jag säga nej och säga att så sa Gud och så stod det i Bibeln. Så då passade det! Hon pratade aldrig om Gud annars. Vissa saker skulle man bara göra i den "äktenskapliga sängen", sa hon, och så undrade hon om jag förstod vad hon menade. Jag sa att jag gjorde det och att hon inte behövde oroa sig.*

*Jag sov ju redan i den äktenskapliga sängen, fast det sa jag inte. Det visste hon ju.*

*Sen åkte mamma till sjukhuset igen och banken tog farmen och vi fick flytta till stan. Det blev inte bättre efter det.*

## CHONGWE-DISTRIKTET, ZAMBIA
**10 februari 2004**

Beauty andas tungt när hon lyfter sin yngste och torkar hans tårar. Han har skrapat knät när ståltrådsbilen gled iväg och såret ska tvättas. Att ställa ner pojken, hämta vattendunken inne i huset och hälla upp vattnet i handfatet är en ansträngning på grund av smärtan i revbenen men värst är ändå käken. Hon är fortfarande mycket svullen och sover knappt på grund av den molande värken. Några av såren på benen har varat sig och fast hon håller dem rena kanske hon skulle behöva medicin, men när Blessing kom för att hämta det nedgrävda förrådet och erbjöd sig att hämta doktor Ellen för en undersökning tackade Beauty bestämt nej.

Hon har tillräckliga bekymmer ändå.

Efter bråket vid polisstationen och misshandeln har byn delat sig i två hälfter: de som är på Beautys sida och inte kan begripa varför någon skulle vilja ge sig på henne, och de som nog kan förstå varför…

Flera morgnar har nya stenpyramider stått på hennes trappa. Hon säger inget till någon, inte ens till Joseph utan river dem och sparkar in stenarna i buskarna.

Tegelbruksarbetet klarar hon inte nu när hon har så ont, men barnmorskesysslan är inget man tar sjukledigt ifrån. Just nu är ingen förlossning nära förestående och det är bra. Hon har svårt att göra hembesök men Felipe, Miracles stolte far, har kommit för att visa upp pojken som verkar frisk och stark. Milly själv ligger fortfarande mest till sängs.

Punis mamma kommer förbi då och då och Beauty försöker se

upptagen ut. Kvinnorna har talat om det hemska några gånger men Beauty har inte fått klart för sig om familjen hittat några bevis. Antagligen inte, för i så fall hade hon nog fått veta det.

Rädslan plågar Beauty svårt. Vissa nätter är hon övertygad om att allt är Guds straff och att något värre, som en blixt från skyn eller något annat av Guds redskap som hon läst om i Bibeln, kommer att döda henne. Men när det blir ljust är hon räddare för de återkommande stenpyramiderna som utan tvivel är människors verk. En ny aggressivitet ligger under ytan.

Men det svåraste är att tänka på Puni. Tänk om det verkligen var Beautys fel att flickan dog. Tänk om det var något fel på medicinen, eller på de instruktioner Beauty gav flickan om hur medicinen skulle tas. Men hon gjorde bara som hon blivit tillsagd, och tidigare hade det ju gått bra. Det är den enda orsaken att träffa doktor Ellen igen, att ta reda på om hon själv gjort något fel. Men nu är pillren borta, Blessing har hämtat dem, och de andra metoderna är säkrare. Fast hon vet inte om hon vill vara med längre. Ryktena går och många håller ögonen på henne.

Hennes goda rykte var arvegods från mammans tid, och när doktor Ellen började komma med nya kunskaper och mediciner stärktes förtroendet ännu mer. Det vill säga så småningom, inte till en början. Då var den frågvisa vita kvinnan snarare ett hot och Beauty fick använda hela sin diplomati för att någon skulle ställa upp och prata med henne. Men när Beauty kunde börja dela ut medicinen mot springmask och alla barnen blev friska vände stämningen. Springmask har alltid ansetts orsakad av häxeri, och när doktorn och Beauty kom med sin medicin och sina tvätta-händerna-efter-man-kliat-sig-råd – och det fungerade – accepterades även den vita kvinnan.

Fast egentligen tror många bara att Beauty lyckades med sin springmaskbehandling för att hon är en god häxa, till skillnad från de onda häxor som tidigare satt masken på barnen. Och en häxa är alltid en häxa. Som Mama Mooni.

Det Beauty fortfarande orkar, fast hon har ont och det är svårt och tar en oändlig tid, är att komplettera sitt apotek. Hon plockar den ört som stimulerar aptiten – fast den inte behövs så ofta nu, när maten ändå inte räcker till – bladen som fungerar smärtstillande och den blomma som hejdar illamående. I olika plastskålar mosar hon växterna och blandar dem med banansaft innan hon kokar ihop dem över elden. De medicinburkar i glas och plast som hon fått av Blessing återanvänder hon för de nytillverkade medicinerna.

Sedan måste hon lägga sig att vila, med de smärtstillande örterna under en kompress på kinden. Hon orkar inte ens sjasa ut hönan som flaxat in i huset och pickar majskorn runt hennes fötter.

## LUSAKA, ZAMBIA
**10 februari 2004**

De självlysande siffrorna på klockradion visar halv två och det är definitivt fel tid för telefonsamtal. Ellen trevar efter telefonen på sängbordet innan hon inser att signalen måste komma från mobilen och var är den? Och hur tänder man sänglampan nu igen? Medan hon i mörkret rotar runt i jackfickor, på borden och i ryggsäcken tystnar telefonen och hon hinner tänka:

Björn? Men varför skulle han ringa mitt i natten. Det är nästan ingen tidsskillnad mellan Zambia och Sverige och det vet han. Den enda orsaken skulle vara att något hänt, något allvarligt. Mamma!?

När Ellen till sist hittar telefonen – varför ligger den i badrummet? – ser hon på nummerredovisningen att det är Blessing som har ringt. Innan Ellen hunnit slå Blessings nummer skräller telefonen på sängbordet. En sömndrucken växeltelefonist frågar om det är okej att släppa fram ett samtal från en miss Blessing?

– Ja, det går bra.

Blessings röst vibrerar av upprördhet men hon vägrar berätta varför i hotelltelefonen. Hon litar inte på växeltelefonisten. Finns en möjlighet att skaffa information som kan ge pengar bör man inte lita på någon, det är hennes grundinställning, så Ellen måste ringa upp på mobilen.

– Hej, det är jag. Vad är det?

– Jag är ledsen att jag ringer mitt i natten men något hemskt har hänt.

– Vadå?

– Jag är i Kamanga, byn halvvägs till Chongwe, man kör ut den södra utfarten – minns du?

– Jaaa.

– Den gamla kliniken som har varit stängd sedan i höstas när sjuksköterskan flyttade till Sydafrika – vet du vilken jag menar då?

– Ja.

– Hittar du hit?

– Jaa, jag tror det.

– Kan du fixa en egen bil – ingen taxi, alltså?

– Ja, det vet jag inte, det måste jag fundera på. Var får man tag på en bil mitt i natten? Och sen gillar jag ju inte att köra själv. Men varför ska jag göra det? Vad är det som har hänt?

– Det har varit ett överfall på nunnorna i klostret i byn. Jag har tre allvarligt skadade nunnor här, och en städerska som råkade stanna kvar över natten. Städerskan är gravid i åttonde månaden och jag tror att barnet är dött.

– Men du har väl bil? Varför åker du inte till sjukhuset med dem? Och till polisstationen och polisanmäler!

– Abbedissan vägrar och dom andra som går att prata med håller med henne. Dom ringde hit till kliniken och Paul som sköter om huset och bor här svarade och hjälpte dom hit. Sen ringde han till mig. Om vi inte kan hjälpa dom här i hemlighet då klarar dom sig hellre själva. Och det gör dom inte. Klarar sig själva alltså.

– Okej. Vilken utrustning finns det där?

– Inte mycket som jag har hittat. Sprit för rengöring, lite bomull och kompresser, nål och tråd, lite smärtstillande. Kanske finns det något mer i något låst skåp. Jag ska kolla och sen ringer jag tillbaka. Och du – Ellen!

– Ja.

– Jag tror att du måste försöka hitta någon annan som kan hjälpa till. En sjuksköterska eller en annan doktor. Det är bråttom och du kommer inte att klara allting själv.

– Vem då, tycker du?

– Syster Monica från marknadskliniken eller doktor Ilunga från sjukhuset är dom enda jag kan komma på.

– Kan inte du ringa dem? Eller har du några hemnummer till dem som jag kan få?

– Nej, jag tänkte inte på att ta något med mig när jag rusade iväg. Det enda telefonnummer som jag har i huvudet är ditt och här finns det inte ens en telefonkatalog. Du får ordna det själv. Jag måste ta hand om dem som är här nu. Jag ringer senare.

I bakgrunden hör Ellen en kvinnas hjärtskärande skrik medan en äldre kvinnoröst sjunger en psalm. Tröstande.

Den mjuka heltäckningsmattan dödar stegen från Ellens bara fötter.

Receptionisten såg förvånad ut när den ena svenska kvinnan, hon som ofta är gäst och som nyss fått ett ovanligt kort telefonsamtal, kom tassande och frågade efter den andra svenska kvinnans rumsnummer men receptionisten hade ju sett att de båda talat med varandra, och de verkade vara vänner, så det kunde väl inte vara fel att lämna ut rumsnumret fast det är mitt i natten.

Varken klinikskötерskan eller sjukhusläkaren stod i telefonkatalogen för Lusaka och Ellen har ingen aning om var de bor. En fungerande nummerbyrå finns knappast ens på kontorstid och andra pålitliga kolleger inom rimligt avstånd kan hon inte komma på så det enda som återstår är att åka själv. Men hur ska hon få tag i en bil? Hon kan kanske åka taxi till någon annan adress i byn och gå, men hon vet inte hur mycket prylar hon måste ta med sig och är inte säker på att hon hittar heller.

Det är därför som hon nu, barfota med mobiltelefonen i byxfickan och svettig nacke, står utanför rum 821. Hon kan ju inte veta om Margoth över huvud taget är beredd att hjälpa till, ärligt talat känner inte Ellen sin gamla vän längre och vet inte hur mycket hon förändrats. Men hon vet att den Margoth hon en gång kände och umgicks med i sköljen på Örnsköldsviks kvinnoklinik hade ställt upp.

Hon chansar också på att tonårsmödrar sällan sover tungt och är mer lättväckta än tonårsfäder.

Och så har hon sett att familjen Oxenstierna hyrt en bil, en stor Volvo kombi.

– Vad har hänt? Varför skulle jag inte säga något till Peter?

Säga vad man vill, men Margoth Oxenstierna är varken svårväckt eller trögtänkt. När hon efter Ellens tre försiktiga knackningar öppnat en liten springa, med säkerhetskedjan på, och hört vad Ellen viskande sagt, lyfter hon av säkerhetskedjan, plockar med sig hotellrumsnyckeln, drar åt skärpet om sidenmorgonrocken och följer lika barfota med. Först när de är framme i Ellens rum börjar de prata.

Själva situationen begriper Margoth genast. Akut traumatiskt våldsövergrepp som det heter på sjukhussvenska.

– Jag fattar inte varför de inte kan åka till sjukhus.

Ellen svarar inte utan trasslar med mobiltelefonen som har stängt av sig.

– Men det är väl mycket som jag inte fattar här, fortsätter Margoth. Det är klart att jag kan hjälpa till. Det är länge sen jag jobbade på gynakuten men det ska väl gå. Om vi inte kommer för sent.

– Kan vi ta er bil?

– Det tror jag väl... Det är visserligen Peter som har kört hela tiden här men du kanske kan köra?

– Jag tror att jag hittar i alla fall och som jag minns det så är vägarna dit hyggliga.

Då ringer mobilen.

– Hur går det? undrar Blessing.

– Jodå. Jag tror att jag hittat både en bil och en kollega.

– Är det syster Monica eller doktor Ilunga?

– Ingen av dom, men det funkar nog ändå.

– Hur då?

– Strunt i det! Vi kommer och vi är två.

– Är det säkert?

– Säkert!

– Bra, för det är bråttom.

– Vilken utrustning har du hittat?

–Du måste ta med en vakuumpump, mer smärtstillande och akut-p-piller. Och gummihandskar och motmedicin mot hivsmitta, för visst har du kvar lite?

– Ja.

– Resten tror jag finns här men packa en väska med allt du kan komma på för jag kanske inte tänker på allting. Hittar du hit?

– Jag minns att jag ska köra fram till marknadsplatsen men jag kanske inte känner igen den på natten. Finns det nåt jag kan spana efter?

– En stor Coca Cola-skylt på höger sida. Precis efter den ska du svänga vänster och sen ser du kliniken. Det är bara här det lyser och du känner säkert igen dig. Hur snabbt kan ni ge er iväg?

Ellen sneglar på Margoth som förstår och viskar:

– Jag är klar om fem minuter.

– Vi åker senast om en kvart, säger Ellen i telefonen. Jag har med mobilen om vi inte hittar eller om du kommer på nåt mer.

Ellen trycker av telefonen och vänder sig sakta mot Margoth:

– Kan du bara åka, utan att förklara så mycket för din man? I bästa fall är vi tillbaka innan han vaknar. Jag ska berätta på vägen och det är lite komplicerat.

Margoths blick vilar länge på Ellen och sedan nickar hon långsamt. Sidenmorgonrocken frasar när hon tassar ut i korridoren.

Nattreceptionisten hör plinget från hissen och reser sig från sin soffa för att se vad som händer. Det är de två vita kvinnorna, klädda i jeans, gymnastikskor och t-tröjor, som hastar iväg mot utgången och vinkar avvärjande mot receptionen. Den yngre kvinnan, hon med det långa håret, bär en bag över axeln. Den ser ut att vara tung. Den äldre skramlar med nycklar och kastar oroliga blickar mot sin väninna medan de försvinner ut mot parkeringen.

Ellen sätter i bilnyckeln och ett femfaldigt ”klick” hörs när alla bilens dörrar låses automatiskt. Bilen startar på första försöket men Ellen är ovan vid automatväxel och den stora Volvon hoppar till några gånger vid första korsningen. Ellen tycker inte om att köra men inser att det inte finns något val. Att hon fått med sig Margoth, och bilen, är det enda hon kan begära. Köra får hon göra själv.

I mörkret är det svårt att orientera sig, Ellen har aldrig haft något vidare lokalsinne och vägbelysning finns bara i närheten av de stora hotellen och regeringsbyggnaderna. Margoth har ingen aning om var den södra utfarten är men rotar fram en karta ur hyrbilens handskfack. Efter tre felkörningar, där den tredje leder dem tillbaka till rondellen utanför hotellet, stannar de för att tända ljuset i bilen och titta på kartan.

När Margoth nästan tror att hon vet hur de ska köra tittar Ellen i backspegeln och ser två billyktor närma sig. När bilen bakom bara har ett femtital meter kvar släcks plötsligt lyktorna och bilen kryper vidare framåt. Ellen famlar efter växelspaken, lyckas få in Drive och trycker gasen i botten.

– Vad gör du? frågar Margoth irriterad. Vet du var vi ska nu!?

– Nej, men vi har en bil bakom oss.

Margoth vänder sig om för att titta men ser inget.

– Han släckte lysena. Jag gillar inte det. Släck ljuset här inne.

Margoth letar efter strömbrytaren i taket och lyckas släcka.

– Tror du det är farligt?

– Man vet aldrig. Jag brukar inte vara ute på nätterna. Vi kör tillbaka till hotellet.

– Tillbaka till hotellet!? Men då kommer vi ju aldrig fram.

– Jodå, och antagligen snabbare och säkrare. Vi låter honom tro att det var hotellet vi letade efter och så kör vi fram till entrén och börjar packa ur. Då försvinner han nog.

Den förvånade receptionisten ser de vita kvinnorna komma tillbaka, parkera utanför entrén, packa ur och in den enda bagen några gånger och sedan sätta sig i bilen igen för att köra vidare. Märkligt! Mitt i natten!

– Nu måste du berätta!

Margoth ber inte, det är en order. Volvon har lämnat Lusaka och motorvägen är tom. Inga förföljande bilar syns till, inte ens några vandrande människor vid vägrenen. Som Ellen minns det är vägen bra med bara några enstaka potthål åtminstone fram till avfarten mot Lili Lodge. Sedan får hon ta det lugnt.

– Vad vill du veta?

Ellen fokuserar vägen och undviker att titta på sin irriterade väninna.

– Jag vill veta allt!

– Varför ringer överfallna nunnor till dig mitt i natten – en svensk akademisk forskare?

– Vad har vi med oss i bagen?

– Varför skulle jag inte säga något till Peter?

– Varför stannar bilar med släckta lyktor bakom oss?

Det sista är lättast så Ellen börjar där:

– Att bilen stannade bakom oss är inte personligt på nåt annat sätt än att alla som kör runt en stor fin bil mitt natten är villebråd för hungriga rovdjur. Som en fet antilop. Kanske var de här rovdjuren, just i natt, inte särskilt hungriga och de skiljer dem måhända från andra rovdjur, men idén är densamma. Vi är vandrande plånböcker med dyra bilar som kan stjälas och intressanta kontokort som kan länsas innan vi hinner uttala ordet ”spärr”. Speciellt om de slår oss lite lagom medan de rånar oss. Kanske hade de dessutom sett att vi var två kvinnor och det ökade villebrådsfaktorn. Man får se det så, tror jag, och inte ta det personligt. Man får bara vara så försiktig man kan, som en framgångsrik antilop. ”Street smart” heter det väl i New York?

– Okej, men resten då?

Den kala glödlampan i taket är på minst 100 watt och ger det slitna rummet näst intill operationsbelysning. På några madrasser, under gråa filtar, kurar tre kvinnor. Den äldsta och största skakar i frossa medan de andra är oerhört stilla. Stora blodpölar har torkat in i det ojämna betonggolvet. En av kvinnorna sitter upp i ett hörn och om hon inte blinkade ibland skulle man tro att hon förstenats. Plötsligt börjar hon skaka, som om hon fått mycket hög feber. Medan Ellen kollar hennes blodtryck berättar Blessing:

En grupp unga män, berusade på hembryggt öl, hade knackat på när nunnorna precis gått och lagt sig. De var hungriga och ville ha mat, sa de, men när abbedissan med sin strängaste lärarinneröst sa att de i så fall fick komma tillbaka nästa dag, i nyktert tillstånd, trängde gruppen sig in. Först in i huset, sedan in i köttet på de skräckslagna kvinnorna. De började med abbedissan själv, en tunn 66-åring i broderat nattlinne, och fortsatte med de andra. Alla på alla. Männen hade haft en kniv, åtminstone trodde den gravida städerskan det, hon som var mest samlad, men ingen visste säkert. Det hade varit mörkt och männen var många fast det var oklart hur många.

Varför? Ingen vet.

– Kvinnorna vägrar åka till sjukhus och jag har fått lova att inget säga till någon, säger Blessing. Om ryktet sprids kommer ett nytt gäng i nästa vecka. En känd våldtäkt följs nästan alltid av fler, det är som att övergreppet gör att offren blir tillåtna för nya angrepp.

Ellen kastar en blick på Margoth som blek men samlad drar på sig gummihandskarna.

Ett tunt morgonljus gör det lättare att hitta ut ur byn än det var att hitta in. Blessing har stannat hos de utmattade nunnorna men Ellen har mycket att göra under dagen och måste försöka sova en stund. Dessutom vill hon helst hinna tillbaka till hotellet innan Peter Oxenstierna vaknar och undrar var hans fru är. Gasen i botten så fort grusvägen upphör. Margoth som varit tyst sedan de lämnat kliniken kollar att säkerhetsbältet sitter fast:

– När jag bodde i Ö-vik minns jag att man sa att det var farligast att köra i gryningen, konstaterar hon. Både för att föraren ofta var trött, men också för att viltfaran var som störst. Älgar och sånt. Är det inte likadant här? Här finns väl massor av vilda djur?

– Här? Ellen tittar förvånat på sin vän innan hon fäster blicken på vägen igen.

– Här finns inte en enda apstackare kvar.

– Varför inte det?

– Dom är uppätna! Varför tror du safarireservaten är inhägnade och bilar som kör in och ut kontrolleras? I så här bebodda trakter finns inget större än en myrslok kvar i vilt tillstånd. Risken att köra på ett djur är tusen gånger större på motorvägen till Norrtälje än här.

– Tänkte inte på det…

Margoth härmar "han från Sundbyberg" ur Lorryserien och Ellen skrattar högt. Lite väl högt, kanske. Spänningen börjar sakta släppa.

Vägen är spikrak men böljar fram, upp och ner, som en jättelik berg-och-dal-bana. Dimman ligger kvar över de skogsklädda bergstopparna i fjärran men i dalen vaknar Afrika. Här och där står några runda hyddor inbäddade av grönska. När gården är osopad och ogräset tagit över kan det betyda att sjukdomen drabbat invånarna. Hyddorna är sällan obebodda. Så här nära huvudstaden är det alltid någon annan som flyttar in om ett hus överges.

Människor börjar röra sig vid vägkanten – barn i skoluniform på väg till skolan, vuxna med väskor och tunga bördor. De små affärerna vid vägkanten öppnar igen, rangliga stånd med varm läsk och torra kakor, träkol i glesa säckar, tomater, kvastar eller helt enkelt Afrikas gatukök: majsgrillen.

Minimala pyramider med pinnar – brännved till salu – ser övergivna ut vid vägkanten, som om någon glömt dem där, men Ellen vet att om hon stannar, eller någon annan kommer förbi, kommer en förhoppningsfull försäljare att dyka upp ur buskaget bakom.

– Om jag hade visat min pappa de där vedhögarna hade han skrattat ihjäl sig, säger Ellen som försöker hitta något neutralt att tala om. Han ägnade sina semestrar åt att hugga, klyva och stapla ved, och då talar vi om kubikmeter.

Margoth svarar inte. Klockan är halv sju och det är mycket tyst inne i den tunga hyrbilen som dånar fram över betongbeläggningens skarvar.

## STOCKHOLM, SVERIGE
### 13 februari 2004

Och buketten ska bli hårt bunden, liksom rund, med massor av rosa rosor ... och luktärter ... jo, det sa hon, rosa luktärter ... sen frågade hon vad vi skulle ha för blommor på borden och jag sa låga bordsdekorationer ... rosa förstås ... men där vi ska sitta tycker jag det bästa vore bara brudbuketten ... men då måste vi ha en vacker, låg vas ... har du nån kristallvas?

– Sen har vi pratat mycket om logistiken ... och bestämt att hon kommer hem till oss på torsdagskvällen med blommorna som jag ska ha i håret ... och bordsdekorationerna finns i en stor låda och den kör hon hem till er på fredag morgon ... så får ni ta med den till lokalen och placera ut dem ... det går väl bra?

– Och sen måste vi kolla med kyrkan så att vi kommer in i förväg och det inte är nån annan vigsel först ... men det ska jag ringa och kolla ...

– Hon är så duktig, förstår du ... jag tror att blommorna kommer att kosta mellan 1 500 och 2 000 men det är det värt ... och sen ska jag köpa geléhjärtan, såna med socker på du vet, och lägga ut på borden ... och vi ska ha rosa servetter, i olika nyanser ...

Agneta försöker låta bli att lyssna men den unga mamman med hästsvansen och barnvagnen dominerar luftrummet i den förkvällstomma tunnelbanevagnen. Hon pratar med en äldre kvinna som tålmodigt vaggar barnvagnen och svarar fåordigt. En svärmor som självfallet har en låg vacker kristallvas, tänker Agneta och försöker föreställa sig sig själv och sin sons flickvän i ett liknande samtal. Flickvännen jobbar på posten, har sotsvart hår och säkerhetsnålar överallt och deltar i "Reclaim the city"-demonstrationer, än så länge utan att ha hamnat i finkan. Det livet oroar Agneta ibland men om alternativet är en svärdotter som tycker att 2 000 kronor är ett rimligt pris för rosa bröllopsblommor!?

Resten av bröllopsplaneringen missar Agneta när hon går av vid Odenplans tunnelbanestation. Det är kallt och blåsigt och Agneta hastar förbi bussarna och över Odengatan. Hon stannar till vid Bankomaten och köar för sin näst sista femhundring innan hon drar ner mössan över öronen och rundar hörnet in på Norrtullsgatan. Tänk att det kan blåsa så hemskt mitt i stan!

"Ett litet sushiställe mellan Odengatan och Observatatoriegatan" hade Björn sagt. Han brukar äta där ibland, på väg hem, när Ellen är bortrest. Hans röst hade en liten martyrton och Agneta vet att han tycker att Ellen reser för mycket men det tänker hon inte diskutera. Det finns andra, och större, problem.

I den alldeles för stora och alltid överfyllda axelväskan, mellan pocketboken och almanackan, ligger Ellens brev med de små vita tabletterna. Flera gånger under resan har Agneta fingrat efter kuvertet, plötsligt osäker på om hon verkligen har det med sig.

Björn ringde själv till Agneta och bestämde träff igår, samma dag som brevet kom. Han lät lite orolig. Ellen hade ringt från Lusaka men mottagningen hade varit så dålig att han inte hade förstått, sa han. Vad vill de att han ska göra?

Agneta har själv ringt Ellen flera gånger men inte fått svar, och mejlen är tyst. Varför kan inte Ellen förklara för sin man själv?! Agneta är irriterad. Hon vill inte berätta mer än Ellen skulle ha gjort men förstår inte hur hon ska kunna undvika det viktigaste. Innerst inne misstänker hon att Ellen stängt av mobilen och inte svarat på mejlen för att slippa stå till svars. Fegt, att lämna över ansvaret till henne. Men hon måste berätta, vad Ellen än kan komma att säga i efterhand. Varför skulle Björn annars ställa upp?

Hon skakar av den snöiga mössan innan hon kliver in genom dörren.

## STOCKHOLM, SVERIGE
**15 februari 2004**

Fem i sju sticker Agneta nyckeln i låset. Ingen är hemma, det är kvavt i köket och hon kan känna en tydlig doft – att Leo inte begriper att hon kan lukta sig till tjuvrökning. Hon kastar upp fönstret och släpper in vinterluften medan hon skakar av den snöblöta mössan i badkaret och hänger upp jackan bakom galgarna. Lite plats måste skapas till gästernas vinterkläder.

Hela vägen hem har ångesten malt i henne. Hur kan detta ha hänt? Det måste vara ett misstag. Vems misstag? Hennes?

Enklare frågor får komma först: Te eller kaffe? Både ock. Vattenkokaren får gå skiftgång. Och sedan måste hon kissa. På väg till toaletten drar hon igen dörren till sitt obäddade sovrum.

Inte ens Kvinnojouren känns tillräckligt säker den här gången så Agneta har kallat Juntan till möte i sitt eget vardagsrum. Gruppen träffas sällan på hemmaplan, för att inte oroa familjemedlemmar, men också för att det känns mer professionellt att mötas på neutral plats. Kvinnojouren har varit en bra mötesplats, men en nyinflyttad kvinna där är stökig och krävande och kan bryta in i vilket möte som helst så Inga har avrått.

Agneta kastar en blick i toalettspegeln för första gången på hela dagen. Håret är rufsigt och fett och den gråsprängda utväxten under det kastanjetonade börjar bli ett problem igen – när ska hon hinna, och ha råd, med frissan? Mascaran ligger som en svart skugga under ögonfransarna och rynkorna under ögonen har blivit allt tydligare markerade. Kritiskt sträcker hon på halsen och konstaterar att hennes systerdotter hade rätt när hon sa att "du har fått en gammal hals". Agneta sträcker sig efter hårborsten och fortsätter borsta fast det ringer på dörren. Anne-Marie tänker hon och tvättar snabbt av det tvålfläckiga handfatet och tandkrämsstänket på spegeln. Anne-Marie är alltid på slaget.

– Hej!

– Hej! Allt väl?

Anne-Maries täckkappa är figursydd och huvan knappt ens fuktig. Säkert nån kanonkvalitet där ingen väta ligger kvar, tänker Agneta avundsjukt.

– Ja, det får man säga. Fast jag är nyfiken på vad du har att berätta.

– Vi tar det väl när dom andra kommit? tycker Agneta och ger Anne-Marie en galge till kappan.

– Kommer alla? undrar Anne-Marie och sätter sig på en pall för att dra av stövlarna.

– Ja, det tror jag i alla fall, fast det var ju lite kort varsel.

Inneskorna ligger i en tygpåse i Anne-Maries axelväska, det ser Agneta i ögonvrån medan hon styr stegen mot köket.

– Kan jag hjälpa dig med nåt?

– Du kan göra te. Jag har kokat vatten och teet står i skåpet ovanför. Tekannan är säkert kvar ute vid TV:n.

Anne-Marie hämtar tekannan och de kladdiga kopparna från kvällen innan. Med disktrasan i högsta hugg går hon tillbaka till soffbordet vid TV:n och Agneta förbannar sin sena ankomst. Torkat av bordet borde hon i alla fall gjort själv!

– Hur mår pojkarna? frågar Anne-Marie.

– Bra, tror jag. Jag ser dom inte så mycket. I bästa fall äter vi frukost ihop, men det är bara när jag inte jobbar för då börjar jag för tidigt. På kvällarna är dom för det mesta borta och har glufsat i sig sina snabbmakaroner innan jag kommer hem. ICA-kortet går runt och jag fasar när jag öppnar månadsräkningen. Men jag kräver i alla fall in alla kvitton så att inte mina surt förvärvade slantar går till cigaretter och folköl. Leo tjuvröker och han tror att jag inte märker det. Han spelar innebandy ikväll, tror jag att han sa.

Agneta torkar snabbt av diskbänken och spisen och ställer in gårdagskopparna i diskmaskinen. Maskinen är full och hon får tränga ihop porslinet. Frågorna snurrar i hennes huvud och hon tar ut sin ångest på pojkarna. Tänk att dom inte ens kan sätta på diskmaskinen! Men hon småpratar vidare:

– Och Jens jobbar, han har ju fått jobb på Videobutiken och det är nog hans drömjobb. Men han bor mest hos sin tjej. Nej, livet som mamma är ganska innehållslöst numera. Man får fylla det med vin, karlar och sång! (Jättelustigt, tänker hon bistert.)

– Själv då? fortsätter Agneta (med tankarna på helt annat håll, men konversera kan hon.) Hur är det med Åsa?

– Bra. Hon tycker att jobbet är lite trist och det kan jag förstå, men hon har börjat dansa tango och tycker att det är jättekul.

– Det tror jag det är. Ska inte du börja?

Agneta inser att de rena kopparna inte kommer att räcka och får öppna den surrande diskmaskinen för att ta ut och skölja av några av de blåa muggarna.

– Nej, jag är så omusikalisk, säger Anne-Marie.

– Måste man vara musikalisk för att dansa, tror du?

– Man måste åtminstone ha lite rytm i blodet.

– Som negrerna i Afrika, menar du?

– Ja, just det.

Dörrklockan igen.

– Det är Inga. Kan inte du öppna?

Anne-Maries prydligt låga och moderiktiga klackar klapprar över Agnetas enda inredningsstolthet, hallens klinkergolv. Ingas täckkappa ger ifrån sig ett högljutt prassel när hon ger Anne-Marie en kram och ropar in mot köket:

– Hej, Agneta. Hur mår du?

– Skitväder, annars är det nog bra. Jag hatar verkligen vintern.

– Och jag blir snuvig, säger Anne-Marie efter en rejäl nysning.

– Du då?

– Jodå, säger Inga och sätter sig på köksstolen för att dra av vinterstövlarna. En liten pöl vatten torkar hon upp med hushållspapper från en hållare på diskbänken.

– Det är mer än vanligt stökigt på jouren. Flera nya kvinnor, och en del är några som polisen och Migrationsverket letar efter. Men det värsta är en ny, jag är rädd att ni måste träffa henne nästa vecka, hon är så jävla tråkig. Ja, så jäääävla tråkig.

Inga bär ut stövlarna i hallen och placerar sig tungt på köksstolen igen. Hon har svarta hemstickade sockor med en gul rand i resåren.

– Jag ljuger inte om jag säger att klockorna stannar när hon kommer in i rummet. Och jag kan inte ens säga vad det är som är fel. Hon pratar om folk hon känt och resor hon gjort. Allt utan nån som helst poäng. Och alla börjar genast leta efter nån anledning att lämna rummet. Jag skäms. Det är ju synd om henne, hon har ju flytt ifrån misshandel precis som dom andra, och jag jobbar ju ändå där.

– Det kanske var därför han slog henne, säger Anne-Marie med ett provokativt tonfall.

Ingen verkar tycka att det är roligt.

– Allvarligt, fortsätter Inga med en avfärdande blick mot Anne-Marie. Har ni träffat nån sån nån gång?

– Jag hade en sån AT-läkare i vårt personalrum i fjol, säger Agneta. Jag har också funderat, men jag tror att felet med henne var att hon var så förbannat pretentiös. As-mega-pretto tror jag att mina söner skulle säga.

Vattenkokaren klickar av och Anne-Marie häller vatten över tebladen i kannan. Agneta tar fram en hårt knuten Konsumkasse ur en garderob och ger den till Inga som stoppar den i sin bag.

– Bara gummihandskar och smärtstillande, säger hon lågt och Inga nickar.

– Jag har också en ny laddning till dig, säger Anne-Marie till Inga, men kartongerna var rätt skrymmande. Dom står kvar på kontoret. Jag kan köra över dem till dig i morgon kväll. Funkar det?

– Ja, om vi bestämmer en tid så är jag på jouren.

Te och kaffe med mjölk men inga kakor. Agneta äter aldrig kakor och varför skulle hon då bjuda? Hon erbjuder smörgåsar om någon inte hunnit äta middag, men det påstår de andra att de gjort. Själv känner sig Agneta mest illamående. Det här är inte något kafferep.

– Låt höra nu Agneta, börjar Inga. Vad säger Björn?

– Först ska jag säga att han inte alls ville hjälpa till. Han tyckte att saken skulle överlämnas till myndigheterna, eller till något officiellt labb. Han sa att det är klart att om den medicin som vårt fina projekt har delat ut hade något fel måste det undersökas och misstaget måste rättas till och alltihop måste rapporteras till Sida och RFSU och Gud och hela världen.

– Jaha, vad sa du då då?

Alla Juntaögonen följer Agneta när hon går ut efter socker till Inga.

– Jag fattade ju till sist att han visste ännu mindre än vad jag trodde. Så jag fick ta det från början. Och sen hade han valt en liten trång krog med stor take-away-avdelning och folk kom och gick för att hämta mat och ibland kunde vi inte prata ostört. Jag tror inte han hade nån aning om allvaret. Men till sist begrep han att alternativet med myndigheterna helt enkelt inte finns. Om han skulle gå dit och anmäla oss, vilket han hotade med ett tag när han äntligen fattade, skulle det inte bara drabba oss, utan framför allt Ellen, och hela det projekt som vi har byggt upp där nere.

– Vad sa han då då?

– Ingenting först. Han såg skitförbannad ut och försökte faktiskt ringa Ellen från sin mobil, både till hennes mobil och på hotellet, där vi satt, men hon svarade förstås inte.

– Varför gör hon inte det, tror du?

– Jag tror hon är rädd för avslöjandet, vad som ska hända när Björn får veta. Jag tror att vi, eller åtminstone jag, har haft en lite för gullegullig bild av deras äktenskap. Det verkar vara mycket som dom inte pratar om.

– Och det skulle du lösa!

– Ja, jag kände mig rätt utnyttjad, faktiskt.

– Har du fått tag i Ellen nu då?

– Nej, jag har ringt och lämnat meddelanden, men på hotellet säger dom att hon har varit borta, ute på nåt "forskningsuppdrag", i tre dagar, ja, sen hon ringde Björn, alltså.

– Tror du på det?

– Jag vet inte. Hon måste väl fortsätta jobba fast vi väntar på besked. Men visst tycker jag att hon verkar ducka i bushen, i dubbel bemärkelse.

– Jaha, men sen gick Björn med på att göra undersökningen?

– Ja, till sist så.

– Och nu har han hört av sig till dig?

– Ja, och det är som vi misstänkte. Medicinen är inte vanlig mifepristone utan innehåller en snarlik substans som såvitt Björn vet aldrig prövats på människor.

– Vad är det för substans, och hur verkar den?

– Uppenbarligen ger den en mycket större blödningsrisk. Jag är ingen farmakolog och jag vet inte vilka andra risker som kan finnas, och det vet inte Björn heller, men han säger att nåt är väldigt fel.

– Varifrån har vi fått dom här pillren?

– Jag vet inte. Vi får väl hoppas att det är ett misstag, att det är nån felleverans eller att nåt har blivit feletiketterat eller så. Jag kan inte tänka mig att det finns någon ond vilja bakom. Det viktiga nu är ju att vi samlar in allt som kan vara det minsta misstänkt och förstör det. Och att vi inte tar emot nånting mer av samma sort.

– Kan Ellen säga vilken förpackning de kom ifrån?

– Inte helt säkert. Hon tyckte det var lite konstigt, men kartongen verkade inte ha någon vanlig tryckt etikett. Grejorna har ju legat hos Blessing ett tag så hon kan ju ha packat om dem eller så, men det brukar ju vara ordning på henne. Ellen säger att Blessing inte vill prata om saken eller säger att hon tror att det är nåt annat som har orsakat blödningarna, men nu har vi ju svart på vitt så nu får hon börja jobba.

– Fattar jag detta rätt? säger Inga och tittar sig allvarligt omkring, på alla Juntamedlemmarna, en efter en. Blicken stannar på Agneta.

– Har vi delat ut medicin som är – bokstavligt talat – livsfarlig!?

– Det verkar inte bättre.

– Herregud!

Nu kommer frågorna från alla håll:

– Hur har det gått till?

– Vems fel är det?

– Varifrån kommer medicinen?

– Vet inte, svarar Agneta. Det är ju det vi måste undersöka. Grejerna kommer ju från många olika håll.

– Men kan det vara med avsikt? Det kan det väl inte vara!?

– Det tror jag inte. Men just nu känns allt bara jättekonstigt. Vi måste få reda på hur det hänger ihop. Jag har skickat ett URGENT-meddelande på mejlen och faxat till hotellet så nu måste Ellen ringa så fort hon kommer till hotellet.

– Vad kan vi göra här?

– Hålla truten. Och ligga lågt, säger Agneta.

– Ellen kommer att ha en del att förklara för Björn.

– Är det nån som vill ha lite mer kaffe?

Det är det ingen som vill.

## CHONGWE-DISTRIKTET, ZAMBIA
**15 februari**

Strax innan Fader Abraham kommer fram till marknadsområdet stannar han och sätter sig på ett nedfallet träd. Han öppnar portföljen och tar fram läderskorna. De nötta plastsandalerna, som han använt under vandringen från byn, smäller han ihop sula mot sula så att jorden faller av och sedan lägger han ner dem i portföljen. Nu vill han vara presentabel.

Dag och natt har han funderat. Bibeln har erbjudit mycket lite hjälp, ja, allt han lärt sig i livet är i gungning. Hans syster är skändad. Hans älskade lillasyster som han alltid försvarat och varit så stolt över, inte minst sedan hon bestämde sig för att bli nunna, har utsatts för det mest förfärliga. Gud kunde inte skydda henne, inte ens henne, den minsta av de små. Vad hade hon gjort för att förtjäna detta? Vad har han gjort?

I flera dagar har hon legat på hans säng och tigit. Hon har blött och gråtit men vägrat berätta vad som hänt. Så småningom kröp det fram. Vilka gärningsmännen var vet hon inte. Hon har inte sett dem förr. Men änglarna, de vita kvinnor som kom mitt i natten för att hjälpa henne – dem kommer hon aldrig att glömma.

Allt blod som forsar ur henne tackar hon Gud för. Hon hoppas att all ondska, både smitta och sperma och allt annat som Djävlarna kan ha placerat i hennes kropp, ska rinna ut med blodet. Beauty har besökt henne flera gånger, gett henne blodstillande och smärtlindrande medicin. Hon kommer att klara sig, säger Beauty som gång på gång fått lova att inget berätta.

Men Fader Abraham vet, och han kommer aldrig att glömma. Hans sömnlösa nätter har bara förstärkt ångesten. Bönerna når inte fram. Inga svar kommer från Honom. Bara tystnad.

Fader Abraham söker hjälp för sin själanöd.

Det är kö till den enda telefonautomaten vid postkontoret men Fader Abraham väntar gärna. Släpper till och med några före för han vill inte ha några åhörare. Numret har han memorerat. Slantarna trillar ner i automaten och den välkända rösten svarar:

– Biskop Paul.

– God dag biskopen. Jag är ledsen att jag stör, men det är Fader Abraham. Jag skulle behöva ett samtal.

– Javisst. När som helst. Jag har förstått att det hänt saker i din församling.

– Ja.

– Käre Fader, just nu hinner jag inte. Jag sitter i ett viktigt möte. Kan du ringa i morgon vid den här tiden istället?

– Ja, men …

– Jag är ledsen men jag har ett viktigt besök.

Fader Abraham hör hur biskopen håller för luren med handen och väser till någon i rummet: "Jag kommer om två sekunder."

– Kan Fader Abraham ringa i morgon istället? fortsätter biskopen, lätt irriterad.

– Ja, det kan jag nog.

– Tack. Då hörs vi då.

Biskop Paul Mulenga lägger på luren och låser dörren ordentligt efter sig innan han hastar ut. På parkeringsplatsen möter han den unge mannen med målarfärg på sandalerna. Mannens guldkors blänker på bröstet. Han har kommit för att rapportera, men även han får vänta.

## STOCKHOLM, SVERIGE
## 16 februari 2004

Anne-Marie väljer de bruna skorna i raden under bokhyllan. Pärmarna ovanför går alla i samma beige-bruna färgskala och gardinerna framför det svarta fönstret är färgstämda Josef Frank-kopior. Klockan är bara kvart i åtta men hon kommer gärna lite tidigt för att hinna kolla mejlen från det indiska kontoret innan telefonerna börjar ringa. Hennes chef är redan där, det kan hon se på den snöfuktiga rocken i tamburen. Hon knackar försiktigt på hans dörr och tittar in:

– Gomorron Gunnar. Tidigt uppe? En kopp kaffe?

Gunnar tittar snabbt upp från telefonen med ett underligt uttryck i ansiktet. Skuldmedvetet, som om han var tagen på sängen. I sängen, kanske.

Anne-Marie har väntat på den dag när han ber henne ljuga för att täcka upp för en otrohet – hon är säker på att det är en av höga chefers ofrånkomliga vanor – men hittills har allt verkat schysst. Hon har tvärtom fått köpa blombuketter som han tagit hem till frun på fredagarna och som frun ringt och tackat henne för på måndagarna. Men nu?

Han lägger handen för luren och nickar mot Anne-Marie. Ja-tack, kaffe.

När hon ställer kaffemuggen, lite mjölk, inget socker, på skrivbordet har han lagt på luren och börjat förbereda ett möte på den stora whiteboard-tavlan. Pilar och cirklar i olika färger. Som vanligt.

På skrivbordsunderlägget står en kopp med gammalt svart kaffeklet i botten och när Anne-Marie plockar den med sig ser hon en papperslapp där ett telefonnummer är nedklottrat. Hon känner igen de första siffrorna: 00260 för Zambia.

En timme senare står hon vid kopieringsapparaten. Fler papper ska kopieras och stoppas in i nya pärmar. Hon har funderat på telefonnumret på Gunnars skrivbord. Vad kan hennes chef ha för anledning att ringa till Zambia?

Igår skulle hon inte ens ha sett biljettlistan från den internationella resebyrån som ligger kvarglömd i kopieringsapparatens originalfack men nu är hennes uppmärksamhet skärpt. Den tredje beställningen på listan lyser emot henne:

”David Robinson – Boston–Lusaka, avresa den 1 februari, öppen återresa. Visum krävs.”

David Robinson är koncernens internationelle säkerhetschef, en amerikan som anmärkningsvärt ofta besökt Gunnar den senaste tiden. Det är egentligen märkligt, vilket intresse kan säkerhetschefen ha av en liten svensk marknadschef?

Anne-Marie gillar inte David Robinson. De starka fingrarna nyps när han hälsar och på morgnarna stinker han rakvatten. Men frisörräkningen måste vara låg för han kan använda rakapparaten överallt, och han kan ju inte rå för hur han ser ut. Han har alltid varit artig när har träffat Anne-Marie. Kanske är det bara den tydliga polisdoften hon ogillar?

WASHINGTON POST, USA 5 FEBRUARI 2004

# BRAND I KONTORSFASTIGHET MISSTÄNKS VARA ANLAGD POLISEN SÖKER VITTNEN

**Tidigt igår morse kallades brandkåren till en kontorsfastighet på Brentwood Road i Washington. En förbipasserande bilist hade sett hur lågor slog ut ur ett fönster på fjärde våningen i fastigheten och larmat polis och brandkår.**

När räddningstjänsten kom till platsen var större delen av det våningsplan där branden startat övertänt. Branden kunde släckas under förmiddagen och ingen människa kom till skada men de materiella skadorna är betydande.

Branden började i ett kombinerat kontor och arkiv för städföretaget "Clean Enterprise". Brännbart material i en papperskorg hade antänds, och när polisen hittat en dunk bensin i trapphuset stärktes misstankarna om att branden var anlagd.

– Vi söker därför vittnen som kan ha sett en eller flera personer lämna fastigheten mellan klockan två och tre på morgonen i torsdags, säger polisinspektör Steve Brown.

Enligt vad Washington Post erfar var lokalerna låsta med nyckel från utsidan.

– Det måste vara nån som haft nyckel, säger fastighetsskötaren Philip Miller. Vi har ståldörrar med dubbla lås på alla våningsplan, jag kan säga att fastigheten är helt inbrottssäker.

## LUSAKA, ZAMBIA
**16 februari 2004**

Hon är inne på sin tredje gingrogg och borde tänka sig för men än så länge finns tonic kvar i minibaren och luften på balkongen är mörk och ljum. Men utsikten är borta. Renoveringsarbetet har nått fram till hennes rum och arbetarna har spänt byggplast på utsidan av hela balkongen. Det är trist, och hon har erbjudits att byta rum, men hon har inte haft tid. Hon har knappt varit på hotellet de senaste dagarna. Hon slickar av pekfingret som hon använt som drinkpinne. Det blåser lite och smäller i plastskynkena. Luften känns lite kladdig, som i en halvuppvärmd bastu. Svettigt och instängt.

Ellen reser sig från stolen för att dra av sig tröjan och får sedan testa flera strömbrytare innan hon lyckas släcka lamporna inne i rummet. Hotellbelysningar är komplicerade konstruktioner, tänker hon och minns med ett vemodigt leende det billiga pensionatsrum i London där Ellen och Björn tillbringade sin studentfattiga bröllopsresa och aldrig lyckades räkna ut hur man skulle släcka ljuset i badrummet. Allting var enklare då.

I receptionen hade hon flera meddelanden från Agneta och från Björn. I mejlen ännu fler. Björns var inte särskilt vänliga, men som tur är har Agneta tydligen lyckats förklara att man inte kan vara detaljrik i sina mejlmeddelanden så uppmaningarna handlade mest om att hon skulle ringa.

Ja, hon ska ringa till dem båda två. Snart. I morgon.

Det dunkar i öronen av det pulserande blodet och Ellen kan höra sina egna andetag. Det svider i magen och hon inser att hon inte har ätit sedan frukosten i morse men illamåendet gör tanken på mat omöjlig.

I flera dagar har Ellen arbetat intensivt, åkt runt i Blessings rostiga bil, hållit utbildningar, instruerat, delat ut material, pratat, pratat, pratat. Men till sist gick det inte längre. När Blessing släppte av henne utanför hotellet kunde den febrila aktiviteten inte längre skydda henne. Skuldkänslorna och minnesbilderna väntade på henne i hotellrummet.

Hon tog en varm dusch och kröp ner under överkastet på sängen, kurade ihop sig i fosterställning och höll armarna om knäna, hoppades att hon skulle somna. Det gick inte och illamåendet tilltog och krävde frisk luft.

Bilden av den unga nunnan på det smutsiga golvet på kliniken gick inte att radera. Hon var inte allvarligt fysiskt skadad, att minst fyra unga män trängt in i henne syntes knappt, utanpå. De andra kvinnorna sa att flickan inte gjort motstånd utan till och med klätt av sig själv. I ett hörn av rummet, insvept i en filt stirrade hon på förödelsen omkring sig. I den mån de andra såg henne behandlade de henne som luft. Hon skakade av frossbrytningar fast det var minst 25 grader i rummet.

I den varma luften på balkongen börjar plötsligt även Ellen frysa. Hon hämtar det uppvikta dubbelöverkastet från sängen och sveper in sig. Det går inte att dra upp benen under sig i plaststolen så hon sätter sig i hörnet, med knäna mot bröstet, ryggen mot väggen och flera lager överkast mellan kroppen och balkongens kyliga betonggolv.

Hon minns ett annat hörn i ett annat varmt rum, en ljus natt när fåglarna gallskrek i kapp. Blusen var fläckad av rödvin, tårarna rann ljudlöst, hon frös och hade ett noppigt brunt frottéöverkast runt kroppen. Det hade hon inte svept om sig själv utan någon annan hade gjort det. Hon hade inte protesterat. Han stod lutad över henne och sa, med karska ord i en tunn röst:

– Men du ville väl själv?

## TAMPA, FLORIDA, USA
## 17 februari 2004

*Jag slutade skolan efter high school och det gjorde ingenting. Jag trivdes inte med att plugga i alla fall och det hade blivit väldigt svårt för pappa att betala för college eftersom vi hade förlorat farmen och mammas mediciner alltid kostade en massa pengar.*

*Det kändes bra för mig att kunna tjäna pengar och hjälpa till så jag började jobba på Kentucky Fried Chicken. Det var nära och bra och pappa kunde skjutsa mig för han hade inte nåt fast jobb och då hade vi ju flyttat till stan, det har jag väl berättat?*

*Jag var mest hemma när jag var ledig, hemma eller i kyrkan. Jag har aldrig haft något jättebehov av kompisar men i kyrkan hjälpte jag till med kyrkkaffet och så städade jag sakristian varje måndag kväll och det var det många som tackade mig för.*

*Det förstår ju du, att kyrkan inte skulle fungera om inte folk ställde upp.*

*Jag tror att det var min första uppgift som Guds soldat, att städa i kyrkan. Och jag lyssnade alltid noggrant när pastorn predikade. Det var då jag började läsa Bibeln på riktigt och förstod att det inte är självklart att man kommer till himmelen. Man måste göra sig förtjänt av frälsningen. Gud kan också straffa, som han gjorde med Sharon.*

*Pappa fattade inte vad det var som var så roligt med att vara i kyrkan men han kunde ju inte säga att jag inte fick gå, för han hade ju också växt upp med Bibeln och han visste ju att vi alla är Guds barn, fast han inte var så mycket i kyrkan själv. Jag försökte förklara för honom att det eviga livet kunde vara i fara, men han ville inte lyssna. Han hade nog med det här livet, sa han.*

*Mamma då? Jag tror inte hon brydde sig.*

*Först förstod jag inte vad det var när jag började må illa. Jag kräktes flera gånger innan jag gick hemifrån på morgnarna och pappa undrade vad det var och sedan fortsatte det hela förmiddagarna och det upptäckte min jobbarkompis Marion, hon som stod vid fritösen, fast jag försökte vara så tyst som möjligt, men personaltoaletten hade bara en tunn masonitdörr och inget riktigt lås. Hon frågade och hon tjatade och till sist hade hon köpt ett litet paket där man skulle hälla i ett urinprov för att se om man var med barn.*

*Det trodde jag aldrig, att jag skulle vara med barn. Pappa hade sagt att det inte gick och att det var pojkar i min egen ålder jag skulle vara rädd för. Men jag hade ju aldrig varit med några pojkar i min egen ålder, jag träffade nästan aldrig några. I kyrkan var det mest tanter och farbröder. Det brukade pappa tjata om, att jag ville gå i kyrkan för att träffa pojkar, men så var det ju inte alls. I vår kyrka fanns det knappt några pojkar i min ålder.*

*Jag sa till Marion att det inte var nåt, att jag hade gjort testet men att allt var bra, men jag tror inte att hon trodde mig för hon var faktiskt väldigt nyfiken och jättetjatig. När hon inte fick mig att erkänna, eller berätta om min pojkvän, då började hon ge mig broschyrer om aborter. Först förstod jag ingenting men sedan smet jag iväg till stadsbiblioteket på en lunch och slog upp det ordet i ett läkarlexikon. Det var hemskt för jag hade aldrig hört talas om att man kunde göra något så förskräckligt. Hur kunde nån ens komma på tanken?*

*Det var en lördagkväll som jag bestämde mig. Jag hade ju funderat länge på vad jag skulle göra men jag minns precis när jag bestämde mig. Marion hade tjatat mer än vanligt hela dagen och jag hade kommit från jobbet och tagit en dusch. När jag kom in i sovrummet hade pappa åkt för att köpa pizza och så hade han lagt en lapp på mitt paket med bindor. Jag minns att jag precis skulle sätta i hårtorken i eluttaget och att jag hade en rosa handduk runt kroppen. På lappen ovanpå bindpaketet hade pappa skrivit "Jag ser att du inte har använt de här på ett tag. Kanske kan vi få en egen liten fin familj, till sist."*

*Det var då jag bestämde mig.*

*Jag tror att du hade gjort samma sak om du hade varit i min situation.*

*Jag öppnade dörren till mammas sovrum och ansträngde mig för att gå tyst och för att undvika golvbräderna som knarrade vid sänggaveln. Rummet var alldeles hett för hon hade alltid på sitt trådelement på det högsta, och hon sov och snarkade under flera filtar. Att hon inte svettades ihjäl!*

*Det var bra att hon snarkade för då visste jag att hon sov och slapp hålla ögonen på henne hela tiden. Jag visste var jag skulle leta för en gång hade hon visat mig. I lådan med de grådaskiga underbyxorna och behåarna, under det vaxade hyllpapperet på lådans botten, längst in i högra hörnet, där låg påsen som var sydd i nåt slags mjukt skinn. Jag kollade att det var rätt och sedan stoppade jag påsen i byxfickan.*

*Jag packade ett par jeans, några t-shirts, en tandborste och lite underkläder i en bag. Bindorna behövde jag ju inte och bibeln glömde jag, men det var ju ganska bråttom, så det kanske inte var så konstigt, eller vad tycker du?*

*Jag har funderat på om något blivit bättre om jag kommit ihåg min egen bibel. Kanske hade Gud varit med mig mer då. Nu kanske Han tyckte att jag var slarvig.*

*Det var kallt ute men jag tog ändå bara gympadojor eftersom jag förstod att det skulle vara varmare när jag kom fram. Jag hann precis ut ur huset och väntade bakom hörnet medan pappa körde upp på uppfarten och klev ut med pizzakartongerna. Jag tror inte han hörde när jag lånade bilen och körde till busstationen. I bankomaten tog jag ut alla mina pengar, det var niohundra dollar, och så la jag bilnyckeln på höger framhjul, som vi brukar göra, så att pappa skulle hitta den. Sen kom bussen.*

## LUSAKA, ZAMBIA
## 17 februari 2004

Långsamt, som i en film som körs i ultrarapid, går Ellen från frukostmatsalen till hotellets businesscenter. Regnet studsar i asfalten utanför entrén, dörrvaktmästaren har tagit skydd under taket och långt borta mullrar åskan. I en av sofforna sitter den snaggade amerikanske affärsmannen, som vanligt med en motortidning i händerna. Har han inget jobb att sköta, tänker hon frånvarande.

Receptionisten hälsar glatt men Ellens svarsleende är mekaniskt, som om mungiporna drogs upp med våld. Det måste synas att det är en grimas men receptionisten koncentrerar sig på en ringande telefon. Skönt. Ellen orkar inte med något småprat.

Hon har sovit dåligt, har ont i huvudet och mår fortfarande illa – eller är det en effekt av ginkonsumtionen igår? Frukosten bestod bara av tre glas juice och en rostad brödskiva.

Huvudvärken kan i alla fall hänga ihop med åskvädret. Hon måste mejla till Björn, för att förklara varför hon varit borta och ta reda på när hon kan ringa och han kan prata ostört, helst hemma. Hon vill inte nå honom på tunnelbanan eller mitt i ett sammanträde för det blir ett tufft samtal och hon behöver de bästa förutsättningar.

Den internetfungerande datorn är ledig och även uppkopplingen verkar ha fått något uppiggande och svarar genast.

Ellen använder bara pekfingrarna när hon skriver:

”Hej gubben. Jag är ledsen att jag inte svarat i telefon men jag har tillbringat några dagar på landsbygden, med projektet, och där fungerar inte mobilen. När är du hemma eller på något annat ostört ställe? Jag vill ringa och prata. PoK / Ellen”

Hon skickar iväg några lugnande rader till Juntan (”Jag lovar att prata ordentligt med Björn”) och några intetsägande till systern (”Allt väl i forskningens tjänst. Igår var det 32 grader i skuggan. Ring mamma och berätta att jag har det bra”) innan hon till sist kollar ingående mejl igen. Då har Björn svarat:

”Jag sitter vid datorn nu. Vad håller du på med? / b.”

Imponerad av hastigheten i cyberspace svarar Ellen:

”Var är du?/ e”

Sänd, och nästan omedelbart svar:

”På jobbet, det är arbetstid./ b.”

Grinigt, tänker Ellen, men bestämmer sig för att ignorera slängen:

”Kan jag ringa dig nu?/e.”

Sänd.

”Bara via jobbväxeln. Mobilen har pajat. /b”

”Det låter inte bra. När tror du att du är hemma ikväll så ringer jag dit? /e.”

Sänd.

Kallsvetten rinner nerför Ellens nacke och hon sneglar mot receptionisten som har övergått till att måla naglarna.

”Vad är det som är så hemligt???????!!!!!!” frågar Björn över halva jordklotet.

”Jag kan inte svara så här. Du måste tro mig. När kan jag ringa hem?”

– Shit!

Den manikyrerande receptionisten i hörnet syns inte men hörs. Det fönsterlösa businesscentret har blivit kolsvart, ja, hela hotellet har slocknat förstår Ellen när receptionisten snavar fram till dörren och öppnar den mot korridoren, endast upplyst av dagsljuset från hotellobbyns fönster.

– Jag är ledsen, men nu har nog strömmen gått i hela huset, säger hon förklarande till Ellen. Antingen är det renoveringsjobbarna eller också är det åskan, eller båda delarna.

– Hur lång tid kan det ta innan uppkopplingen fungerar igen?

Ellen tänker på Björn som sitter i ett belamrat kontorsrum och stirrar på en tom skärm.

I dunklet ser hon att receptionisten med hjälp av några papper och kuvert försöker rädda sin glänsande skrivbordsskiva från att ohjälpligt skadas av en liten flod av nagellack. Hon måste ha vält flaskan när det blev mörkt.

– Jag vet inte, säger receptionisten med illa dold vresighet. Hur ska jag kunna veta det?

Gå härifrån, signalerar hon, så jag hinner rensa upp här innan min chef kommer.

– Generatorn sätter igång genast så ljuset fungerar nog strax men hur mycket som skadats i servern eller datorerna vet jag ju inte. Du får komma tillbaka om någon timme. Det du gjort hittills tar jag i alla fall inget betalt för.

– Tack, säger Ellen.

Det är väl det minsta! tänker hon, men förstår ju att det som hänt knappast är receptionistens fel.

Kvinnan följer med Ellen ut i lobbyn för att hämta ett stearinljus och hänger upp "Stängt"-skylten på dörren till businesscentret.

Jag har nagellacksborttagning i mitt badrum, tänker Ellen men förstår att receptionisten nog vill klara sig själv plus att hissarna inte fungerar och att hon inte har någon lust att treva sig fram i ett kolmörkt trapphus för att sen kanske inte kunna öppna hotellrumsdörren med nyckelkortet.

Huvudvärken har tilltagit men Björns snäsiga mejl har faktiskt skrämt bort illamåendet. Hon passerar servitörer, städerskor och sekreterare som hastar runt för att anpassa sig till att arbeta utan elektricitet ett tag, utan att gästerna ska märka så mycket. En tekniker med stor väska och ficklampa i högsta hugg smäller igen dörren till trapphuset efter sig. Några sitter förstås fast i hissarna.

Kaffet i frukostmatsalens kanna är fortfarande varmt. Hon värmer sina frusna fingrar runt en stor kopp och sätter sig vid ett bord långt in i rummet, så långt som möjligt från regnet som piskar på stenläggningen. Hon får vänta tills businesscentret öppnar så hon kan mejla Björn igen.

– Jävlar! utbrister hon, högre än hon tänkt sig, och kyparen som dukar av frukosten tittar förvånat upp.

– Sorry, I just remembered something, förklarar Ellen och noterar tacksamt att ljuset kommit tillbaka och det gamla kylskåpet för juicen börjat brumma igen. Då fungerar nog kortläsaren i hotellrumsdörren så att hon kan åka upp och hämta de sista kartongerna med plasthandskar som Blessing ska komma och hämta om tio minuter. Blessing har säkert bråttom, det brukar hon ha.

Men ute i lobbyn inser hon att hissen inte fungerar. De stora bockar med "Varning. Vått golv" som brukar ställas upp så fort någon torkat golven – varför? För att hotellet inte ska bli stämda av några amerikaner? – har fått en ny text: "Hissarna avstängda p g a reparation." Försiktigt öppnar Ellen den tunga dörren bredvid hissarna, den som leder till trapphuset. Där är det fuktigt med omålade betongväggar, men lysrören fungerar. Och Blessing blir sur om hon måste vänta, i värsta fall parkera och betala för parkeringen. Dörren slår igen bakom Ellen.

Trappstegen är höga och de tunga ståldörrarna ut mot varje nytt våningsplan är omarkerade från insidan. Ellen tappar räkningen på hur många trappor hon bestigit. Lätt andfådd öppnar hon dörren till vad som visar sig vara tredje våningen. Några trappor till, alltså. När hon kliver in i trapphuset igen och den tunga dörren smäller igen bakom henne slocknar ljuset. Det är kolsvart. Hon trevar sig fram till en ledstång av kall metall.

Ska hon gå tillbaka till tredje våningen igen? Men då sitter hon ju fast där, utan att ens kunna ringa ner till receptionen och be dem hålla kvar Blessing. Om nu telefonerna fungerar. Nej, det är bättre att klättra vidare, ljuset kommer nog tillbaka snart, och annars kan hon sätta sig i korridoren utanför sitt eget rum och vänta. Om Blessing inte hittar henne kommer hon väl dit. Med ett fast tag om den kalla ledstången kliver hon vidare på de höga trappstegen, så snabbt hon vågar.

Det är då hon hör det. Någon våning ner öppnas trapphusdörren, och stängs. Försiktigt, inte med den smäll som ekat i trapphuset när Ellen släppt dörrarna. Någon håller emot, för att inte skapa oväsen. Varför? Om man bara tittar in i trapphuset, ser att det är svart som natten och bestämmer sig för att inte gå in, varför anstränger man sig då för att stänga tyst och försiktigt? Om det inte är tvärtom, att man bestämmer sig för att gå in i trapphuset, och inte vill att det ska höras?

Med bultande puls står Ellen helt stilla och lyssnar. Inget hörs. De tjocka betongväggarna hindrar allt ljud utifrån och i trapphuset är hon ensam. Något annat är larvigt. Och mörkrädd har hon aldrig varit. Trams!

Med klapprande klackar kliver hon vidare. Handen som griper om ledstången är lite svettig och hon halvspringer uppåt. Om hon räknat rätt bör nästa våning vara hennes, den sjätte. Andfådd trevar hon sig fram till dörren och medan handen letar efter handtaget hör hon dem. Tysta, smygande fotsteg! Gummisulor och dröjande fötter som stannar upp när hon håller andan för att lyssna bättre.

Fötterna måste vara minst två våningar ner. Med båda händerna krafsar Ellen på den kalla ståldörren för att hitta handtaget. Var är det? Finns inget handtag!? Till sist hittar hon det. Handtaget sitter på fel sida, inte till vänster som på dörren på tredje våningen, och låset är kärvt. Med båda händerna pressar hon ner handtaget och trycker upp dörren med axeln. Hon tumlar ut i hissfoajén på den bekanta sjätte våningen, slänger igen den tunga dörren bakom sig och springer på prasslande byggplast längs korridoren fram till sin dörr. Ett dämpat ljus kommer från fönstren i ändarna på korridoren men taklamporna fungerar inte. Det är skumt men hon vet exakt bakom vilken pelare hennes rum ligger.

Där tvärstannar hon. På dörren till hennes hotellrum rinner blod. Mörkt röda rännilar från övre delen av dörren ner på golvet. Och bakom henne stängs den tunga trapphusdörren, inte lika försiktigt den här gången.

WASHINGTON POST, USA 7 FEBRUARI 2004

# MÖRDADE STÄDERSKAN DOMAREN? MISSTANKAR STÄRKS I HD-FALLET

**– Vi har identifierat det städföretag som domare Vernon McArthur anlitade, medger kriminalkommissarie Stephen Chu, men han vill för övrigt inte kommentera läget i mordutredningen kring domaren i Högsta Domstolen, Vernon McArthurs, död.**

Det var i förra veckan som domare McArthur avled i sitt hem, till synes av en hjärtattack. Den obduktion som genomfördes efter krav från domarens dotter visade att dödsorsaken var förgiftning.

Professor emeritus Ernest Hanson, som bor granne med domare McArthur, berättar hur en ny städerska nyligen börjat arbeta hos domaren.

– Det var en ung flicka, blond och smal, berättar han för Washington Post. Jag såg henne bara ibland, när hon kom och gick, och en gång när hon putsade fönster. Jag pratade aldrig direkt med henne och domaren och jag diskuterade aldrig tjänstefolket.

– Sista gången jag såg henne var några dagar innan domaren hittades död. Jag kan inte säga exakt vilken dag det var.

Domare McArthurs dotter Jane McArthur säger till Washington Post:

– Jag ringde pappa flera gånger de där dagarna och han svarade inte. Till sist blev jag orolig och åkte hem till honom, och då hittade jag honom i sängen. Han hade pyjamas och verkade bara ha somnat in så jag trodde det var hjärtat som inte orkat, ändå.

– Det var först när jag började gå igenom hans papper, och hade kommit ner i källaren, som jag hittade massor av hotelsebrev med otäcka bilder från abortmotståndare. Då började jag fundera. Polisen har tagit hand om alla breven, men där stod på flera ställen ”Dina dagar är räknade” eller ”Barnamördare har ingen rätt att leva”.

Domare McArthur var en principfast jurist som inte lät sig hotas eller skrämmas, säger hans dotter, så han hade inget berättat om hoten, varken för sina barn eller kolleger.

– Jag gissar att han sparat breven, för att använda dem som bevis om något blev värre, för de låg i en låda i källaren. Jag vet att han hade ett hemarkiv med aktuella räkningar och avtal, men det har jag inte hittat.

Miss McArthur vet inget om faderns nya städerska:

– Visst hade pappa städhjälp, men de växlade över åren och kom bara då och då och aldrig när jag var på besök.

De politiska effekterna av domare McArthurs död är svåra att bedöma. President George W Bush har inte gjort några uttalanden efter de första kondoleanserna och arbetet med att hitta en ersättare till Högsta domstolen har påbörjats utan att några namn läckt ut.

Domare Vernon McArthur var känd som en av de mer liberala domarna i domstolen. Han tillsattes av president Clinton 1998 efter ett tufft senatsförhör där främst hans åsikter i abortfrågan stod i centrum för intresset. Domare McArthur har skrivit många av domstolens domar när aborträtten varit uppe till prövning och anses vara den tydligaste förespråkaren för fri abort.

President George W Bush har nu möjlighet att föreslå att domare McArthur ersätts med en abortmotståndare. Många konservativa domare väntar på sin chans i appellationsdomstolarna som under George W Bushs tid i Vita Huset snabbt bytt majoritet i konservativ riktning.

Ett majoritetsbyte i Högsta Domstolen skulle välkomnas av presidentens stödgrupper i konservativa och kristna kretsar, men kritiseras av de flesta demokrater i kongressen. Senaten måste godkänna presidentens val av ny domare.

## LUSAKA, ZAMBIA
**17 februari 2004**

Och vad är det här då?

Ellen överdriver den unge tullarens afrikanska accent och Blessing skrattar. Är läget hopplöst eller hopplöst? Zambiskan känner väl till korruptionens uttryck och läser signalerna mycket bättre än Ellen. För det mesta har Blessing färdiga buntar med små sedlar i fickan, för att ta sig förbi poliskontroller och annat vardagligt trassel.

Ellen skalar potatis och morötter i Blessings trånga kök. Hembiträdet har sin lediga eftermiddag och Ellen har insisterat på att få hjälpa till. Hon längtar efter lite praktiskt köksarbete och frågar om alla nya ingredienser och kombinationer men är bara betrodd att skala grönsaker. Blessing kokar nshima, majsgröt, för ingen zambisk måltid är fullkomlig utan majsgröt. Ellen begriper sig inte på den smaklösa kladdiga rätten men kan se sin egen traditions paralleller, som pitepalten som serverades i skolmatsalen och skrämde alla lärarkandidater från södra Sverige till korvkiosken på torget.

Förra gången Ellen var bjuden till Blessing på matlagning och middag lyckades hon kapa åt sig köttstekningsuppdraget och det blev inte bra alls, tyckte Blessing. Alldeles för torrt och tråkigt och utan den goda fettsåsen. Svenskan skar till och med bort fettkanten och var nära att slänga den innan Blessing hann stoppa henne. Ellens argument om hälsa och fettets skadligheter viftar den ”traditionellt byggda” Blessing bara bort. Onda tider kommer säkert och då är det bra att ha lite att ta av! Och Ellens (allt mer sällsynta) påpekanden om att hon, den magra svenska skrakan, behöver banta skrattar Blessing nästan ihjäl sig åt.

Berättelserna om korrupta tjänstemän trängs i det varma köket. Det finns hur många som helst, som i förra veckan när Blessings granne fastnade i sju olika poliskontroller på väg till Victoria Falls.

– Det var veckan före lön så pengarna hade väl tagit slut...

– Har du förresten hört historien om den där politikern som ställde upp för omval för tredje gången i sitt valdistrikt? frågar Blessing.

Nej, det har inte Ellen.

– Jo, han fick en ny motkandidat. Det var en ”renlevnadsman” – Blessing visar citattecknen med de majskladdiga fingrarna – som attackerade den gamle erfarne politikerns korrupta ledarstil. Veteranen som försökte bli omvald svarade genom att tala med sina väljare. Han sa: ”Under min första valperiod satsade jag på att förbättra livet för mig själv och min familj. Under den andra perioden tänkte jag framför allt på min hemby. Nu är det den tredje perioden och nu tänker jag satsa på er och hela distriktet. Vad tror ni att min motkandidat kommer att göra under sin första valperiod?” Gissa vem som blev vald?

Potatisen är färdigskalad och Ellen häller vatten i grytan. När hon sträcker sig efter saltkaret ropar Blessing till:

– Stopp!

– Vadå? Brukar du inte salta i potatisvattnet?

– Jo, men vi måste försäkra oss om att du inte har mens först.

– Inte har mens?

– Just det. Har du mens just nu?

– Nej, säger Ellen med ett förtörnat angår-dig-inte-tonfall, men kommer plötsligt ihåg.

Hon förstår att Blessing driver med henne, Blessing tror inte heller på skrock, men en bestämd uppfattning i Zambia är att menstruerande kvinnor inte får salta i maten för då kommer någon i familjen att bli sjuk. När hon först hörde talas om sedvänjan verkade den mest opraktisk, men senare har hon förstått att det är ytterligare en liten byggsten i den mur av kontrollåtgärder som omger kvinnor.

– Det vet du väl att allt elände är ditt eller någon annan kvinnas fel, skrattar Blessing. När mitt hembiträdes man blev påkörd i Kabwe ringde hans mamma omedelbart till hustrun här i Lusaka för att kontrollera vad hon haft för sig precis när det hände. Risken var stor att hon varit otrogen, trodde släkten. Allt som kan drabba den äkta mannen är fruns fel, för det är kvinnan som styr över liv och död. Känner du inte ansvaret, Ellen?

Ellen saltar demonstrativt en extra gång i potatisgrytan.

Stämningen i köket har varit ovanligt hjärtlig, med många skämt och mycket skratt. Lite uppskruvad, faktiskt. Lättnaden efter skräcken.

Det var Blessing som hittade Ellen, på golvet framför hotellrumsdörren, ihopsjunken och med tom blick.

När Blessing travade fram till receptionen för att fråga efter Ellen var hon irriterad. Ellen skulle ju vänta utanför hotellet med paketen. Nu hade Blessing tvingats parkera och betala en hutlös summa till den slyngel som påstod sig "vakta" bilarna, nej, det gick inte att slippa att få sin bil "vaktad". Men hissarna hade börjat gå efter strömavbrottet och när Blessing gungade fram mot Ellens rum på sina slitna höfter och fick se väninnan med blicken fastnaglad vid hotellrumsdörren rann ilskan av henne. Ellen pekade på dörren och viskade tonlöst:

– Blod.

Blessing tittade.

– Nej, sa hon, och drog sitt stora pekfinger längs med det röda.

– Det är färg. Lukta!

Ellen luktade, och petade försiktigt på den halvt torkade oljefärgen. Ja, det var färg.

Blessing tittade sig omkring och såg att ett litet parti av korridortaket, precis ovanför Ellens dörr, målats rött. Konstigt, som en sorts målningstest för resten av taket var vitt, men det var den färgen som droppat och runnit på Ellens dörr.

När Ellen, med högljudd hjälp av Blessing, senare klagade i receptionen försäkrade chefen att färgen naturligtvis skulle bort från hennes dörr, senast till kvällen skulle färgen vara borttvättad och övermålad, självklart, det måste ha blivit något missförstånd, tokigt att måla ett tak rött, och så slarvigt att låta färgen rinna ner, det måste ha varit en ny målare, alla ber så mycket om ursäkt, tänk så fel det kan bli när man bara vill få hotellet i bättre skick, och var det så att hon ville byta rum så kunde det självfallet ordnas, det var ju tråkigt med plasten utanför balkongen också, om Ellen ville kunde personalen flytta hennes saker till ett annat rum medan hon var borta.

– Nej tack, sa Ellen. Det går bra ändå. Men det vore bra om dörren var ommålad innan hon kom från sin middag.

Fotstegen i trapphuset sa hon ingenting om, inte ens till Blessing. Här, i Blessings varma kök, känns allt helt overkligt. Och den som förföljde henne i trapphuset, om inte det också var inbillning, dök aldrig upp i korridoren. Det måste ha varit fantasier, alltihop.

Blessings alla barn ska sitta i köket och äta har Blessing bestämt. Bordet i köket är litet så de får äta i skift. Några av de yngre barnen springer runt på gräset utanför huset och kastar pinnar till vakthundarna medan de äldre barnen ligger på sina sängar och läser läxor. Sängarna står sida vid sida i barnkammaren med myggnäten upphakade i taket. Barnens kusin dog i malaria i fjol och sedan dess sover alla i Blessings hus under ordentligt myggmedelsindränkta nät.

Verandadörren och alla fönster täcks av galler och nattetid låser Blessing en gallergrind till sovavdelningen med ett gigantiskt hänglås. Bakom den leder en korridor in mot sovrummen. Ellen stannar till och tittar. Ett 20-tal fotografier, porträtt eller halvfigur i strikt ateljéuppställning, ordentligt inramade, trängs på väggen. Tidigare föreställde alla bilderna de fyra första barnen, bilder tagna av någon kringresande fotograf som satt upp sitt reflexparaply i varuhuset i Manda Hill.

Blessing har själv inte fött något av barnen. De fyra första tog hon hand om när hennes syster och svåger dog för mer än tio år sedan. Nu växer sakta kollektionen med de nytillkomna brorsbarnen. De två äldsta hade tydligen fotografier med sig som Blessing hängt upp och även den yngsta flickan har sin plats på väggen, markerad med en tom ram med flickans namn – "Hope" – i en stiliserad profil. Nästa gång den kringresande fotografen besöker Manda Hill kommer Blessing och Hope att stå längst fram i kön.

Ellen beundrar Blessings ansträngning att behandla alla sina barn lika, men hon vet vad maten, kläderna och skolan kostar och inser att Blessings lön knappast kan räcka till. Och Ellen som inte har någon försörjningsplikt alls och – i en jämförelse – en fullkomlig förmögenhet att spendera på nagellack och trägiraffer.

I matsalen dukar Blessings äldsta flicka, Astrida. Ellen skulle gärna sitta ute på den skuggade verandan och äta men så gör man inte. Middagar med gäster ska avnjutas i matsalen. Den som har ett fint hus med högkarmade stolar och vit linneduk vill visa upp det så Astrida ställer fram fyra lite skamfilade men en gång värdefulla tallrikar, rejäla knivar att skära köttet med och de vackra kristallglasen. Fyra? Blessing, hennes gamla mamma, Ellen – och?

– Jag hoppas att Petrol kan komma, förklarar Blessing.

Ellen vänder sig bort för att dölja sitt leende. Hon roas fortfarande av de zambiska namnen. Petrol Singogo har en bror som heter Personal och en kusin som heter Typewriter. Det sista tycker faktiskt också Blessing är roligt, men för övrigt har de engelska namnen förlorat sin betydelse. När Ellen reagerar på att Innocent och Hopemore är mansnamn kan de med ansträngning inse det lustiga, men inte länge. Namn är namn. Heter förresten inte hennes egen man Björn? *Det* är ett skrattretande fånigt namn, tycker afrikanerna.

Jaså, Petrol kommer. Ellen har svårt för mannen, en äldre bilhandlare som fungerar som Blessings inofficielle man/välgörare/försörjare/fadersfigur/sexköpare – det är bara att välja! Petrol har en annan familj med fru och barn och barnbarn i Ndola i Kopparbältet och kommer till Blessing i Lusaka bara då och då. Men han är med och betalar för Blessings hus, bjuder på fina middagar och går ibland på generösa shoppingrundor med henne i Manda Hill. Mer än en gång har Blessing gått tillbaka och bytt någon elegant klänning mot tre skolväskor, men det märker inte Petrol Singogo. Blessing har till och med varit utomlands, i Sydafrika, i hans sällskap. Att han har dålig andedräkt och en irriterande vana att berätta poänglösa historier får man stå ut med, anser Blessing.

Potatisen kokar upp och doften från ugnen skvallrar om att köttet – med fettkant – snart är färdigt.

– Vill du ha en öl?

Blessing öppnar kylskåpet och plockar ut en öl. Den kalla flaskans möte med den varma luften skapar stora vattendroppar på det bruna glaset.

Snabbt tittar hon på klockan. Den är fem, alltså sex i Sverige. Björn kan ha hunnit hem, men antagligen inte. Ändå ställer hon från sig ölflaskan och glaset, ursäktar sig och går en sväng i trädgården för att hitta ett hörn där galopperande hundar eller barn inte stör. Vid den lilla dammen står en bänk, Ellen sätter sig ner och plockar fram mobiltelefonen ur ryggsäcken. Jo, den har täckning. På dammens vattenyta seglar några hibiskusblommor och en insekt som liknar en svensk skräddare, bara mycket större, spatserar på ytspänningen.

Alla som har råd i Lusaka omgärdar sina hus med höga murar. Blessings mur täcks av glassplitter men det elstängsel med taggtråd som toppar murarna och skyddar de riktigt rika zambierna, och alla vita, fattas. Blessing har en nattvakt men han är dåligt avlönad och inte riktigt pålitlig. Två gånger har familjen haft påhälsning av nattliga inbrottstjuvar. Nattvakten "hade tyvärr somnat" men Blessing tror att han tipsat tjuvarna. Händer det en gång till får han sparken, säger hon, men Ellen vet att hon inte kommer att klara det. Nattvakten har arbetat hos Blessing i många år och han är sjuk, antagligen i aids, och även hans fru och dotter visar tydliga sjukdomssymptom, och vem skulle ge honom ett nytt jobb? Blessing försöker skrämma honom till att göra ett bättre jobb istället, och ge honom mat varje natt så att han inte ska lockas av nya erbjudanden att "somna".

Men nu är det eftermiddag och det skarpa ljuset förstärker alla färger. Barnen jagar hundarna som jagar barnen och i köket fräser köttet i en liten sjö av smör. Murarna syns knappt bakom den kompakta grönskan. Ellen samlar sig för att ringa hem. Blicken har fastnat på de långa pistillerna i den röda hisbiskusblomman.

Någon gång, när allt är annorlunda, tänker hon för femtielfte gången, ska hon ta med sig sin mamma. Mamman som älskar krukväxter skulle svimma om hon fick se jättebuskarna med bougainvillea och hibiskus. Jackfruits, större än människohuvuden, hänger nästan ända ner till marken och avokadoträdets grenar bågnar under frukternas vikt. Ellen brukar fylla sitt hemresebagage med avokado och mango från Blessings trädgård. Hundarna har tuggat i sig nedfallna frukter men gräsmattan är nyklippt. Egentligen är det inte gräs, som gräs ser ut i Västerbotten och Uppland, utan en slags korta gröna slingerväxter, med grövre blad, men växtligheten täcker marken med grönska. Det är precis lagom varmt.

Ellen drar ett djupt andetag och slår numret.

När den fjärde signalen gått fram trycker Ellen av telefonen. Nej, Björn är inte hemma och det är inte så konstigt. Hon provar hans mobiltelefon men möts genast av meddelandet att numret inte kan nås för närvarande. Han sa ju det, att mobilen inte fungerade. Hon lämnar för säkerhets skull ett meddelande – ”Hej det är jag. Jag försöker igen senare. Puss och kram” – och kollar att batteriet är tillräckligt laddat, om han skulle försöka ringa tillbaka. Hon repeterar snabbt i huvudet hur hon tänkt lägga upp sin berättelse. Det finns ingen anledning till oro. Hoppas hon.

En bil signalerar på gatan. Blessings äldste pojke rundar hörnet och springer fram till nattvaktens lilla koja. I ett hål i plåtporten kikar han på den besökande och ropar till sin moster:

– Det är en BMW!

– Det är mister Singogo, svarar Blessing. Öppna du!

Pojken trasslar med hänglåset och slår upp porten i ett stort skrammel. Medan den silverfärgade bilen kör in kommer hundarna rusande, blir infångade och instängda i hundgården. Mister Singogo gillar inte hundar.

## TAMPA, FLORIDA, USA
## 17 februari 2004

*Det blev en lång resa men från början hade jag tänkt att den skulle bli ännu längre. På kartan vid busstationen hade jag sett att det som låg allra längst bort hette Key West, så dit hade jag löst biljett, och det blev ganska dyrt, men när vi var i norra Florida och det bara var en dag kvar till Key West, då satt jag bredvid en farbror som skulle precis dit, till Key West alltså.*

*Vi hade börjat prata om naturen och hur vackert det var och hur Guds goda skapelse syntes i landskapet och han hade med sig en kristen tidskrift, "Christian Monitor", för att läsa på bussen. Han var en ovanligt pratsam och trevlig farbror. Han sa att jag påminde honom om hans brorsdotter och han bjöd på kaffe ur en termos som han hade med sig. Jag hade ingen termos och det var synd. Jag fick gå av på olika ställen och äta för om jag inte åt med jämna mellanrum mådde jag så illa. Det kostade mycket pengar för restaurangerna vid busstationerna är ofta dyra, men sov gjorde jag bara på bussarna. Det var slöseri att betala för att sova i en säng och snart skulle jag ju vara framme och då behöver jag pengarna för att klara mig.*

*Det som fick mig att ändra mig vad gäller resan var det som mannen med termosen sa om Key West. Egentligen tyckte han inte om att åka dit, men hans syster hade ett hus där vid havet, och det var en billig och bra semester för honom, sa han, men när han berättade varför han inte tyckte om Key West förstod jag att det inte var något ställe för mig.*

*Det fullkomligt kryllade av homosexuella där, sa han, så jag, som var en anständig ung flicka, måste passa mig noga hela tiden för man visste aldrig vad dom kunde ta sig till. Det kunde jag tänka mig, även om jag inte träffat så många, nästan inga alls, faktiskt, men jag visste ju vad som stod i Bibeln om syndigt liv och jag hade hört att till och med presidenten hade varnat för att synden breder ut sig. Det finns ju människor som vill att män ska kunna gifta sig med andra män! Gifta sig!*

*Nej, jag ville inte åka till ett ställe där det fanns massor av syndare. Det skulle nog bli svårt nog ändå, det jag hade framför mig.*

*Så jag gav farbrorn min biljett och klev av i Tampa.*

*Jag hade inte mycket pengar kvar så jag måste försöka skaffa ett jobb. Men först måste jag nog vila lite, tänkte jag. Bussresan hade tagit sex dagar och jag var ganska trött men jag hade slutat kräkas. Det var skönt. Och det som folk hemma i Montana sa om Södern, att det var hett och kladdigt och fuktigt och svårt att andas, det stämde inte alls. Åtminstone inte den där första dagen.*

*Jag frågade en ung svart kille som satt i bussbiljettkassan var man kunde hyra ett rum och om det fanns nån platsförmedling i stan. Han visade på en karta hur jag skulle gå och sa att allt var nära, men först satte jag mig på gräsmattan vid busstationen för att tänka och titta på kartan. Jag plockade fram "Christian Monitor" som jag hade fått av mannen på bussen och bläddrade lite i den. Jag var ledsen att jag glömt bibeln och lovade Gud att jag skulle köpa en ny, så fort jag hade fått lite pengar.*

*Vägarna runt gräsmattan var breda som motorvägar men det var nästan inga bilar ute. Jag tittade på klockan och den var elva på förmiddagen och om jag inte räknat fel borde det vara lördag. Inte söndag och gudstjänsttid i alla fall. Väskan med mina kläder och smyckena la jag under huvudet, för säkerhets skull.*

*Jag måste ha somnat för när jag tittade upp satt Martin bredvid mig. Han bläddrade i min tidning och såg generad ut och bad om ursäkt när jag upptäckte honom. Han hade en fin vit skjorta med manschettknappar och välpressade byxor på sig. Jag minns att jag tyckte han var så elegant klädd, och ändå hade han satt sig ner på gräset bredvid mig, och att hans hår var alldeles nyklippt och stod rätt upp.*

*Efteråt har jag tänkt många gånger – tack käre Jesus som lät mig träffa Martin min första timme i Florida! Kan du fatta vilken tur, eller vilket himmelskt ingripande, det var. Ibland har jag tänkt att det faktiskt var Jesus, att Martin var Jesus som kommit tillbaka till jorden, men det är jag inte säker på längre.*

*Det gjorde nog inget att jag hade glömt min bibel.*

LUSAKA, ZAMBIA
17 februari 2004

Tack för maten. det var jättegott!

Ellen klappar lätt på flickans korta krulliga hår. Hope, den föräldralösa treåringen, sitter i hennes knä. När först barnen och sedan de vuxna ätit färdigt, och mister Petrol Singogo tagit sin BMW och kört iväg, och Blessing samlat ihop alla sina ungar och släppt ner myggnäten över dem – då kommer lilla Hope tassande ut på verandan och kan inte sova. Hon vill sitta i Blessings knä men Blessing måste kolla om kaffet kokar och lyfter med ett leende över flickan till Ellen.

– Faster Blessing, säger Hope och kurar ihop sig i Ellens knä.

– Jaa.

– Vad heter den bilen som mister Singogo har?

– En BMW, säger Blessing. Det är en tysk bil från början. Tyskland – vet du var det ligger?

– Jag är inte säker, säger flickan sömnigt. Men du kan väl visa mig i morgon.

Blessing skakar stolt på huvudet. Den ungen är otroligt vetgirig!

– Och vad hette den där bilen som kom förut, fortsätter Hope, den där stora höga som den vite mannen körde?

– Vilken då?

Blessing flackar med blicken.

– Mannen som frågade efter dig och som du inte hade tid att träffa.

– Jaså, han som skulle titta på larmet, säger Blessing snabbt och Ellen ser att hon ljuger. Det var en jeep, tror jag.

– Det var en snygg bil, säger flickan och gäspar. Är den också tysk?

Men Blessing har redan försvunnit in i köket.

Varför ljuger Blessing, tänker Ellen. Kan hon ha skaffat sig en älskare till, en vit "sugar daddy" som omväxling? Ellen kan förstå att hon inte vill berätta det i så fall.

– Tack för maten, säger Ellen igen när Blessing kommit tillbaka och serverat kaffet.

– Varsågod, men du har tackat fyra gånger hittills.

– Har jag?

– Det har jag tänkt på, att du tackar för självklarheter hela tiden.

Blessings röst är ironisk och hon ler stort, men där finns också en skärpa. Blessings gamla mamma nickar, hon har tänkt på samma sak.

– Vadå tackar för självklarheter?

– Om jag bjudit hit dig på middag betyder det väl att jag tänker ge dig mat? Och att det var gott – kom det som en överraskning?

– Nej, det är klart att det inte gjorde. Din mat är alltid jättegod.

– Varför måste du då påpeka det hela tiden?

– Jag vet inte ... Vi gör kanske så, i Sverige.

Ellen kommer ihåg sin barndoms middagar där man först tackade för köttbullarna och för sockerdrickan och sedan, när barnen ville springa ut och leka, först måste tacka ordentligt för maten. Och tacka för glassen efteråt. Och ge tant en stor kram innan man åkte hem – tack för ikväll, det har varit så trevligt! Ellen har fått en mycket god mycket svensk uppfostran.

Hon har ringt Björn tre gånger under kvällen och inte fått något svar. Hon ångrar att hon inte försökte ringa i morse när han var på jobbet. Men var kan han vara? Varför har han inte åkt hem när han visste att hon skulle ringa och att det var viktigt? Och varför ringer han inte själv? Nu har hon haft mobilen på hela dagen och vet att både batteriet och täckningen varit tillräcklig.

Hon hade velat prata med Björn först, för att veta lite mer om medicinen innan hon berättar för Blessing, men det här är ett bra tillfälle, med de gnisslande cikadorna i trädgården, barnen i barnkammaren och den gamla mamman som sagt god natt och dragit sig tillbaka.

– Jag har fått besked hemifrån när det gäller problemmedicinen hos Beauty, börjar Ellen försiktigt och stryker den sovande flickan över hennes bruna ben. Blessing plockar med de fyra sockerbitar hon lagt upp för att suga på under kaffedrickningen.

– De piller som vi har undersökt verkar vara annorlunda än den medicin vi har fått tidigare. Den ask som jag fick av dig var inte ens märkt. Vet du varför?

– Neeej. Blessing suger på en sockerbit och funderar. Hon samlar ihop sin stora kroppshydda för att resa sig:

– Jag får titta i förrådet.

– Nu vet jag!

Blessing har återvänt och korgstolen knakar när hon sätter sig.

– Det här – hon lägger en ordentligt produktmärkt ask på bordet – är orginalpaketet.

– Och jag minns nu vad det var som hände:

– Jag skulle skicka åtta kartor till Beauty men asken innehåller sexton, så då tog jag ut kartorna och la dem i en annan ask, jag tror det var en där barnen hade haft kritor, tillsammans med lite smärtstillande.

– Men det förklarar ju inte varför medicinen är annorlunda än den ska vara, invänder Ellen och tittar misstroget på asken.

– Kan det inte finnas någon annan förklaring till blödningarna? säger Blessing förhoppningsfullt. Att flickorna tagit för stor dos, eller att de led av någon annan sjukdom samtidigt. Kanske var de hivsmittade?

– Det vet vi ju inte, säger Ellen, men faktum är att den medicin som Björn undersökt innehåller en ny substans. Det är inte mifepristone i den, som i den vanliga medicin vi använt. Hur förklarar vi det?

Ellen vet inte allt, hon är ingen farmakolog, men problemet kan vara gigantiskt. Om någon farlig medicin slunkit in i deras förråd, utan att någon vetat om det förstås, och förpackningarna eller själva pillren inte ser annorlunda ut, då kanske de måste samla in och förstöra allt och lägga ner den delen av projektet. Och hur gör man det, med tjugosex barnmorskor med medicinförråd under tjugosex sängar i tjugosex olika byar? Om det inte går att identifiera just problemmedicinen. Och även om... Vem ska åka ut och gå igenom alla medicinförråd? Utan att det märks?

Och tänk om fler kvinnor börjat blöda, kanske till och med dött, utan att Blessing eller Ellen fått veta det?

– Jag begriper ingenting, säger Blessing. Jag har gjort som jag brukar göra och inget har sett annorlunda ut.

De kommer inte vidare. Blessing tror fortfarande att det finns en naturlig förklaring och Ellen hoppas att telefonsamtalet med Björn ska ge henne mer information. Björn kanske kan prata direkt med Blessing och förklara.

De övergår till att tala om Blessings nya familjesituation och hur hon ska klara ekonomin. Nästa år ska även Hope börja skolan och visserligen kan hon ärva skoluniformer av de äldre barnen och Blessing är inte den som klagar men Ellen räknar snabbt ut vad bara Hopes första skolår kommer att kosta. För att inte tala om de andra sex barnens.

Ellens vänstra hand, med vigselringen med den lilla diamanten, stryker försiktigt den sovande flickan över pannan medan hon hör sig själv säga:

– Henne tar jag hand om.

– Vad sa du?

Blessing vänder sitt förvånade ansikte mot Ellen.

– Henne tar jag hand om.

Ellens röst har blivit starkare och tydligare, plötsligt vet hon precis vad hon vill:

– Jag betalar för Hopes skolgång. Så länge hon vill eller så länge jag lever!

– Om hon får bo här hos dig, Blessing, med sina syskon, lovar jag att skicka pengar varje månad för att täcka hennes skolkostnader. Skoluniform, skollunch, böcker, avgifter – allt. Börja med att ta henne till fotografen och hänga upp hennes bild i korridoren. Jag betalar. Det är det minsta jag kan göra.

LUSAKA, ZAMBIA
18 februari 2004

Hej! Där är du ju!
Ellen tittar upp från den tryckfärgskladdiga bilden på Zambias president och möter en lätt vindögd blick. Josh balanserar en kaffekopp, en omelettallrik och ett juiceglas och har klämt fast ett anteckningsblock under armen. För första gången sedan han kom har han en tröja på sig istället för den välstrukna skjortan. Men pikétröjan är skinande vit och har pressveck på ärmarna. Har karln med sig ett eget strykjärn?

– Kan jag sitta här?

– Visst.

Hon makar undan tidningen och sitt tomma juiceglas. Malariatabletten ligger kvar på assietten, den måste hon komma ihåg att ta innan hon går.

– Jag har inte sett dig på några dagar, konstaterar han och det är en fråga. Han är tydligen hungrig för han kastar sig över omeletten och den stekta tomaten.

– Nej, jag har varit ute på landsbygden och gjort nya intervjuer.

– Har det gått bra?

– Ja, det får man väl säga.

Något som inte gått bra är att få kontakt med Björn, men det finns det ingen anledning att berätta. Inga nya mejl och han svarar fortfarande inte i telefon, varken hemma eller på mobilen, och på jobbet sa en växeltelefonist som Ellen inte känner att han "har semester". Semester!? Sekreteraren på Björns avdelning som kan veta mer kommer först vid 11-tiden, men då är hon välkommen att ringa igen. Tackar, tackar.

Josh lägger anteckningsblocket bredvid sin tallrik och plockar en penna ur bröstfickan.

– Jag har också varit ute och gjort intervjuer, och därför var det så bra att jag hittade dig. Jag skulle behöva få lite hjälp med en grej.

– Jaha?

– Nåt dom kallar "dry sex" – torr sex. Vad är det?

– Det är en egendomlig föreställning som finns i flera länder runt om här. Idén är att kvinnans slemhinnor ska vara torra vid samlag för att ge mannen större njutning.

Josh antecknar i sitt block och rynkar pannan.

– Torra? För att ge mannen njutning? Det borde väl vara tvärtom.

– Ja, man tycker det, men antagligen handlar det om allmän kvinnoskräck.

Ellens röst får alltid en hårdare klang när hon närmar sig sina käpphästar, det brukar folk säga. Josh tittar lite undrande upp från sin tomat.

– En våt kvinna är en upphetsad kvinna och det är farligt – och väldigt skamligt, fortsätter Ellen. Kvinnor kontrolleras på alla sätt men det här är ett av de värre. Torra slemhinnor spricker ju mycket lättare och i sådana sprickor sprids hiv-smitta. Och sedan kan det ju omöjligt vara särskilt skönt för kvinnorna, fast det är väl själva meningen, antar jag.

– Hur får man slemhinnorna torra då?

Josh antecknar något ord då och då men håller ögonkontakt med henne. En ovanligt rätlinjig ögonkontakt, det slirande vinda ögat verkat koncentrerat. Strängt, liksom. Men Ellen vet att hon kan låta jobbig och påstridig och han är väl inte van vid att prata om sex, med den bakgrunden.

– Det finns olika knep, säger hon. Örter och hemkokta salvor förstås, men också enkla saker som att stoppa upp gräs eller toalettpapper i slidan kan fungera. Det har gjorts undersökningar bland tonårsflickor här i Lusaka, alltså flickor som går i skolan på gymnasienivå inne i stan, inga analfabeter ute i byarna, där majoriteten svarade att de tyckte att det var viktigt för en kvinna att vara torr och att de visste hur man skulle göra för att torka ut sig själv. Varför frågar du om det?

– Jag tänkte skriva en artikel. Kanske kan jag citera dig?

– Helst inte. Det är bättre att du frågar nån som är verksam här, tycker jag. Jag kan ge dig några namn på läkare på Centralsjukhuset.

– Okej. Kan jag titta förbi ditt rum senare för att få namnen?

– Javisst. Jag är nog inne under förmiddagen för jag måste gå igenom lite anteckningar. Jag har inga möten eller så.

Och så måste jag ringa, tänker hon. På något sätt måste hon kunna få tag i Björn. Det är klart att han inte har semester. Det skulle hon ju ha vetat. Växeltelefonisten måste vara en vimsig vikarie utan koll.

Ingen av dem ser mannen vid dörröppningen ut mot trädgården. Han är kort och kraftig, har ljus skjorta, bomullsbyxor och blanka välputsade skor med tjock gummisula. Det snaggade håret är lite fuktigt, som om han just kommit från duschen.

Juicen som Ellen sköljer ner tabletten med har en underlig bismak. Kanske plåt från konservburken, tänker hon. Eller är det kaffet som smakar konstigt?

Josh är fullt koncentrerad på några välstekta baconskivor när Ellen säger ”hej då – lycka till” och reser sig från frukostbordet. I hissen upp undrar hon hur han vet vilket rum hon har, han har aldrig varit där och hon har aldrig berättat var hon bor.

Redan i korridoren, medan hon plockar fram sitt nyckelkort, känner hon hur golvet gungar och tavlorna på väggarna börjar röra på sig. Precis innanför den nymålade dörren blir allt svart. En blank herrsko hindrar dörren från att glida igen.

## TAMPA, FLORIDA, USA
## 17 februari 2004

*Martin hjälpte mig med allt här i Tampa. Jag började jobba på en restaurang i köpcentret och vi hittade ett rum som jag kunde hyra för en vecka i taget. Det var ett ganska litet och tråkigt rum med en smal säng och bara en tunn filt. Vi skrev in mig som "Mary Fletcher". Det var Martins förslag och jag höll med, för det var lika bra att inte använda mitt riktiga namn, om pappa skulle försöka leta rätt på mig. Lakan och handdukar köpte vi på Wal-Mart och en liten doppvärmare så jag kunde koka kaffe på morgnarna.*

*Martin tyckte att jag skulle hyra på kort tid, "för man vet aldrig vad Gud har i beredskap åt dig", sa han. Nej, det vet man aldrig, tänkte jag, när jag kröp ner under filten på kvällarna och tänkte på Martin och på hur det skulle kunna bli.*

*Flickan i rummet bredvid mitt hade ofta besök på kvällarna och väggarna var tunna som papper så jag fick skaffa ögonproppar för att slippa höra dem. Jag försökte klaga hos värden men han sa bara att om det inte passade kunde jag flytta för i det där huset fick var och en bli lycklig, eller försörja sig, på dom sätt som gick.*

*I den vevan upptäckte jag bokhandeln och köpte en bibel och Dee Essers bok om hur man får en lycklig äkta man, så den brukade jag läsa i innan jag somnade. Hennes råd om hur man skulle glädja mannen i sovrummet tyckte jag särskilt mycket om. Man kunde spreja parfym på mannens kudde, tända ljus och spela romantisk musik, låsa dörren så att barnen inte kunde störa, tugga pepparmyntapastiller och köpa ett nytt nattlinne.*

*Inget av det där verkade flickan i rummet bredvid bry sig om, men så var det ju knappast hennes äkta man jag hörde genom väggen heller.*

*Dee Esser har speciellt strukit under ett bibelord som jag också tycker mycket om, ur Paulus första brev till Korintierna: ”Hustrun råder icke själv över sin kropp, utan mannen.” Konstigt nog var det bara första delen av versen som var med i Dee Essers bok. När jag slog upp Första Korintierbrevet 7:4 i min egen bibel fanns det en fortsättning: ”.... sammalunda råder ej heller mannen över sin kropp, utan hustrun.” Det tyckte jag ännu bättre om.*

*Jag gick mycket i kyrkan, i Martins kyrka, och han kom och hämtade mig i sin bil när vi skulle träffas. Jag hade ju ingen telefon och han sa att han oftast stängde av sin mobil så vi bestämde från gång till gång när vi skulle ses. Han kom alltid som han hade sagt, jo, en gång ringde han till mitt jobb och sa att han skulle bli sen, men annars var han alltid pålitlig.*

*Jag vet faktiskt inte ens var han bor, och det vore roligt att se hur han har det, men kanske är han bara blyg. Många män tycker ju att de inte har städat eller diskat tillräckligt och vill inte bjuda hem flickor. Fast när jag får komma kan jag städa och diska. Det är jag bra på.*

*I kyrkan höll jag mig mest till honom och pratade inte med så många andra, och han presenterade mig som sin lillasyster. ”Så att det inte blir en massa skvaller”, förklarade han, och det ville ju inte jag heller ha. Han kramades aldrig eller pussades eller så, han höll mig bara i handen två gånger, men det tyckte jag var respektfullt. Jag hade fått nog av kladd och när tiden var mogen skulle nog Gud visa oss vad som borde ske.*

*Martin pratade mycket om Guds vilja och Bibeln. Att Bibeln och Guds ord är lagen för människan och att där står vad som är rätt och fel. Gud talar genom människor och jag har mött många som berättat om Guds ord, men Martin är nog den starkaste profeten. Jag tackar Gud för att jag fått möta honom.*

*Först ville jag inte berätta för Martin att jag väntade barn för jag trodde att han inte skulle tycka om mig då, men till sist gick det inte att dölja längre, fast jag hade köpt nya kläder för nästan hela min första lön. Jag tjänade inte bra. De servitriser som fick mycket dricks var flirtiga och tramsiga, det var det som lönade sig men inte ens om jag hade velat tror jag att jag hade kunnat vara flirtig och tramsig.*

*Mina pengar var nästan helt slut och egentligen skulle jag behövt köpa en bil. Att åka till jobbet med buss tog en evighet och jag fick ont i ryggen av att gå och stå hela dagarna när jag sedan skulle skaka buss hem igen men jag kände ingen på restaurangen tillräckligt bra för att be att få åka med dem. Martin hämtade mig ibland men han hade ju annat att göra också.*

*Riktigt vad han arbetar med vet jag inte, men det har med kyrkan att göra och det är viktigt. Han måste ju tjäna ganska bra också, för han har alltid gott om pengar.*

*Den dag jag hade bestämt mig för att jag skulle berätta för Martin om barnet då gick jag först till pantbanken i köpcentret.*

*Mammas halsband, ringarna och broscherna var det vackraste och mest värdefulla som vår familj någonsin hade ägt. För hela påsen fick jag tretusenfyrtiofyra dollar. När pantbankskvinnan räknade pengarna, och det gjorde hon flera gånger, och fick mig att ta dom ur hennes hand, hon hade en massa glittrande ringar på fingrarna, då kändes det inte bra. Det kändes billigt, på något sätt. Förnedrande, för hela vår familj, ja, på nåt sätt för hela Montana. Jag försökte låta bli att tänka på vad mamma skulle ha sagt om hon hade vetat om det. Men – vadå – hon kunde gott ha det! Och jag hade aldrig ägt så mycket pengar.*

*Jag hade sedlarna i jeansfickan – inte i handväskan för tänk om jag skulle bli väskryckt – och kände mig ledsen och nervös när jag klev in i Martins bil. Vi skulle till kyrkan, som vanligt, men jag bad honom stanna till på McDonald's för jag behövde berätta en sak. Jag var rädd för att han skulle bli arg för ibland blev han irriterad och sur när jag inte tyckte som han, eller om jag kom med andra förslag, och oftast hade han ju rätt så det gjorde jag sällan.*

*Men jag minns en gång när vi tog en kopp kaffe på Starbucks och en svart tjej gick förbi. Hon hade en unge i handen och en i en sjavig vagn och så en stor mage med en till på väg. Hon var inte äldre än jag och jag sa nåt, kanske var det lite slarvigt, om att det måste vara svårt att klara så många ungar när man är så ung och så fattig, och att jag inte skulle vilja ha det så.*

*Jag menade ju inte nåt annat än att man måste adoptera bort de barn man inte klarar av, men det förstod inte Martin utan han blev alldeles tokig. Han slet upp mig från soffan och drog ut mig på gatan och nästan slängde in mig i bilen. Det gjorde ont och jag blev jätterädd. Han slog mig flera gånger i ansiktet och sa att jag, som var hans lillasyster, aldrig aldrig fick säga eller ens tänka så. Det var först när en tant stannade till på gatan och tittade in i bilen som han lugnade ner sig. Jag öppnade bildörren och sa till tanten att allt var okej och Martin startade bilen och vi körde därifrån. Tanten stod kvar och tittade.*

*I bilen bad jag om ursäkt för att jag hade pratat så dumt, och han sa att han förstod det och att han förlät mig, så alltihop ordnade upp sig. Det gjorde inget att han slog mig för det menade han ju inte. Då tyckte jag sämre om att han kallade mig sin "lillayster", fast ingen annan hörde på. Det behövdes ju bara utåt. Jag är inte hans lillayster.*

*Därför var jag ganska rädd när vi satt där på McDonald's. Rädd för att han skulle bli arg igen. Det var därför jag ville berätta när det fanns folk omkring. Men den här gången var han på bra humör och vi beställde var sin kopp kaffe med äppelpaj och han betalade. Vi satte oss långt in, nära toaletterna.*

*Jag hade funderat mycket på hur jag skulle berätta, speciellt om jag skulle säga vem som var pappan till barnet, men alltihop gick jättebra. Martin verkade inte ens förvånad, och han blev inte arg alls. Jag sa genast att jag förstås tänkte föda barnet så att vi inte skulle behöva diskutera det. Han hade en "Stoppa barnamorden"- skylt i bakrutan på bilen så jag visste vad han tyckte, och jag tyckte ju precis samma sak. Sedan skulle jag kanske adoptera bort det, sa jag, om det inte hade uppstått nån annan möjlighet för mig – jag höll på att säga "oss" – att behålla barnet.*

*Han frågade inte ens om vem som var pappan. Efteråt tyckte jag att just det var lite konstigt – vad tycker du? – men han blev så uppspelt av att börja planera för resten av graviditeten, och födseln, så han glömde väl bara bort det. Han tog liksom över, och det tyckte jag var skönt. Det tycker jag att män ska göra. Han hade en god vän, sa han, en broder i kyrkan, som drev ett ställe som fanns till för flickor som jag. "Vår Herres Heliga Prästerskap" hette det och låg i ett stort vackert hus på landet, i nordvästra Florida. Jag skulle genast sluta jobba, så att jag inte skadade barnet, och så skulle jag flytta dit. Martin kunde köra mig. Han tyckte vi skulle åka nästa dag.*

*Jag blev jätteförvånad men också glad. Tänk att han inte hade bli-*

*vit arg, och att jag skulle kunna flytta någonstans där jag slapp slita med tunga tallrikar och brickor, och där människor tyckte att jag hade gjort rätt och där dom inte delade ut broschyrer om aborter som den där dumma Marion på Kentucky Fried Chicken hade gjort. Jag var orolig för pengarna och undrade vad det skulle kosta att bo i Prästerskapet, för det måste ju bli rätt länge, och Martin frågade hur mycket pengar jag hade. Då plockade jag fram sedelbunten ur fickan och vi räknade pengarna och då sa han att det nog skulle räcka, åtminstone fram till förlossningen.*

*Jag hade ju tänkt köpa en bil, men den behövde jag ju inte om jag skulle bo i ett stort hus på landet och slippa arbeta, så vi bestämde att jag skulle flytta nästa dag. Martin skulle köra mig. Jag lånade hans mobil och ringde till jobbet och sa upp mig och sedan ville han skjutsa hem mig för att jag skulle packa och själv hade han också en del att ordna, sa han.*

*När jag försökte protestera och sa att vi skulle ju till kyrkan och mina grejer packar jag på fem minuter då blev han irriterad och sa att jag inte skulle säga emot honom, för han visste bäst. Och Herren hade ju sagt åt mig att jag skulle lyda min man. Jag tänkte på det jag lärt mig av Dee Esser.*

*Han tog tretusen dollar för att göra en förskottsbetalning till Prästerskapet. Jag fick behålla fyrtiofyra för att betala för hyresrummet.*

*Den kvällen, som jag hoppades skulle bli den sista i den hårda sängen, läste jag i Dee Essers bok igen. Det kändes alltid bra. Där fanns en teckning som föreställde "Den Gudomliga Ordningen" eller "Guds skyddsparaply". På det största och översta paraplyet, det som tog emot mest regn, stod det GUD. På nästa, som var lite mindre än Guds-paraplyet, stod det MANNEN. Hans uppgift är att skydda och försörja familjen och ägna sig åt yrkesarbete och andra aktiviteter. Det understa och minsta paraplyet hette KVINNAN och hennes uppgift är att ta hand om barnen och hemmet. Dee Esser hade strukit över, med gul tuschpenna: "Allt medan hemmen har blivit mer kvinnostyrda har ungdomsbrottslighet, uppror, homosexualitet, skilsmässor och antalet frustrerade kvinnor ökat. Hemmet inrättades av Gud och för att det ska fungera smärtfritt ska mannen vara herre i sitt hus. Annars skapas mängder av problem."*

*Jag tänkte att så är det, jag måste lyssna på Gud och Dee Esser. Och Martin.*

*Nästa morgon hämtade han mig och så åkte vi norrut.*

## LUSAKA, ZAMBIA
**18 februari 2004**

Telefonen ringer, igen, och Ellen inser att hon hört den tidigare, men då långt långt borta.

Hon ligger fullt påklädd men barfota på den obäddade sängen i sitt hotellrum med fördragna gardiner och dånande luftkonditionering. Hon mår illa och minns att det började gunga när hon kom upp från frukosten, ute i korridoren. Att hon ändå tagit sig in i rummet och dragit för gardinerna och lagt sig på sängen, utan att hon kan minnas det, är konstigt. Det måste vara något slags magsjuka. Hon är öm på magen och i underlivet. Med möda vänder hon sig på sidan och tar telefonen. På klockradion ser hon att hon sovit i över fyra timmar. Vid sängbordet står hennes skor, prydligt uppställda.

– Hallå!

– Madam har besök, säger den välkända receptioniströsten, och Ellen hör sorlet i hotellobbyn när hon räcker över telefonen.

– Ellen! Är du där?

– Björn!? Är du här?

Ellen sätter sig upp och det snurrar lite i huvudet medan hon försöker samla sig.

– Har du kommit hit?

– Ja, det gick ju inte att begripa vad som pågick. Jag kände mig så illa tvungen.

– Har du tagit ledigt från jobbet?

– Ja! Han låter trött och irriterad. Jag kommer upp till dig nu.

– Men … vad kostade resan?

– Strunt i det du! Jag kommer upp till dig nu.

– Är det okej, Madam, frågar den försiktiga receptionisten som tagit tillbaka telefonluren.

– Javisst, svarar Ellen. Han är min man.

På darriga ben reser sig Ellen från sängen. Hon känner sig mörbultad och illamående och vacklar ut i badrummet. Det värker i underlivet och svider när hon kissar och hon får lite blod på toalettpapperet. Kan mensen redan vara på gång? Den borde inte komma förrän på onsdag. Kartongen med tamponger, som hon trodde var oöppnad, står intill toalettstolen. Underligt. Hon minns inte att hon tagit något ur den och nu är den bara halvfull.

Men allt har ju varit så konstigt idag, kanske är det någon slags magsjuka som påverkat henne hela morgonen och fått henne att göra konstiga saker.

Kanske är telefonsamtalet också en hallucination, en önskedröm, att Björn ska ha kommit. Fast hon inte vet hur hon ska kunna förklara allt som hänt inser hon plötsligt hur mycket hon längtar efter honom, hur skönt det skulle vara om det var sant, att han faktiskt är på väg upp i hissen. Hon reser sig från toalettstolen, orkar inte byta trosor fast det finns en fläck blod i dem och håller sig hårt i handfatet med ena handen medan hon blaskar av ansiktet med kallt vatten med den andra. Lite stadigare tar hon sig ut i rummet, skjuter undan gardinerna, öppnar balkongdörren och drar ett djupt andetag. Rutinmässigt rättar hon till den obäddade sängen och när hon sträcker sig för att stänga av luftkonditioneringen fastnar en liten plastbit mellan tårna.

Precis när hon sätter sig ner för att plocka bort plasten, det är en remsa, en maggördel från en tampong, knackar Björn på dörren.

WASHINGTON POST, USA 8 FEBRUARI 2004

## BEVIS MOT DOMARENS STÄDERSKA BORTA EFTER MORDBRAND

**Det var städföretaget Clean Enterprise, som eldhärjades vid en misstänkt mordbrand på Brentwood Road i torsdags, som anlitats av domare Vernon McArthur. Sedan domaren hittats död i sin säng har städerskan varit försvunnen och på städföretaget vet ingen säkert vem hon är.**

All bokföring och alla personuppgifter kring städbolagets anställda försvann i den våldsamma brand som förstörde ett helt våningsplan i den kontorsfastighet där företaget har sina lokaler. Branden började i Clean Enterprises arkiv och misstänks vara anlagd.

– Jag minns bara att hon kom från Florida och hette Dee i förnamn, säger Clean Enterprises personaladministratör Gail Burton till Washington Post.

Alla personuppgifter och annan dokumentation försvann i branden. Flickan hade goda referenser, säger Miss Burton, som är upprörd över misstankarna:

– Jag kan personligen gå i god för hennes referenser. Vi anställer inga som saknar meriter och definitivt inte till ett uppdrag hos en domare, och hon hade ju bara varit hos oss några veckor. Men domaren borde ha kvar ett anställningskontrakt med personuppgifter.

– Flickan arbetade hos domaren varannan dag och jag tror att hon hade något annat arbete vid sidan om.

Kriminalkommissarie Stephen Chu vill inte kommentera utredningsläget utan säger bara att kriminalpolisen i Florida har kontaktats.

Nedtecknat telefontips till Washington Posts redaktion:
En läkarsekreterare från Planned Parenthood-kliniken på Elm Street i Washington ringde för att berätta att hon känt igen Gail Burton, den kvinna som i dagens tidning uttalade sig som personaladministratör på Clean Enterprise, det företag som skickat den misstänkta mörderskan/städerskan till domare McArthur.

Gail Burton är en känd antiabortaktivist. Hon brukar regelbundet demonstrera utanför abortkliniken, sa läkarsekreteraren som kan nås på tel 467 35 867.

– Tanten är en av de skränigaste demonstranterna, sa uppgiftslämnaren.

WASHINGTON POST, USA 9 FEBRUARI 2004

# KOPPLING MELLAN DEN MISSTÄNKTA STÄDERSKAN OCH ANTIABORTRÖRELSEN

**– Jag vet inget om domare McArthurs död, sa miss Gail Burton när Washington Post sökte upp henne i hennes bostad på Fendall Street i Washington. Sedan drog hon igen dörren och vägrade öppna.**

Gail Burton är personaladministratör på städföretaget Clean Enterprise, den firma som förmedlat kontakten mellan domare Vernon McArthur som dog under mystiska omständigheter för två veckor sedan, och den försvunna städerska som misstänks vara inblandad i domarens död.

Clean Enterprise eldhärjades i förra veckan och all dokumentation kring företagets anställda brann upp. Branden har konstaterats vara anlagd och man misstänker att någon med nyckel till lokalen tänt på.

Enligt vad Washington Post erfar är Gail Burton aktiv i Pro-Liferörelsen. Gail Burton bekräftade i telefon att hon genom att demonstrera utanför abortkliniker försökt övertala abortsökande att ändra på sitt beslut – "för enligt min och Bibelns uppfattning är abort samma sak som mord" – men hon förnekade att hon har någon koppling till den försvunna städerskan.

– Hon hade goda meriter och jag anställde henne, sa miss Burton. Något annat vet jag inte.

Domare McArthur var en av de mest liberala domarna i Högsta Domstolen, med ett starkt engagemang i abortfrågan, och hans död har öppnat möjligheten för President George W Bush att ändra majoriteten i Högsta Domstolen, till abortmotståndarnas favör.

– De som vill hindra kvinnor att fatta egna beslut i abortfrågan har allt att vinna på domarens död, säger Sarah Grant, ordförande i Planned Parenthood Federation. Historiskt har de ofta tagit till våld för att nå sina syften.

LUSAKA, ZAMBIA
19 februari 2004

Men varifrån kommer läkemedlet? Det är ju livsfarligt! Björn pratar för högt tycker Ellen, men han talar ju svenska och det är mulet och lite svalt vid poolen så inga andra är där. En förhoppningsfull kypare fick en beställning på tredje försöket – två koppar kaffe med mycket mjölk.

Ellen suckar och svarar sin man, för minst sjätte gången:

– Jag vet inte. Vi får leveranser från olika håll, från olika delar av vårt nätverk. En del kommer från svenska sjukhus och lager, annat från läkemedelsföretag i Sverige och i världen.

– Hur då "från svenska sjukhus"? Är det gammal medicin, sånt som blivit för gammalt för att duga åt svenska patienter? fnyser han.

– För det mesta inte, men det händer nog också. Det vet ju du också att handlar det bara om några månader är det ingen risk.

– Nej, men den här medicinen är verkligen en risk. Den är i ordets verkliga bemärkelse livsfarlig. Fattar du vad du har ställt till med!?

– Ja, jag är rädd för det.

Hon talar tyst och tittar ner i bordet, känner bara skuld och trötthet. Det är länge sedan hon sov en hel natt.

– Och grejerna samlar ni ihop nånstans, fortsätter han, på skumma vägar, kanske är en del till och med stulet – är det det?

– Tja, det händer ju att våra medarbetare plockar med sig saker från sina arbetsplatser ...

– Från svenska sjukhus!?

Ellen nickar men möter inte hans blick. Hon känner hur hans raseri växer:

– Och sen packar du alla resväskor fulla – jag har ju sett apoteket du åker iväg med – och smugglar in det här.

– Ja, så kan man väl säga …

– Fattar du hur inihelvete korkat och vansinnigt alltihop är?

Kyparen kommer med kaffet och Björn tystnar men blänger på Ellen medan kyparen serverar.

– Jag som trodde att allt var helt schysst och godkänt av svenska och zambiska myndigheter. Jag känner mig jävligt lurad.

– Jag är ledsen, men jag trodde det var bättre för dig om du inte visste någonting.

Hon rör frånvarande i kaffet, tror till och med att hon lagt i en sockerbit fast det är länge sedan hon slutade med socker.

– Kanske det, säger han med alldeles för hög röst. Det allra bästa hade varit om det inte funnits något att veta. Men nu vet jag, och vad gör jag med den kunskapen?

– Ingenting, hoppas jag.

– Men varför, Ellen? Varför?

– Därför att det är viktigt.

Ellen hör knappt sin egen röst. Hon känner sig plötsligt inte alls säker på vad det är som är så viktigt.

– Så viktigt att du är beredd att riskera andra människors liv?

En melodi får Ellen att krafsa fram mobiltelefonen ur ryggsäcken som står vid poolkanten. Det är inget samtal, och melodin fortsätter. En fågel som sjunger.

– Hörde du? Hon försöker lätta på stämningen. Så är det hela tiden här. Jag tror att det är telefonen och så är det någon gladlynt fågel.

Björn svarar inte, uppenbarligen helt ointresserad av fåglar.

Ellen lyfter upp ryggsäcken igen. Det är något som inte stämmer, något som fattas. Hon radar upp mobiltelefon, läppstift, plånbok, pass, hårborste, visitkortsklämma, tuggummipaket, liten pillerburk för huvudvärkstabletter, pappersnäsdukar och våtservetter på bordet. Men ingen telefonbok!

– Har du sett min telefonbok, den gamla svarta? frågar hon Björn.

Minns du om den ligger uppe i rummet.

– Nej, det minns jag inte, säger han oengagerat. Du har väl lagt den under några papper eller glömt den någonstans.

Han tar en klunk av kaffet och stirrar i fjärran. Han är arg och känner sig lurad. Han vill inte prata om något annat än förräderiet. Eländet. Egentligen orkar han inte prata alls.

De sitter länge tysta utan att se på varandra eller dricka kaffet som kallnar i kopparna.

– Hur länge kan du stanna? frågar hon till sist.

Ska han bara bråka kan han lika gärna åka. Efter den första lättnaden och återseendets glädje har allt bara blivit värre. Han hjälper inte till utan gör bara allt ännu svårare.

– Några dagar. Första möjliga plan hem går i övermorgon, men då skulle jag vilja ha med mig dig hem. Det verkar inte klokt att du stannar.

– Det bestämmer väl inte du! spottar hon ur sig, plötsligt ursinnig över hans faderliga översittarton. Jag måste stanna och reda upp allt-ihop. Jag har ett ansvar.

– Och hur ska det gå till? Frågan skulle kunna vara ironisk men Björns röst är tonlös, nästan sorgsen.

Om jag det visste, tänker Ellen och då ringer telefonen igen. Den här gången är det inte en fågel utan Blessing. Hon säger att Beauty, som inte velat ha kontakt med vare sig Blessing eller Ellen efter polisbråket och misshandeln, har hört av sig. Hon behöver hjälp, genast.

– Kan du åka nu om jag kommer och hämtar dig? frågar Blessing.

– Ja! säger Ellen utan att tveka. Jag kan åka nu på direkten.

– Om du ska nånstans så följer jag med, säger Björn.

Han accepterar inga invändningar.

Medan de väntar på Blessing i lobbyn kommer Margoth och hennes familj från hissarna. Ellen och Margoth har inte setts sedan natten med nunnorna och Ellen har ibland trott att hon undvikit henne. Också den här gången nickar Margoth bara lite åt Ellen tvärs över rummet medan hennes man med långa steg kliver fram till Björn:

– Nej men hej! Vad gör du här?

– Jag hälsar på min hustru, säger Björn och presenterar snabbt Ellen.

– Ja, vi har träffats. Jaså, är ni gifta? säger Peter Oxenstierna förvånat. Det hade jag ingen aning om.

– Och du? frågar Björn.

– Vi – han pekar obestämt bortåt receptionen där Margoth och barnen diskuterar något med receptionisten – har varit på safari och sedan tittat på Victoria Falls men på torsdag ska vi åka hem. Vi måste börja jobba.

– Peter och jag träffades på den där fackliga kursen jag var på för något år sedan, förklarar Björn för Ellen. Vi hade faktiskt jättetrevligt, eller hur?

– Absolut, försäkrar Peter. Minns du den där korkade distriktsläkaren från Örebro?

Björn skrattar och Ellen minns avlägset några historier om läkaren från gnällbältet. Björn är duktig på att härma dialekter.

– Peter är ordförande i Läkarförbundets etiska råd och pratade om läkaretik, fortsätter Björn men så tystnar han plötsligt, som om något slår honom.

– Jaså, det var därför jag tyckte jag kände igen dig, säger Ellen, blek under solbrännan. Jag har väl sett din bild i Läkartidningen.

Samtidigt tutar Blessing utanför dörren och räddar dem.

## TAMPA, FLORIDA, USA
## 17 februari 2004

*Det hade blivit kväll när vi kom fram till Prästerskapet, ja, alla kallade hemmet så. Vi hade kört länge på kolsvarta vägar och jag var förvånad över att Martin hittade och tog rätt avtagsväg hela tiden, men han sa att han hade varit där många gånger så det var inget problem. Dessutom ledde Gud honom. Martin hade ringt och talat om att vi skulle komma, och vi var så välkomna.*

*Jag hoppades det för jag hade hunnit bli rätt nervös, speciellt eftersom jag förstod att Martin inte tänkte stanna, åtminstone inte mer än den där första natten. Jag kände ju ingen annan, men det skulle snart ordna sig, sa han, för på Prästerskapet fanns många trevliga människor, både äldre ledare och unga kvinnor som jag. Och barn. Det var som en stor familj. Jag tänkte mig ett stort varmt hus med mycket folk som satt vid långbord och bad bordsbön innan de började äta och barn som sprang omkring och lekte. Men riktigt så blev det ju inte.*

*Huset var stort och upplyst och vi parkerade på baksidan bredvid några andra bilar. En stor pickup hade en klisterremsa på stötfångaren där det stod ”Avrätta mördare/abortörer!”. Då förstod jag inte riktigt vad som menades med det, men nu gör jag det.*

*Det var alldeles tyst när vi hade klivit ur bilen och Martin lyfte ut min bag ur bakluckan. Vi hörde inga bilar, inga fåglar, inte ens en syrsa. Det var varmt och fuktigt, en konstig dimmig fuktighet som jag aldrig hade känt förut. När det blev ljust såg jag att sumpmarken började precis bakom den vita staketet.*

*Ringklockan på bakdörren skrällde och då vaknade ett gäng hundar i en inhägnad intill. Jag hade inte sett buren och hundarna verkade farliga, det lät inte som de hundar vi hade hemma. En av jättehundarna kastade sig mot staketet och Martin sa att det var viktigt att ringa och tala om att man var på väg till Prästerskapet för om hundarna var lösa kunde det gå riktigt illa. Jag förstod det. Jag har aldrig gillat stora hundar.*

*Mannen som öppnade hälsade först på Martin och sedan gav han mig en stor kram. Han sa att han hette Pastor Michael Burt – men du kan kalla mig Pastorn. Han var inte så lång men ganska tjock och hade en rutig skjorta som hängde utanför byxorna och på fötterna hade han tofflor som kippade när han gick. Han såg ut som en snäll morfar, tänkte jag, och då kände jag mig lite bättre. Jag har aldrig haft nån snäll morfar.*

*I den stora hallen där vi hängde upp våra jackor satt en konstig flagga som var lik den vanliga flaggan men ändå inte. Martin förklarade för Pastorn att jag kom norrifrån och Pastorn sa att det kunde jag väl inte rå för, men att han beklagade mitt öde, och så förklarade han att flaggan var sydstaternas flagga under Inbördeskriget, eller Kriget Mellan Staterna, som han sa. En affisch visade en soldat i en grå uniform, han var likadant klädd som jag hade sett i historieböckerna att sydstatarna var klädda, och över honom stod det i gammaldags bokstäver "Södern ska vinna igen".*

*Då tänkte jag att det var konstigt att han trodde att det handlade om Södern mot Norr. Jag visste ju att det handlade om Folket mot Regeringen, men egentligen var det kanske samma sak, att dom som styrde över oss andra fanns i Washington och alla vi andra, vilket väderstreck vi än kom ifrån, var Södern, eller Norr. Inte där dom som bestämde fanns i alla fall. Jag kände mig faktiskt mer hemma än jag hade trott att jag skulle göra, fast det var så konstigt fuktigt, och jag tänkte att pappa nog skulle ha gillat det här stället. Martin höll armen om mina axlar och sa att han skulle komma och hälsa på mig, ofta. Och det trodde jag på. Då.*

*Pastorns fru serverade kaffe och smörgås i Pastorns arbetsrum och sedan kom några av deras nio barn och hälsade. Möblerna var gammaldags och alla var snälla och frågade hur jag mådde. Flickorna neg och pojkarna bockade för mig fast jag inte var mycket äldre än de äldsta. Flera ge-*

*vär hängde på väggarna men det kunde jag ju förstå, att bo så här ute på landsbygden utan skydd det vore direkt korkat. Min pappa hade också vapen. Det måste man ha om man ska kunna försvara dom sina, brukade han säga, och Pastorn hade ju så många att försvara. Hundarna behövdes nog också.*

*På Pastorns skrivbord stod en konstig lampa. Skärmen var en vanlig vit tygskärm och den fungerade för den lyste, men lampfoten var gjord av något som såg ut som fyra dynamitgubbar, invirade i en sladd som var ansluten till en väckarklocka. Det såg ut som jag tror en tidsinställd bomb ser ut. Jag gick fram till den och petade på skärmen när Martin sa "Lyft på den du!" Jag gjorde det och då började hela lampan ticka med ett otäckt högt ljud. Jag blev jätterädd och tappade nästan lampan när jag skulle ställa tillbaka den och Pastorn och hans fru och Martin skrattade högt. "Den skrämmer alla", sa Pastorn och såg förtjust ut, och jag skrattade lite också fast jag inte tyckte det var roligt för dom skrattade åt mig.*

*Det var då jag hörde babyn som grät på övervåningen.*

## CHONGWE-DISTRIKTET, ZAMBIA
## 19 februari 2004

Det här klarar jag inte här, säger Ellen så fort hon kastat en blick på det plågade barnet på Beautys repsäng. Vi måste ha ordentlig operationsutrustning och vi måste kunna söva eller åtminstone bedöva henne.

– Kan vi lyfta ut henne i din bil och köra till sjukhuset? frågar Ellen Blessing. Det är bråttom.

– Javisst, svarar Blessing.

Björn lutar sig fram för att lyfta upp den lilla flickan. Hon väger nästan ingenting, en fågelunge med jättemage.

– Hur gammal är du, frågar Ellen men flickan skakar på huvudet. Hon förstår inte engelska.

– Hon är fjorton år, säger Beauty sammanbitet. Och jag följer med!

Vägen ut ur byn är dålig och Blessings gamla bil saknar nästan helt fjädring. Björn sitter i baksätet med den tunna flickan i sina armar och försöker dämpa skakningarna så gott det går.

– Hur länge har förlossningen pågått? frågar Ellen.

– Jag vet inte säkert, svarar Beauty samtidigt som hon kastar en blick genom bilens bakfönster, för att se hur många som sett vad som hänt, och för att bedöma hur lång tid det kommer att ta innan alla i byn vet. Att den vita doktorn tagit föderskan i en bil och kört iväg med henne, och att Beauty följt med. Om det kommer att förbättra eller försämra hennes anseende beror på hur det går, om flickan kommer att klara sig. Hennes föräldrar sätter sig ner på Beautys trappa för att vänta, i dagar om så krävs.

– Flickan bor i grannbyn och det var först igår som hennes pappa kom med henne i en skottkärra.

– Tror du att barnet lever?

– Nej, säger Beauty och rätar på ryggen i det trånga baksätet för att minska trycket mot sina brutna revben. Det är jag säker på att det inte gör. Nu handlar det om att rädda flickan.

Beauty har hört talas om vad som kan hända även om hon aldrig haft en egen patient och Ellen har sett resultatet på en av de få kliniker i landet som kan operera skadorna. Om man inte får ut det döda barnet med ett kejsarsnitt kommer det att trycka sönder vävnaderna i flickans underliv, i värsta fall kommer alltihop att bli ett enda stor hål – och flickans fortsatta liv ett veritabelt helvete. Hon kommer att läcka kiss, bajs och mensblod utan någon möjlighet till kontroll. Hon kommer inte att kunna föda barn, bli övergiven av sin man och i värsta fall utkörd ur byn.

– Det är bråttom, hetsar Ellen och Blessing kastar en irriterad blick åt sidan. Som om hon inte förstått! Hon kör redan så fort hon vågar på den bedrövliga vägen och Björn vaggar försiktigt den nästan medvetslösa flickan.

– Varför ska de föda barn så här unga? frågar han rätt ut i luften. Fattar inte folk att det är farligt?

– Nej, egentligen inte, svarar Beauty. Och för det mesta går det ju bra.

– Nja, invänder Blessing medan hon undviker tre potthål på rad. Hennes runda armar växlar med irriterade knyck. Om man är fjorton är det utvecklingsmässigt ofta för tidigt att föda barn, och det finns ju dom som blir bortgifta och gravida så fort de fått sin första mens, vid elva eller tolv.

– Men varför!? tjatar Björn.

Ellen tänker ilsket på alla gånger hon berättat och förklarat medan Björn har låtsats lyssna samtidigt som han läst Sportbladet. Han har inte hört ett ord av vad hon sagt.

– För att det är livets mening, svarar Blessing bittert. Att vara en ogift flicka är ingenting. Då kan alla köra med dig, du har inget att säga till om, inga rättigheter, ingenting. Men när du fått barn, då är du Mamma, och det ger status. Dessutom får dina föräldrar betalt av pojkens familj i form av brudpris. I dessa tider kan de pengarna, eller den kon , eller de majsmjölssäckarna, vara skillnaden mellan liv och död.

– Vad händer om ett par gifter sig och sen inte föder några barn då? frågar Björn vidare, och Ellen möter hans blick i backspegeln.

– Det måste ju finnas barnlösa äktenskap även här, säger han och de blå ögonen stirrar in i Ellens spegelbild. Hon släpper hans blick och fäster den på vägen. Även Blessing tiger och koncentrerar sig på körningen.

– Eller hur? upprepar han.

– Det kan bli svårt, säger Beauty försiktigt, mest svårt för kvinnan. Det antas alltid vara kvinnans fel, fast jag vet att det också finns män som är orsaken till barnlöshet, som har dålig säd. Men det tror inte folk. Allt är alltid kvinnans fel.

– Vad kan hända då? frågar Björn.

– Antingen skaffar sig mannen en andra fru, eller också skiljer han sig och gifter om sig med en annan kvinna. Det är helt accepterat, om kvinnan inte kan föda barn är hon oanvändbar.

– Men om det fortfarande inte blir några barn då, fast mannen gift om sig, insisterar Björn medan han klappar den plågade flickans svettiga panna. Hon rör sig lite oroligt och Beauty försöker flytta sig för att ge henne mer plats.

– Då måste man väl fatta att det är mannen som är infertil, fortsätter Björn.

– Ja, hörs Blessings skarpa röst från förarplatsen. Vad kan hända då? Berätta, Beauty!

Beauty avvaktar, som om det var en sanning som inte borde avslöjas för frågvisa vita män. Men Blessing envisas:

– Berätta, Beauty!

– Då brukar han kalla in sin bror.

– ”Kalla in sin bror?”

– Ja, det är oftast en yngre bror som får sova hos hustrun tills hon blivit gravid.

– Vad tycker frun om det då?

– Det är nog olika, men mest är hon säkert glad över att få bli mamma, tror Beauty. Det är ju bättre än att bli övergiven för att hon är ofruktsam.

– Mycket hivsmitta sprids den vägen, konstaterar Ellen torrt. Smittan sprids också med idén att en änka måste "renas" när mannen dött, genom att hon har sex med hans bror efter begravningen.

Blessing svänger upp på den asfalterade huvudvägen och trampar på gaspedalen.

– Och sen är det mycket häxeri inblandat, säger hon kallt, som om hon föreläste för den fåkunnige svensken i baksätet.

– Häxeri?

– Om man till exempel glömt sina menstruationsbindor ute på ett streck kan någon häxa ha gått förbi och uttalat en förbannelse som gör kvinnan ofruktsam.

Blessing bromsar för att väja för ett flyttlass med åsna och vagn.

– Jag varnar alltid för det, säger Beauty, att unga flickor inte ska låta sina tvättade bindor hänga kvar ute.

– Tror du på sånt? Björn tittar på den underligt ihopkrupna barnmorskan i baksätet bredvid honom.

– Nej, men det är så många andra som gör det, så det är bättre att inte utsätta sig för en massa prat.

– På samma sätt, fortsätter Blessing, är det bäst för en ung flicka som fått sin första mens att stanna inomhus en vecka, äta på egen tallrik och absolut inte laga mat till någon annan än sig själv.

– Varför är det bäst?

– Hon är så kraftfull och farlig när hon blivit kvinna. Man säger att hon är "het", så het att hon kan bränna varje man hon träffar. Då menar jag bokstavligt, bränna honom så att han får brännskador.

Ellen vrider på huvudet och växlar en frågande blick med Blessing i framsätet. Blessing nickar.

– Det var det som hände Blessing, berättar Ellen lågmält på svenska utan att titta på sin man i baksätet.

– När hon var 17 år gifte hon sig. När hon inte hade blivit gravid efter ett år skilde sig hennes man från henne och hon blev bortkörd från sin by. Hon anklagades för att vara en häxa. Flera män vittnade om att det blivit ”brända” av henne när hon blev könsmogen och hennes bindor hängde alltid ute. Hon hade blivit förhäxad och kunde sprida förbannelsen vidare.

– Hur gick det sedan?

– Hon fick flytta till en faster i stan och fortsätta studera så det gick ganska bra, men hon har aldrig gift om sig och hon har inga egna barn. Alla barn hon har hemma är hennes syskonbarn.

– I'm sorry, säger Björn till den breda raka ryggen vid förarplatsen.

Blessing stryker bort något i ögonvrån och Ellen snyter sig högljutt.

Ingen säger något mer innan bilen bromsar in framför regionsjukhusets akutmottagning.

## LUSAKA, ZAMBIA
**20 februari**

Ellen trasslar sig försiktigt ur de svettiga lakanen och Björns omfamning. Hon har vaknat ur en otäck dröm som hon inte kan minnas och kan inte ligga still längre. De har legat i skedställning sedan de somnade, med Björns armar hårt slingrade kring Ellens kropp, utmattade av allt prat. Äntligen lyssnade han på hennes berättelser. Flickan med det döda barnet och det akuta kejsarsnittet på det dåligt utrustade sjukhuset där Björn fick agera operationssköterska – allt har fått honom att öppna ögon och öron.

I timmar har de suttit på hotellbalkongen bakom det fladdrande plastskynket och Ellen har berättat om alla människor hon mött och hur lite hon ändå kunnat göra för dem. Patricia som hoppade framför tåget, Puni som inte ville tvingas sluta skolan, Beautys kompetens och hur hon misshandlats, överfallet på nunnorna, Blessings historia och hennes växande familj – för att inte tala om alla fördomar och allt motstånd som finns inbyggt i samhället och traditionen. Hur hennes insats, att sprida kunskap och utrustning till Afrikas hjältinnor – de lokala barnmorskorna – bara varit en droppe i Zambezifloden. Och han förstår. Fortfarande har han inte köpt alla delar av hennes engagemang, och hans oro för misstagen är lika stor som förr, men hans ilska är borta. Han förstår.

När de till sist vacklar i säng är gemenskapen stark. Jag har ett gott äktenskap, tänker Ellen och somnar som en sten med ryggen mot hans mage, i samma andetagsrytm. Några timmar senare vaknar hon av att Björns grepp hårdnar. Hans kuk trycker mot hennes stjärt och han biter försiktigt i hennes hals. Halvsovande särar hon på benen, beredd att ta emot honom. Han brukar glida in i henne lätt, orgasmen kommer snabbt för båda. Deras sexliv är kanske inte himlastormande men varmt och kärleksfullt. Men nu går det inte. Hennes underliv är torrt och ömt, hon vill inte säga något men vrider sig i smärta, och efter några fåfänga försök ger han upp och vänder sig besviken om.

På toalettpapperet finns blodfläckar igen, men mens kan det knappast vara. I morgon får hon undersöka sig själv ordentligt.

Hon drar på sig badrocken och skjuter ljudlöst upp balkongdörren.

När hon satt sig på balkongens plaststol och slutit ögonen kommer minnet av den otäcka drömmen tillbaka. Den våldtagna nunnans stela ansikte och, bredvid, hennes eget studentfotografi. Ellens bleka ansikte mot den vita mössan och den tomma stirrande blicken.

– Varför ser du inte glad ut, frågade Ellens mamma när bilderna framkallats. Och varför har du den där gamla tröjan på dig? Vad har hänt med den nya vita blusen?

Den trasiga vita blusen hade hon lagt i en plastkasse, knutit åt så hårt hon kunnat, och kastat i sopnedkastet. I påsen låg också jeansen och trosorna och de vinfläckade tygskorna och – trodde hon, hoppades hon fåfängt – minnet av kvällen före.

Det var på ”gubbskivan”, den sista festen för studenterna och deras lärare. Ordentliga Ellen som aldrig deltagit i förfester eller ”värmningar” hade bestämt sig för att, som ett avsked till alla klasskamrater och den stad hon alldeles snart skulle lämna, titta in hos Carolin. Om man blandar gin med flädersaft känner man nästan inte spritsmaken, sa väninnan.

Den Ellen som kom till festen i skolan var ovanligt pratsam, men den Ellen som efter ytterligare fem glas rödvin vacklade ut för att få lite frisk luft på en bänk på skolgården var knappast talbar.

Det var där Marcus hittade henne. Han höll henne om pannan när hon kräktes i rabatten och stagade upp henne i en vinglig promenad hem till hans inackorderingsrum precis bakom skolan. Hem till Stig Olofsson kunde hon inte gå i det här tillståndet, det var de rörande överens om. Bara att gå så ostadigt genom stan, där folk kunde se henne, var otänkbart.

Ellen var oändligt tacksam och gav pojken en hård kram när de kommit in i porten, förhoppningsvis utan att någon sett dem. Marcus hade alltid varit snäll, en blek kille med hundvalpsögon som gått i hennes klass i tre år utan att de lärt känna varann ordentligt. I sitt lilla rum hade han mineralvatten i ett kylskåp, han baddade hennes panna med en frottéhandduk, kysste henne på halsen, och på munnen, och hon skrattade lite för hon ville ju inte verka otacksam och så började han knäppa upp hennes fläckiga blus. Men nej, det ville hon inte, hon kunde inte sova här, han hade ju bara en säng, hon skulle sitta i fåtöljen tills hon piggnat till, kanske bara sova en liten stund först på det bruna frottéöverkastet, men hon ville inte att han skulle ligga bredvid henne, eller ovanpå henne, ville inte, nej, ville inte ...

– Jag fick en fläck på blusen, svarade Ellen sin mamma, och så tyckte jag det var roligare med lite färg på tröjan till studentkortet.

Studentkortet står fortfarande framme hemma hos mamma men Ellen har slängt sina egna kopior tillsammans med studentmössan Samma dag som beskedet kom att hon antagits till läkarutbildningen gjorde Ellen Elg ett graviditetstest. Hon berättade aldrig för sina föräldrar vem barnets far var, sa bara att det var en pojkvän som hon inte träffade längre, och i tysthet ordnades aborten, för säkerhets skull på regionsjukhuset i Umeå. ”Så att det inte blir en massa prat”, som Stig Olofsson sa.

Och det har det inte blivit, tänker Ellen där hon huttrar till på den svala hotellbalkongen. Något prat, alltså. Inget prat alls hade det blivit, närmare bestämt. Men nu kanske jag blir tvungen.

När hon reser sig upp för att gå in och krypa ner bredvid Björn i sängen igen sparkar hon till något vid dörröppningen. Det är en liten pyramid av små runda stenar. Konstigt. Vem kan ha ställt dit den? Det kanske är nån konstig dekorationsidé i det renoverade hotellet. I stil med att måla en del av taket rött.

## TAMPA, FLORIDA, USA
## 17 februari 2004

*Prästerskapet hade regler som vi flickor måste följa. Det var inget konstigt, bara sånt som att vi skulle bli frälsta om vi inte redan var det, och att vi skulle lyda Pastorn och hans fru. Vi måste också vara beredda att ta strid för vår sak, om det behövdes, och det var inte heller svårt, med tanke på hur Jesus led på korset för våra synder och så, fast i början förstod jag nog inte riktigt hur den striden skulle kunna se ut. Vi var alla Guds soldater, sa Pastorn, och det lät ju fint.*

*Jag hade nog lättare än många av de andra flickorna att förstå vem som bestämde och vem som måste bestämma. Det har jag aldrig haft svårt för, att lyda den som vet bättre.*

*I vår "familj" var det Pastorn som var Fadern och Pastorns fru var Modern. Vi skulle kalla henne "Mamma" sa hon, och det gick bra så småningom även om det kändes lite konstigt i början. Vi flickor var barnen. Det hade jag inga problem med.*

*Jag försökte förklara hur Den Gudomliga Ordningen ser ut för en av de andra flickorna som tjafsade onödigt mycket. Det har jag aldrig gjort, tjafsat alltså. Jag visade Dee Essers bok för henne, framför allt pekade jag på teckningen av Den Gudomliga Ordningen, med Faderparaplyet som vakade och styrde över Moderparaplyet som vakade och styrde över Barnenparaplyet och över alltihop GUD. Hon bläddrade bara lite och lämnade tillbaka boken utan att säga något. Jag som hade trott att hon skulle vilja låna den. Sedan visade jag inte boken för någon annan utan hade den i min byrålåda.*

*Pastorn fattade alla beslut och ledde böner och gudstjänster när han var hemma men han var ofta borta på olika viktiga uppdrag. Vi flickor tyckte mycket om Pastorn och grälade ibland om vem som skulle få servera honom kaffe och städa hans arbetsrum. Ibland hade han besök av män i svarta rockar som såg ut och pratade med en brytning som folk brukar ha i maffiafilmer. Då fick vi lämna kaffet på ett bord i hallen utanför.*

*Ibland ringde telefonen mitt i natten och Pastorn pratade länge. Jag vet det, för jag hade ofta svårt att sova. Det lät som om samtalet kom långt ifrån för Pastorn pratade med ovanligt hög röst. Ändå hörde jag inte vad han sa för han hade stängt alla dörrar om sig. Jo, något som han sa om "Guds vilja" hörde jag, och det kändes ju bra.*

*Vi flickor delade rum, fyra och fyra, och barnen bodde i två olika barnkammare, en för pojkbebisarna, en för flickorna. Några av barnen hade sin mamma kvar i huset och då skötte hon naturligtvis om sitt eget barn, men de flesta mammor hade flyttat och deras barn väntade på att bli adopterade och då var det vi som ännu inte fött som skötte om dem. Det var ju en bra träning för oss också, även om de flesta av flickorna inte tänkte behålla sina barn utan adoptera bort dem. Utom jag, fast det sa jag inte till någon, för allt måste ju ordnas först.*

*Barnkamrarna var jättefina, flickornas i rosa och pojkarnas i blått och alla möbler var nya och blanka. Det var viktigt att det var välstädat, så vi torkade golven varje kväll och fönstren varannan vecka. Ibland kom något par för att välja ett barn att adoptera och då fick vi flickor stänga in oss i våra sovrum för att inte störa. Adoptivföräldrarna ville inte veta så mycket om oss.*

*Vi fick inte göra nåt utan att be Pastorn eller Mamma om lov, men det förstår jag, för jag lärde mig mer och mer om alla onda människor som var ute efter att mörda de barn vi bar i våra kroppar. Vi fick lov att vara försiktiga.*

*Vi som väntade barn undersöktes av en läkare varannan vecka, så att allt skulle gå så bra som möjligt. Vi behövde inte betala något. Och jag som aldrig ens haft en sjukförsäkring! Jag berättade aldrig för doktorn vem som var mitt barns far, fast han frågade mig många gånger. Det berättade jag inte för Pastorn eller Mamma heller. "En pojkvän", sa jag bara, och till sist nöjde dom sig med det.*

*Vi fick också låna kläder, det var sådana klänningar som jag sett på kort att min mamma hade när hon väntade mina bröder, med rynkning under brösten och ett stort klänningsliv, så att det verkligen syntes att vi hade mage. Min mage var så liten att jag nästan kunde ha dom kläder jag hade köpt i Tampa men det tyckte inte Mamma passade. Jag skulle vara stolt över min mage, sa hon, och det var jag ju också.*

*Jag förstod att det kostade pengar att driva ett så fint ställe och tyckte det var bra att mammas smycken hade kommit till så bra nytta.*

*Det var mycket att göra, med alla barn och all städning och matlagning, och många nya saker att lära sig. Bland annat hade vi bibelstudium varje morgon och jag hade ju bara läst Bibeln själv tidigare så för varje dag förstod jag mycket mer om hur bedrövligt det är ställt i USA och världen och hur Herrens våldsamma dom snart måste komma. Då gäller det för oss att vara förberedda.*

*Ett sätt att förbereda sig är att lära sig hantera skjutvapen så det gjorde vi på skjutbanan en bit in i skogen bakom huset. Det måste ha sett ganska roligt ut, alla flickorna i de vida blommiga klänningarna som tränade gevärsskytte i gummistövlar och öronskydd. Jag var ganska duktig på att skjuta, faktiskt. Kanske kan det komma till nytta någon gång. Som Guds soldat vet man aldrig vad som kan krävas.*

*Pastorn brukade visa filmer på mördade barn, bilder som var tagna efter aborter där sönderhackade eller helt färdiga och fina bebisar låg i pölar av blod. Musiken var mycket vacker och texten handlade om Jesus som älskar alla barnen och jag tror inte det var någon av oss flickor som inte grät. Första gången fick jag gå ut på toaletten och kräkas, så hemskt tyckte jag det var. Vilken ohygglig värld vi lever i där sådant kan hända och till och med kallas lagligt! Inte undra på att Jesus förbereder sig på att komma tillbaka och straffa syndarna.*

*På kvällarna, innan jag och mina rumskamrater somnade, låg vi i våra sängar och talade om våra barn och jämförde hur långa de borde vara och vilket barn som fått naglar och hur mycket hår vi trodde att de hade. Vi gissade också om vi hade pojkar eller flickor. Jag trodde alltid att min var en pojke, men där hade jag ju fel.*

*Vi pratade aldrig om vad som skulle ske efteråt, när barnen var födda. Fast jag visste ju hur jag ville att det skulle bli för oss.*

*Jag längtade efter att Martin skulle komma så jag fick berätta för honom om allt jag hade lärt mig, men han ringde bara en gång och då hade han knappt tid att prata med mig, men han pratade jättelänge med Pastorn, och senare skickade han ett vykort där det stod: "Jag hoppas du har det bra och lär dig mycket, för Gud kommer att behöva dig snart. Varma hälsningar/ M." Kortet föreställde en ledsen hund. Jag tänkte att han ville visa hur ledsen han var för att vi inte var tillsammans utan att alla andra på Prästerskapet som kunde tjuvläsa mitt kort skulle förstå det. Jag hade ju inte hans adress så jag kunde inte skicka något svarskort. Mamma och Pastorn sa att dom inte heller hade hans adress, och det tyckte jag var lite konstigt. Men dom skulle hälsa honom om han ringde.*

*Det dröjde flera veckor innan jag lämnade Prästerskapet första gången. Det var en lördag och jag visste att flickorna och Pastorn brukade åka in till stan på lördagarna för att tala de vilseförda till rätta och berätta om Guds ord men när jag var ny fick jag vänta ett tag och vänja mig vid livet i huset först. När det var min tur var vi fem flickor som satt i hallen och väntade på att Pastorn skulle hämta den lilla bussen i garaget.*

*Mamma kom för att önska oss lycka till. Hon tyckte inte om att min lilla bulle till mage knappt syntes under klänningen så hon lyfte upp min kjol och stoppade en stor kudde under mina strumpbyxor. Jag såg jättekonstig ut, tyckte jag, men flickorna applåderade och Pastorn var nöjd. Sen åkte vi.*

*Abortkliniken låg inte mitt i stan utan i kanten av ett industriområde. Vi parkerade bilen, som hade "Abort är mord"-skyltar på alla fönster, precis utanför huset och så klev vi ut med våra plakat. Kliniken såg precis så skum ut som den är, med svartmålade fönster och skyltar om "Preventivmedelsrådgivning", "Aids-test gratis" och "Sexualupplysning". Det räcker i och för sig, eftersom allt det också är emot Guds vilja, men det är typiskt för den lögnaktiga propagandan att de inte talar om vad som är deras huvudsysselsättning: barnamord. Därför är det viktigt att vi är där med vår information.*

*Vi ropade "barnamördare" och "Gud kommer att straffa er" och så hade vi olika texter på plakaten. Det plakat jag tyckte bäst om var ett med en bild av Jesus som grät och frågade: "Hur många fler måste dö?" Min rumskamrat Liza, det var hon som hade en pappa som dog i Vietnamkriget – har jag berättat om henne? – hon hade själv textat ett plakat med texten "25 miljoner barn har dödats i aborter. Mer än det sammanlagda antalet amerikaner som har dött i strid." Sedan hade vi naturligtvis en massa bilder på mördade aborterade barn, i blodpölar.*

*En affisch tyckte jag inte om i början, det var den som var ett porträtt av doktorn som arbetade inne på kliniken – jag hade sett honom en morgon när han kom till sitt hemska jobb – och på bilden hade någon målat med rött, som om det rann blod från hans händer. Den bilden tyckte jag var otäck först men det var innan jag hade förstått vad som krävdes av oss som känner Guds vilja.*

*Förutom att försöka prata med alla som gick förbi, och framför allt med dem som försökte gå in på kliniken, fotograferade vi alla bilar som stannade. Bilnumren la vi sedan ut på Prästerskapets hemsida på Internet. Jag vet att åtminstone några föräldrar på det sättet fick veta att deras ungdomar hade varit på kliniken. Det kändes bra att veta att vi gjorde nytta.*

## LUSAKA, ZAMBIA
**20 februari 2004**

Fina barn, säger amerikanen och rättar till en ram som halkat på snedden. Och många! Jag har tyvärr inte välsignats med några själv.

Han har stannat vid fotografisamlingen för att småprata. Småprata är det sista hon vill.

Blessing håller kartongen stadigt när hon räcker fram den. Hon har kollat och dubbelkollat och nu ska det vara rätt. Den farliga medicinen ska bort men resten kan hon behålla utan risk.

Hon vill att han ska säga något lugnande och tröstande, som att allt kommer att bli bra nu, och att olyckor kan ske när man arbetar med en viktig sak, och att alla är ledsna för det som hänt, men att hon ändå varit med om att föra utvecklingen framåt, eller – bättre – att allt är ett misstag och medicinen inte är farlig alls, men han verkar knappt bry sig om innehållet i den låda han tar emot, eller vilka risker hon tagit.

De omärkta askarna låg mitt i en kartong med vanlig medicin, i ett ihoptejpat paket som Ellen fått direkt från Anne-Marie och Medici och tagit med vid den förra resan. Ellen hade aldrig öppnat kartongen och Blessing hade fått instruktioner hur hon skulle rapportera vad som hände.

Som om han har all tid i världen specialstuderar mannen varje porträtt och frågar hur gamla barnen är. Blessing svarar kortfattat och skiter fullkomligt i hans hövliga intresse. Nu vill hon bara att han ska ta sin jeep och köra iväg och att ingen ska se honom. När han ringde skickade hon hembiträdet till marknaden och Hope till grannen, och de andra barnen är i skolan, men någon av dem kan snart komma tillbaka. Eller så kan mamma vakna ur sin middagssömn.

Den tjocka dollarbunten bränner i Blessings ficka.

WASHINGTON POST, USA 10 FEBRUARI 2004

## STÄDBOLAGSANSTÄLLD ANHÅLLEN MISSTÄNKT FÖR INBLANDNING I DOMARES DÖD

**Efter Washington Posts uppgifter om att personaladministratören vid Clean Enterprise miss Gail Burton är aktiv i Pro-Life-rörelsen, har polisen kallat henne till förnyade förhör. Igår eftermiddag anhölls Gail Burton och Washingtonpolisen genomförde en husrannsakan i hennes hem på Fendall Street.**

– Vi har anledning att tro att miss Burton vet mer än hon sagt, säger kriminalkommissarie Stephen Chu.

Washington Post publicerar idag en genomgång av den militanta delen av Pro-Life-rörelsens illegala aktiviteter de senaste åren. Bland de brott där förövare gripits och dömts märks mord på åtta personer, mordförsök riktade mot sexton personer och totalt femton fall av mordbrand. Läs mer på sidan 14.

WASHINGTON POST, USA 11 FEBRUARI 2004

## DEN FÖRSVUNNA STÄDERSKAN GÄCKAR FORTFARANDE POLISEN

**– Vi söker nu i hela landet efter den kvinna i 20-årsåldern som arbetade som städerska hos den mördade domaren Vernon McArthur, meddelade kriminalkommissarie Stephen Chu vid Washingtonpolisen vid en presskonferens igår förmiddag.**

– Vi har anledning att tro att hon kom från Florida, men enligt de städbolagsanställda som träffat henne hade hon ingen sydstatsdialekt. Hon har presenterat sig som Dee Esser, men namnet är antagligen inte hennes rätta.

Signalement: Cirka 1,65 cm lång. Blont axellångt hår, eventuellt uppsatt i en hästsvans. Blek hy, blå ögon, spenslig kroppsbyggnad. Hon var eventuellt klädd i blå jeans och en ljusblå t-shirt, gymnastikskor.

Upplysningar om den eftersökta Dee Esser kan lämnas till Washingtonpolisen eller närmaste polisstation.

WASHINGTON POST, USA 12 FEBRUARI 2004

# FINNS DOMARENS STÄDERSKA I FLORIDA?

**En kvinna som motsvarar signalementet på den städerska som misstänks för inblandning i mordet på domaren Vernon McArthur i Washinghton, DC har spårats till Tampa, Florida.**

– Vi har anledning att tro att kvinnan, som ibland presenterat sig som Dee Esser, under en period arbetat på en restaurang i Tampa, Florida, säger kriminalkommissarie Stephen Chu som leder förundersökningen kring mordet på domaren. Hennes personuppgifter har visat sig vara falska och i slutet av augusti sa hon plötsligt upp sig och försvann, utan att ens hämta sin innestående lön.

– Hon har också pantsatt smycken vid en pantbank i Tampa. Smyckena är värdefulla och unika, och har inte anmälts som stulna.

Signalement: Cirka 1,65 cm lång. Blont axellångt hår, möjligtvis uppsatt i en hästsvans. Blek hy, blå ögon, spenslig kroppsbyggnad. Hon var eventuellt klädd i blå jeans och en ljusblå t-shirt, gymnastikskor.

Upplysningar om den efterlysta kvinnan kan lämnas till Washingtonpolisen eller närmaste polisstation.

LUSAKA, ZAMBIA
21 februari 2004

Hej då!

– Hej då.

– Jag kommer ju hem snart. Och du behöver inte oroa dig. Vi ska reda upp alltihop här och sedan måste jag fundera över framtiden. Jag kanske börjar forska på riktigt igen. Eller bara stannar hemma och jobbar som en vanlig människa.

Ellen ger Björn en puss på munnen och han ler tvivlande. Han oroar sig visst. Han lyfter av henne glasögonen, hon blundar och han kysser henne på ögonlocken. Det betyder ”Du ser trött ut och jag älskar dig.” Glasögonen ger en tydlig signal för när Ellen blir riktigt trött kan hon inte ha kontaktlinserna.

Dörrvaktmästaren öppnar skjutdörren till minibussen som ska ta Björn till flygplatsen. Ellen har erbjudit sig att följa med men nej, det behövs verkligen inte, han ska ju bara checka in, och ärligt talat är hon lika glad för det.

Det finns ändå inget Björn kan göra, det här måste hon ta ansvar för själv, och hans bekymrade råd är bara i vägen. Hon kommer ju hem snart. Då får de ta itu med allt det andra.

Ellen står kvar vid hotellentrén och vinkar tills bussen försvunnit bakom häcken. På hyrbilsparkeringen ser hon Josh kliva ur sin jeep och börja rota i bagageutrymmet. Det slår henne att hon aldrig berättade för Björn om amerikanen. Det var nog lika bra. För vad skulle hon säga?

Dörrvaktmästaren med guldgalonerna stryker henne tröstande

över ryggen. Hon har ont i huvudet och är oerhört trött.

Målaren med guldkorset vitkalkar den putsade väggen intill entrén. Han tittar efter Ellen när hon går in genom svängdörrarna.

Tänk om det vore möjligt att backa bandet, tänker Ellen, om inget hänt, om Puni levde, om det inte varit något fel på pillren, om Beauty inte fått stryk, om Margoths man inte var etikexpert, om Björn fortfarande bara känt till den oklanderliga delen av hennes verksamhet, om hon inte haft så ont i underlivet, om hon inte börjat drömma om den där studentnatten, om, om, om...

Massagetanten har en tid om tjugo minuter. Ellen hämtar sin baddräkt och simmar några längder i den svala poolen. Vattnet stänker upp på glasögonen. Den snaggade amerikanen sitter med en öl vid poolkanten. Han verkar helt absorberad av en tidning, men Ellen har en känsla av att han håller ögonen på henne.

Massagen var välgörande men de muskler som knådats orkar inte röra på sig mer. Det gör inget, massagetanten väntar sin nästa kund först om en timme så Ellen kan få ligga kvar på britsen och vila. Hon ligger på rygg i bara trosorna med en handduk över brösten. Glasögonen på ett litet bord intill.

– Väck mig i tid om jag skulle somna, ber Ellen.

– Självklart, madam!

Massagetanten lämnar rummet och Ellen sjunker ner i någon slags dvala. Inte sömn, eller kanske sömn, eller kanske inte. Som i en dimma, ett töcken där bilderna flyter omkring. Det döda barnet hon skar ut ur 14-åringens kropp. Sin egen sönderrivna studentblus. En blodig dörr. Björns blick i backspegeln.

Plötsligt hör hon något, ett klick i dörren. Det måste vara massören som kommer tillbaka för att väcka henne, eller kanske inte, för stegen är tysta och försiktiga. Massören kanske bara ska hämta något och det kan inte ha gått en timme ännu. Skönt, då får Ellen sova ett tag till. Hon öppnar inte ögonen. En välbekant doft... kommer inte ihåg...

– Vad gör ni här!?

Ellen vaknar med ett ryck. Den vitklädda massören blänger argsint på något bakom Ellens huvud. Ellen famlar efter glasögonen för att se vem kvinnan pratar med men innan hon har hittat dem och yrvaket rest sig upp har vem-det-nu-var försvunnit ut genom dörren.

– "Gått fel"!? muttrar den ilskna massören, mest skamsen för att hon lämnat en naken kund sovande utan att låsa dörren om henne.

– Vem var det? frågar Ellen.

– Jag vet inte. En vit karl. För mig ser dom likadana ut allihop.

## LUSAKA, ZAMBIA
## 21 februari 2004

Busshållplatsen ligger vid norra änden av marknadsplatsen och kliniken vid den södra, men det är hopplöst att få taxichauffören att förstå hur han ska köra runt. Dessutom är bensinen slut, igen, och med en igensmälld bildörr visar Ellen att det hädanefter är chaufförens eget problem. Margoth Oxenstierna krånglar ut sina långa ben från det nedsuttna baksätet och Ellen hänger väskan över axeln.

Först passerar de bananförsäljarna med sina berg av gröna bananer. De högljudda lökmånglarna överröstar varandra i sina försök att intressera dem för rödlök innan konservburksbergen reser sig till höger, strax före majsavdelningen. Handelskvinnorna balanserar sina stora stjärtar bredbent på majsmjölsäckarna. En av dem har en vit t-shirt som det står ”Think American!” på, och de ropar alla på språk som svenskorna inte förstår. De nyputsade skor som marknadsmedvetet hängts upp på stålställningar är renoverade, de flesta uttjänta gåvor från västvärlden som fått nya sulor och klackar och massor av skokräm.

Kliniken ligger i ett smalt trevåningshus, mellan köttstånden och fiskhandlarna. Dålig placering, tänkte Ellen första gången hon var här, med tanke på att stans alla flugor verkar dras hit, innan hon insåg att det var marknadens enda riktiga hus. Vill man inte ha kliniken under en presenning, eller helt öppet i den stekande solen, är det lilla huset den enda möjligheten.

Margoth tittar storögt på kommersen runt omkring.

De träffades vid poolen när Ellen kom från massagen. Margoths familj hade åkt för att spela golf, sa hon, och hon undrade om Ellen hade tid att prata en stund. Hon hade funderat mycket. Ellen hade egentligen inte tid, hon har lovat att tillbringa eftermiddagen på kliniken på marknaden.

– Får jag följa med, undrade Margoth. Jag skulle vilja se vad du gör när det inte är fullt så dramatiskt som härom natten.

Ellen, som lyckats förtränga tankarna på Peter Oxenstiernas läkaretiska uppdrag, får fart på fantasierna igen. Vad Margoth sagt eller inte sagt. Vad hon tänker säga. Arbetet på kliniken är okontroversiellt, där uppträder hon nästan helt öppet, kanske vore det bra att visa Margoth.

Kliniken delar huset med en advokatfirma på bottenvåningen och en traditionell healer högst upp: "Ont i kroppen eller själen – fru Molly skapar hälsa och lycka" ropar en handtextad skylt som dekorerats med taffligt målade benknotor och lerkrukor.

– Medicinyrket kan utövas på olika sätt i Zambia, skrattar Ellen när Margoth undrar, och berättar att hemma hos Blessing ligger några benknotor och underligt formade grenar i en skinnpåse i bokhyllan. "För säkerhets skull" säger Blessing lite generat när Ellen frågar, men Blessing hävdar bestämt att hennes mamma, som nästan varit förlamad av reumatism och inte fått någon hjälp på Centralsjukhuset i Lusaka, kunnat gå obehindrat sedan hon besökt medicinmannen i sin by. "Fråga mig inte hur det fungerar, men det fungerar! Kanske inte för er vita, men om jag blev riktigt sjuk skulle jag börja med sjukhuset, och blev jag inte bättre är det inget snack var jag skulle gå." Sen får Ellen tycka vad hon vill!

– Ja, låt var och en bli frisk på sin fason, håller Margoth med.

Alla tre kontoren är populära bland marknadsfolket, och kön till fru Molly slingrar sig upp för trappan.

– Att Kliniken för Reproduktiv Hälsa har flest besökare beror bara på att servicen hos oss är gratis, betalad av utländska donatorer, säger Ellen. Vi är ganska populära men det har hänt att kliniken har attackerats av upprörda människor som påstår att vi delar ut p-piller och kondomer för att hindra den svarte mannen att befolka sin jord – så att de vita kan fortsätta sin dominans. Men det var länge sedan något sådant hände.

Ellen arbetar sig effektivt genom den kö av patienter som samlats i väntrummet. Den bastanta sjuksköterskan i stärkt uniform tittar misstänksamt på Margoth som Ellen presenterat som ”en vän”. En ovanligt frågvis och klåfingrig vän, tycker sjuksköterskan.

Ellen gör undersökningar och rekommenderar preventivmedel av olika slag. Några större ingrepp klarar inte den bristfälliga utrustningen men Ellen kan ge goda råd och lugna oroliga. Många av kvinnorna har tagit med barn som lider av besvärliga diarréer. Vattnet måste kokas, och tillsätt socker och salt, säger Ellen strängt och syster Monica tolkar svar som handlar om vattenbrist och fattigdom och avstängda tappkranar och korruption. En del av det medicinförråd Ellen burit med sig delar hon ut gratis medan syster Monica stuvar undan resten i ett låst skåp. Kondomerna ligger i en stor korg och alla uppmanas att ta med sig åtminstone några stycken.

Den sjunde patienten för dagen är en teförsäljerska. Hon blänger på Margoth som passar på att gå ut och ta en promenad på marknadsområdet. Kvinnan sveper av sig det färgglada tygstycket som tjänstgör som kjol och har inga underbyxor under. Klumpigt klättrar hon upp i den gynstol som för 30 år sedan var ny i något europeiskt sjukhus. Officiellt kollar Ellen upp de symptom som kvinnan rapporterat, och en liten undersökning blir det också, men det verkliga syftet med besöket är att kvinnan ska få sin injektion.

I hemlighet har kvinnan besökt kliniken var tredje månad för att få en p-spruta. Hon har redan fött åtta barn och hennes kropp orkar inte med fler förlossningar. Hon kan inte tala med sin man som ser de ständigt producerade barnen som beviset på sin manlighet. Han arbetar på en farm utanför staden men varje gång han kommer hem, någon vecka varannan månad, våldtar han henne, flera gånger om dagen. Han bryr sig inte om att barnen ser på och hon har ingen möjlighet att stoppa honom.

När Margoth kommer tillbaka, med en jättepåse avokado ”som

inte kostade nånting alls!", har teförsäljerskans redan gått, skyddad i ytterligare tre månader.

– Våldtäkt inom äktenskapet är inte förbjudet, begreppet är helt enkelt en orimlighet, berättar Ellen. "Våldtäkt" och "äktenskap" ryms inte i samma mening i zambisk rättsuppfattning. I äktenskapet ingår mannens självklara rätt till sex. Hur skulle det kunna vara ett brott!? Inget är farligare i Afrika än att vara en gift kvinna, eftersom hivsmittan sprids utan att den gifta kvinnan har någon förhandlingsrätt, om kondomer till exempel.

– Ja, där har vi i alla fall kommit längre, suckar Margoth och inspekterar nyfiket de 60-talsinstrument som Ellen arbetat med.

– Har vi? undrar Ellen och berättar om alla kvinnor hon mött på kvinnojouren som blivit våldtagna som en del i misshandeln.

– Men det är i alla fall förbjudet, invänder Margoth. Och de flesta svenskar accepterar kvinnans rätt att säga nej, även i den äktenskapliga sängen.

– Kan man vara säker på det? undrar Ellen. Och hur ny är den insikten, om den nu finns?

Medan Ellen häller upp vatten ur en dunk och tvättar händerna i handfatet berättar hon för Margoth Oxenstierna om sin barndoms hyreshus och de deltidsarbetande mammorna som alltid var lediga på fredagarna och knackade i elementen när veckostädningen var avklarad – en kallelse till kaffe på gräsmattan. Margit och Margareta och Lisbet och Ellens mamma.

Mammorna var lika varandra fast det fanns skillnader. Margit rökte långa Ritz och ibland grälade Lisbet och Sture så det dånade i trapphuset (det gjorde aldrig Ellens föräldrar) men när det gällde var de överens. Speciellt om Sivs situation.

Siv var annorlunda. Hon var frälst och hade knut och gick i Filadelfiakyrkan flera gånger i veckan. Hon hade fyra små barn som alltid var klädda i matchande kläder som Siv sytt.

Siv var gift med Börje, en charmerande karl som sällan var hemma eftersom han alltid hade "affärer" på gång. Ibland kom han körande med en stor buss full med köksinredningar – då var han resande köksförsäljare. Ibland hade han sin gamla Mercedes fullproppad med böcker – då sålde han uppslagsverk. Ibland satt han bara i telefon bakom stängd dörr och ingen, inte ens Siv, förstod vad det var han sålde. Dammsugarna gick nog bäst, dem höll han på med i närmare ett år och Lisbet köpte till och med en av honom.

Men ofta var Börjes projekt korta. Köksinredningsbussen försvann efter andra hemresan.

När Börje kom hem fick Siv pengar, för det mesta i alla fall, och om hon legat efter med hyran eller handlat på krita redde sådant upp sig. På vissa sätt var det en lättnad när Börje kom hem. På andra sätt var det en fasa.

Egentligen kan inte Ellen förstå hur hon känner till Sivs öde. Det verkar svårt att tro att hennes mamma, eller någon annan av kvinnorna, skulle ha berättat för henne. Antagligen har hon tjuvlyssnat när de inte förstod att hon var hemma.

Siv hade blivit systematiskt våldtagen under hela sitt äktenskap. Alla barnen var resultat av våldtäkter. Hennes graviditeter var alltid mycket svåra, nästan förlamande. När hon var gravid orkade hon inget annat än det absolut nödvändiga. Hon gav sina barn mat, städade nödtorftigt, bad till Gud (men bara hemma, hon tog sig inte ens till kyrkan), träffade ingen. Detta visste Börje.

När Siv flyttade till huset fanns tre av barnen och Siv ville inte ha fler. Preventivmedel eller abort var inte att tänka på – hon ansåg att det var emot Gud vilja – men hon förstod att hon måste skilja sig. Visserligen var även skilsmässa en synd, men där såg hon inga alternativ. Hon skulle inte överleva ett fortsatt äktenskap och i sin nöd vände hon sig till tanterna.

Siv var verkligen ingen sladdertacka utan höll sig mest för sig själv. Länge hade hon sett sitt äktenskap som en prövning från Gud och ansett att barnen hade rätt att växa upp med far och mor, men nu hade något hänt. Ellen vet fortfarande inte vad. Hade Börje börjat slå henne? Hade han gett sig på barnen? Hade de andra kvinnornas stöd gett Siv lite råg i ryggen?

Hursomhelst visste alla att nu skulle det ske, Siv skulle tala om för Börje att hon ville skiljas. De hade gått igenom alltihop. Kvinnorna hade lovat dela ansvaret för barnen när Siv fick ett arbete – för nu skulle hon ju bli tvungen att söka jobb. De skulle låna henne pengar till hyran tills hon fick sin första lön. På lördag skulle han komma hem.

Så kom lördagen och Börje hade som vanligt en stor blombukett och högar av presenter med sig. Barnen hoppade förtjust runt honom och lägenhetsdörren stängdes. Tanterna höll andan. Tjugo minuter senare lommade barnen ut och satte sig i sandlådan för att håglöst gräva med en trägrävmaskin. Ellen minns att grävmaskinen var röd och lite sned i mekaniken, för hon skickades ut för att leka med barnen. Kvinnorna ville ge Siv tid på sig att förklara.

Men Siv kom inte ut. När Margit en och en halv timme senare ringde på för att "låna lite socker" var det Börje som öppnade. Visst fick hon låna socker men Siv hade gått ut, sa han, fast Margit visste att det inte var sant.

Inte förrän Börje åkte igen, på måndagsmorgonen, fick grannarna kontakt med Siv. Blåmärken överallt, haltande gång och – med stor säkerhet – gravid igen. Börje anpassade sina hemresor efter Sivs menscykel.

Under de kommande nio månaderna slutade Siv träffa de andra. De välklädda små barnen gick inte längre ut och den äldsta flickan, bara sex år gammal, lärde sig laga mat. När Börje kom hem igen talade han stolt om sitt väntade barn och Siv *förbjöd* väninnorna att göra något. Hon var övertygad om att han skulle slå ihjäl henne om han visste att hon skvallrat. Polisanmälan ville hon inte höra talas om, och vad kunde då kvinnorna göra?

När det fjärde barnet, en son, fötts flyttade hela familjen.

– Vet du vad som hände Siv? frågar Margoth.

– Inte mycket. Enligt de julkort som kom, allt mer sporadiskt, fick familjen två barn till.

– Sedan tappade kvinnorna bort Siv. Kanske slog han ihjäl henne, eller också dog hon i barnsäng. Där som här.

– Vi har inte mycket att malla oss över, säger Ellen och öppnar dörren för att ta emot en ny patient.

Om inte teförsäljerskan varit så rädd för upptäckt hade Ellen kunnat fråga om Josh kunde få intervjua henne. Ellen har berättat för den amerikanske journalisten om personer och problem hon mött – "i min forskning" – och han har alltid varit mycket intresserad, antecknat och frågat.

Margoth har blivit allt tystare under eftermiddagen. När klinikens väntrum är tomt börjar solen gå ner och de golfspelande Oxenstiernorna är antagligen på väg hem. Det är dags att åka tillbaka till hotellet. Ordlöst går kvinnorna över marknadsområdet för att komma tillbaka till busshållplatsen där de kan hitta en taxi. En majsmjölsförsäljare skakar några överblivna säckar så att kvinnorna täcks av ett tunt lager mjöldamm. Han ber skrattande om ursäkt och Ellen skakar av sin kjol och drar fingrarna genom håret men Margoth verkar inte märka något. Hennes blick har fastnat långt borta och flera gånger halkar hon till i leran när hon trampar på kringslängda fruktskal. Ellen tar henne under armen. Försäljarnas oväsen är lika högljutt som tidigare men Margoth Oxenstierna är någon annanstans.

Ellen väljer den taxibil som ser minst risig ut och förhandlar en stund om priset till hotellet. Båda kvinnorna sjunker ner i baksätet och Ellen lutar sig bakåt och blundar medan bilen tränger sig ut mellan bussarna. När hon öppnar ögonen ser hon att Margoth gråter. Helt ljudlöst, men tårarna rinner nerför hennes dammiga kinder.

– Vad är det?

– Allt. Kvinnornas och barnens elände, din professionalism, ditt engagemang, hur modig du är. Och jag – vad gör jag? Kejsarsnittar några tramsiga 40-åriga förstföderskor då och då och sitter för övrigt och glor i ett mikroskop. När jag inte handlar på Svenskt Tenn eller åker segelbåt i skärgården.

– Vad lär jag mina barn om vad som är viktigt? Att spela golf på en konstbevattnad gräsmatta i ett land som inte har rent vatten till sina magsjuka småbarn?

Margoth torkar tårarna men de blanka rännorna lyser i det dammiga ansiktet. Hon vänder sig mot sin väninna och griper tag i båda hennes händer.

– Jag har inte sagt något till Peter om vad vi gjorde den där natten hos nunnorna. Jag tror inte ens att han märkte att jag var borta.

– Om han får veta något om vad du håller på med lovar jag att försöka skydda dig. Går inte det, och allt kommer fram, då kan jag vittna för dig. Jag tror på det du gör. Och behöver du hjälp någon gång – Lova att du hör av dig!

Ellen sväljer och sväljer men det hjälper inte.

Det är för stora ord, för snällt, för mycket värme. Hon har inte förtjänat Margoths beundran. Margoth vet ju inget om Puni och medicinen. Inget om katastrofen.

En flod av tårar väller upp i henne och hon lägger sig hulkande i den äldre kvinnans knä. Taxichauffören tittar undrande i backspegeln. När Margoth kliver ur taxin vid hotellet är hennes sidenbyxor alldeles våta.

– Jag är ledsen, viskar Ellen, men jag har så mycket ogråtet.

## STOCKHOLM, SVERIGE
**20 februari 2004**

Fönstren i läkemedelsföretaget Medicis kontorskomplex släcks ett efter ett. Snart är alla våningsplanen svarta, utom ett hörn på våningen för Marknad och Ekonomi. Anne-Marie Forsberg reser sig från sitt skrivbord och går en sväng runt avdelningen. Det är den femte promenaden i korridoren efter klockan fem. Hon bär en tom kaffekopp, som om hon var på väg till köket, om någon skulle finnas kvar och se henne. Äntligen har till och med den ambitiösa ekonomichefen lagt ihop sina pärmar och släckt och gått. Anne-Marie hörde hennes ”Hej då då!” borta vid dörren mot trapphuset men vågar ändå inte lita på att hon äntligen är ensam. För säkerhets skull öppnar hon alla stängda dörrar, beredd att skylla på att hon letar använt porslin eftersom kopparna snart tar slut i köket, tänk att folk inte kan bära tillbaka sina muggar, det är för slarvigt. Alla rum är mörka och tomma.

Klockan är halv nio och hon är helt ensam på avdelningen, förhoppningsvis i hela huset. Om några timmar kommer nattvakten och då kommer det att verka underligt att hon är kvar, men till dess borde hon få vara i fred. Hon öppnar dörren till sin chefs rum, drar för gardinerna och loggar in sig i datorn.

## STOCKHOLM, SVERIGE
**23 februari 2004**

Jag har fått sparken!

Anne-Maries välmanikyrerade händer ligger alldeles stilla i kjolknät.

När hon ringde igår för att kalla till akut möte med Juntan lät hon upprörd och stridslysten. Hon hade hittat bevis, sa hon, bevis på att den farliga medicinen kom från Medici och hade förmedlats av hennes chef.

Juntan hade blivit lurad och Ellen hade burit med sig mordvapen, intet ont anande. Hon ville inte säga mer i telefon men skulle ta med sig bevisen.

Nu sitter hon i Ingas röriga kvinnojourskontor och all kraft har runnit ur henne. Hon har inte ens tagit av sig stövlarna som gör små blöta sjöar på korkoplastgolvet. De andra Juntamedlemmarna trängs i rummet.

Ingen vet vad man ska säga men till sist vaknar Agneta, som en gång gått på en facklig kurs:

– Hur då "fått sparken"? Det går ju inte, att bara sparka folk nu för tiden. Man måste ju bli varslad och uppsagd och det måste vara arbetsbrist eller nåt sånt. Har du pratat med facket?

– Inget av det där gäller om man är anklagad för ett brott, säger Anne-Marie tyst.

– Vadå för ett brott? spottar Inga fram. Det är väl dom som har begått brott om jag har förstått dig rätt.

– Ja, men hur bevisar vi det utan att blanda in oss själva?

– Vad är det för brott som dom pratar om då?
– Industrispionage.
– Skulle du vara industrispion!? Vem skulle du då spionera åt?
– Det vet han inte, säger han. Min chef alltså. Men han kan bevisa att jag har varit inne i hans dator och läst hemliga handlingar som inte får komma ut, om nya produkter och så. Handlingar som jag som vanlig sekreterare inte har rätt att titta på.
– Det har du väl inte!?
– Jo, nej, jo, det har jag ju. I fredags kväll satt jag där. Jag gick in i hans dator, för jag har tidigare lärt mig hans lösenord, utan att han vet om det, och där hittade jag material om den här nya medicinen, som dom alltså har testat på våra patienter i Zambia, med vår blåögda hjälp. Vårt blåögda, benägna bistånd.
Anne-Maries röst är hård och bitter.
– Så du menar att eftersom vi har varit inblandade kan vi inte anmäla dom?
– Ja, jag är rädd för det. Hela vårt projekt kan ju avslöjas och då ligger ju många av oss, och inte minst Ellen, jävligt risigt till.
– Men varför vill han sparka dig?
– Jag vet väl för mycket, antar jag.
– Kan han bevisa att du har varit inne i hans dator?
– Jag trodde inte det, men han påstår att det är lätt. Och hur skulle han veta det annars? Jag var alldeles ensam på kontoret.
Anne-Marie får plötsligt syn på sina våta stövlar och börjar irriterat dra dem av sig. Inga hämtar en trasa i städskåpet och torkar upp pölarna.
– Hur känns det om du tvingas sluta på jobbet? undrar Agneta.
– Det är klart att jag inte gillar det, men jag tror inte jag skulle vilja stanna i alla fall, nu när jag vet vilka skitstövlar dom är, och han säger att jag kan få säga upp mig själv, och att han ska ge mig ett bra betyg, så då kan jag väl hitta ett annat jobb.
– Och han kommer undan! säger Inga.
– Ja, men jag ser inte hur vi skulle kunna göra nåt annat.
– Har du med dig bevisen?
– Nej. Utskrifterna är hemma. Men jag tror inte jag törs använ-

da dom. Anne-Marie tittar på sina väninnor och till deras förvåning har hon tårar i ögonen:

– Jag tycker väldigt illa om fängelser, förstår ni.

## TAMPA, FLORIDA, USA
**17 februari 2004**

*Jag vill helst inte prata så mycket om flickan, eller om hur det var när hon föddes. Det var svårt och det gjorde mycket mer ont än jag hade trott att det skulle göra. Dessutom föddes hon mycket tidigare än doktorn räknat ut och hon var väldigt väldigt liten.*

*I Prästerskapet åkte vi aldrig till sjukhus och födde. Mamma, alltså Pastorns fru, var ju utbildad barnmorska och ingen av oss ville blanda in myndigheterna. I Amerika ska människor få bestämma själva, det har jag alltid tyckt.*

*Mamma var där hela tiden, och vi höll till i mangelrummet i källaren, på en säng som dom hade burit dit. Jag förstod inte varför vi skulle vara där, för det fanns ju många andra rum som var mycket ljusare och trevligare, och mindre fuktiga, men jag gissar att det hade att göra med att jag grät och skrek rätt mycket. Dom andra flickorna fick inte hjälpa till heller, men kanske var det för att dom inte skulle bli skrämda.*

*Att föda barn är ju ändå det naturligaste på jorden, det vet jag, men att det skulle göra så ont, det hade jag inte förstått. Fast det står ju i Bibeln, att kvinnan ska föda med smärta.*

*Och sedan var det flickan. Det var något fel på henne, det kunde ju jag också se, fast Mamma försökte lugna mig. Hon var väldigt liten och såg konstig ut och låg väldigt stilla, men så kanske det är när man är alldeles nyfödd och har haft svårt att komma ut.*

*Jag fick amma flickan några dagar men det var andra som skötte om henne. Jag skulle ligga i sängen, sa Mamma, och samla krafter. Jag fråga-*

*de efter Martin, för nu var det ju dags för oss att börja prata om framtiden, och Mamma lovade att ringa honom.*

*När en av flickorna kom med min lunch frågade hon om jag inte skulle ringa mina föräldrar och berätta, nu när alltihop var över och barnet skulle adopteras bort och det hade ordnat sig så bra. Det hade jag aldrig haft en tanke på. Det var ju för att slippa dom som jag åkt så här långt och om jag ringde tror jag att pappa skulle försöka komma och hämta mig. Det sa jag inte, utan jag sa att jag skulle fundera på det, för på ett sätt hade hon ju rätt. Att allt hade ordnat sig, alltså.*

*Dagen efter ringde Martin. Han lät orolig men han frågade inte så mycket och jag grät en skvätt, därför att jag var så trött och för att jag blev så glad för att han brydde sig. Han lovade att komma nästa vecka och sedan sov jag nästan ända tills han kom.*

*Dagen innan han skulle komma läste jag om hela "Du kan bli hustru till en lycklig man", speciellt kapitlet som heter "Följ ledaren". Där hade Dee Esser, hon som ägde boken en gång, du minns, strukit under flera viktiga meningar och jag tänkte mycket på dem: "En kvinnas råd och åsikter är betydelsefulla för en man, men du måste tänka på hur du framför dem. Din man kommer att uppskatta dina råd mer om han får be om dem, och det kommer han att göra om du är en älskande och underdånig hustru. Att vara underdånig betyder inte att du inte ska säga något; det betyder bara att du ska ställa dig själv fullkomligt till förfogande för den som är över dig i Den Gudomliga Ordningen."*

*Det bestämde jag mig för att tänka på när Martin kom. Att inte kräva eller önska något för egen del, utan bara lyssna och vara beredd att lyda. Då skulle han se mig och börja fråga om vad jag funderade på.*

*Jag minns varje ord vi sa den där eftermiddagen. Vi fick sitta på verandan och ingen störde oss för de andra flickorna hade fått veta att de skulle låta oss vara i fred. Min dotter var inte kvar på Prästerskapet utan hon mådde inte bra och hade fått åka till sjukhus, sa Mamma. Jag skulle nog få åka och hälsa på henne sedan. Det var synd att flickan inte var där, för jag hade velat att Martin skulle se henne. Då skulle han förstå vad vi måste göra, och att vi skulle ta hand om henne, tänkte jag. Nu får det bli på ett annat sätt.*

*Det var varmt och fuktigt och Martin höll mig i handen nästan hela ti-*

*den. Vi drack citronläsk och åt Maryland Cookies. Han hade aldrig hållit mig i handen så länge förut och hans fingrar var så mjuka. Han berättade om sitt liv för mig och jag lyssnade. Det var spännande, och hemskt.*

*Han berättade hur hans mamma hade mördat alla hans syskon i aborter och hur han hade haft en flickvän som han hade älskat så mycket men som, precis när de skulle gifta sig, berättade att hon gjort en abort och tagit bort hans barn – alltså mördat hans son eller dotter. Jag frågade var flickvännen var nu och han sa att det visste han inte. I helvetet, trodde han.*

*Han blev alldeles svart i ögonen och ett tag trodde jag att han skulle slå mig igen, men han lugnade ner sig, och inget av det där var ju mitt fel, och jag hade ju gjort allting rätt. Och var flickvännen än var verkade han ju inte träffa henne längre, och det var viktigast för mig.*

*Sen sa han att han var så stolt och glad över att jag hade fött mitt barn och vilken betydelse det hade haft för alla ofödda barn. Och vilken insats jag skulle kunna göra, så fort jag hade hämtat mig lite.*

*Medan han berättade förstod jag mer och mer varför Guds vilja hade blivit det viktigaste för honom och varför han kunde tyda Bibeln så bra. Gud talade genom Martin, det kände jag tydligt den där dagen. Jag fick en order direkt från Gud.*

*Jag ville att vi också skulle prata om flickan, och om hur vi skulle kunna ta hand om henne, men han sa att flickan behövde vara på sjukhus nu, och att vi hade all tid i världen när väl det Stora Uppdraget var slutfört. Det var ett Uppdrag som egentligen var hans, en kallelse han fått av Gud, men eftersom han var man och lite för gammal var det svårt för honom att göra det. För mig skulle det vara lätt, och Guds kallelse gällde ju mig också.*

*När uppdraget var slutfört skulle vi prata om framtiden.*

## LUSAKA, ZAMBIA
## 23 februari 2004

Ellen bär två immiga flaskor Mosi i ena handen och två glas på fot i den andra. De vita plaststolarna på hotellbalkongen är svartfläckiga och Ellen sopar av sin innan hon sätter sig. Blessing gör en snabb okulärbesiktning av plaststolens omfång och kliver in i Ellens hotellrum för att släpa ut en fåtölj med mer generösa mått. Plastskynkena utanför balkongen har äntligen försvunnit och den lilla stenpyramiden har Ellen råkat sparka sönder. Hon har lagt stenarna i en hög i ett hörn av balkongen.

– Har du varit i kontakt med Beauty? frågar Ellen.

Nej. Blessing skakar på huvudet.

– Nån annan än Monica och du som haft problem?

– Nej, men vi får kanske inte veta allt. Om nåt händer är det inte säkert att dom kopplar det till oss.

Blessing öppnar flaskorna och häller upp ölet. Ellen funderar på att hämta sin sista ginflaska. Nu är det allvar.

– Låt oss gå igenom alltihop igen, säger Ellen. Vad var det första som hände dig?

– Det var bilen. Nån hade skurit sönder framdäcken, och lämnat en bild av ett foster i snittet. Det var ett vitt aborterat foster med en kort text på engelska. Jag tror att bilden var utriven ur nån bok eller en tidning eller så. Den ligger i handväskan.

Hon reser sig för att gå in och hämta bilden men Ellen viftar avvärjande. Hon vet hur sådana bilder ser ut.

– Och sen då?

– Igår hade någon skrivit ”Mördare” med tandkräm på bilen. Det var inte vid samma tillfälle, jag hade bytt det trasiga däcket först, och dom måste ha följt efter mig för jag var bara inne i affären tio minuter och under den tiden hann dom skriva, utan att nån verkar ha sett det.

– Och vi har fått telefonsamtal hem som har skrämt upp min mamma ordentligt.

– Men det värsta var när några grabbar stoppade barnen på väg hem från skolan, och frågade dem om de visste att deras moster var en mördare, och visade dem en massa bilder på foster i blodpölar. Lucy kom hem storgråtande.

– Och vad hände syster Monica?

– Nån kastade in en ganska stor sten genom fönstret på kliniken, pricksäkert, mellan gallerstängerna. Runt stenen var en annan likadan bild fastknuten.

– En abortbild?

– Ja.

– Har hon nån aning om vem det var som kastade?

– Folk på marknaden sa att det var några ungdomar. Vanliga bråkstakar, alltså. Banditer.

– Men vanliga bråkstakar har väl inte såna bilder?

– Nej, men dom kan ju vara lejda av nån annan.

– Nåt mer?

– Ja, telefonsamtal. Folk som ringer till kliniken, och hem till syster Monica, och bara andas i luren, och nån som sagt ”barnamördare”, både på engelska och bemba.

– Hur många är det som vet vad vi sysslar med, jag menar det som hänger ihop med aborter? frågar Ellen.

– Inte många, svarar Blessing. Det är ju många som vet att vi delar ut preventivmedel och gör hälsoundersökningar, men jag pratar inte om det andra.

– Hur har bråkstakarna hittat er då?

– Jag vet inte. Det syster Monica och jag har gemensamt hänger ju ihop med dig.

Blessing vänder sig mot Ellen.

– Har ingen gett sig på dig?
– Neeej, Ellen tvekar lite.
Det var den där första dagen, med känslan att nån varit i hotellrummet, och bråket vid polisstationen, och färgen på dörren, och kanske nån i trapphuset, och en man i massagerummet, men i jämförelse är det ju inget och hon vill inte oroa Blessing ytterligare. Den rödfärgade dörren såg ju Blessing förresten själv, och den oroade inte henne.
– Fast min adressbok har försvunnit. Det kan ju vara där som någon har hittat ditt och Monicas namn och adresser!
– Vem kan ha tagit den då?
– Ingen aning. Det var i samma veva som Björn kom. Jag fick nån magsjuka eller matförgiftning eller nåt och svimmade i mitt hotellrum. Kanske kan jag ha tappat den på vägen upp för jag var nog ganska groggy.
Om igen tänker hon på mannen vid swimmingpoolen. Hon har sett honom fler gånger och även om han knappast uppfört sig underligt tycker hon att hon känner hans ögon i nacken.
– Det finns en man på hotellet som känns lite skum, tycker jag, säger hon tvekande.
– Vem då?
– Det är en vit karl, han har kort hår, så där som amerikanska militärer brukar ha, och är alltid klädd i kavaj och byxor med pressveck. Amerikan, tror jag. Det känns som om han kollar in mig.
– Hur då kollar in? Blessing lutar sig framåt så att det knakar i fåtöljen och blinkar till med högerögat. Han kanske bara är kär?
Ellen är trött på Blessing. Hon tar inget riktigt på allvar. Inte Punis död, inte upptäckten av den farliga medicinen, inte det här.
– Nej, jag tror inte det är några vita inblandade, säger Blessing. Jag tror det har med kyrkan här att göra, dom är inte kloka, katolikerna, dom kan ha lejt några lokala gangstrar för att skrämma oss. Du minns väl att Beauty sa att prästen där i byn hade sagt att han misstänkte nåt.
– Varför tror du att det är dom? Skulle dom i så fall använda bilder på vita foster?

– Det kanske inte finns några bilder på svarta foster?

– Det vet du ju att det gör.

Ellen tycker att hon hör ett ljud från balkongen intill. Hon reser sig hastigt, plaststolen välter och ett tydligt låsklick markerar att dörren till balkongen intill har dragits igen. Ellen lutar sig över mellanväggen och tittar mot rummet intill – och ser bara en fördragen gardin.

När hon böjer sig ner för att resa upp den omkullvälta stolen tar hon stöd mot Blessings arm. Luften är eftermiddagssval och Blessings arm alldeles svettig. Blessing – Afrikas coolaste kvinna?

– Jag tror att du vet nåt som du inte har sagt, säger Ellen långsamt och flyttar sin hand till Blessings breda knä. Jag känner inte igen dig. Det känns som om du försöker dölja något.

– Vadå? Hurdå? undrar Blessing och försöker se oskyldig ut. Hon lyckas inte.

När Ellen står i hissen känner hon hur det kommer. Hon har följt Blessing ner till bilen och stannat till vid hotellkiosken för att köpa en vattenflaska. I hissen upp känner hon det förväntade förbannade än-en-gång-bekräftande blodet. En liten varm stöt genom slidan och trosskyddet absorberar vätskan. Mens, igen, som en klocka. Ellen skyndar in i hotellrummet och toaletten. Sorgset noterar hon hur urinen blandas med rött friskt blod och rotar fram den halvfulla tampongasken. Kan någon ha "lånat" hennes tamponger? En städerska? Har Blessing varit inne på toaletten? Blessing kan hon tro vad som helst om nu!

Det tog tid för Ellen att locka ur Blessing bekännelsen men till sist kom den, och med den tårarna. Hur Blessing för några månader sedan hade fått ett samtal från USA med en mycket speciell förfrågan.

Mannen som ringde vände sig till henne för att hon hade sjuksköterskekompetens, sa han, och för att hon kände förhållandena i Zambia, sa han. Han representerade projektets samarbetspartner i läkemedelsbranschen, Medici-koncernen, och nu behövde man få lite extra hjälp. Ett nytt medel för medicinska aborter skulle introduceras och om hon kunde hjälpa till skulle både den medicinska vetenskapen – och hon själv – gagnas.

Blessing behövde bara föra bok kring den medicin som Ellen skulle få med sig från Sverige i en viss typ av omärkta askar och detaljerat rapportera allt som hände kring den, direkt till mannen i USA. Det var helt ofarligt, försäkrade mannen, och medicinen var självklart ordentligt testad i förväg. Självklart, eftersom man stod i begrepp att introducera den i USA. Då måste hon ju förstå att allt var noggrant kontrollerat.

– Och det gick du på? fräste Ellen. Varför vände han sig till dig, tror du?

– För att jag var bäst lämpad, sa han, snörvlade Blessing.

– Och för att du gick att köpa för pengar!

– Det var min kompetens han behövde, sa han, och min kunskap om lokala förhållanden, och eftersom läkemedlet var nytt och måste hållas hemligt för konkurrenterna fick inga andra vara inblandade. Jag skulle inte säga något till dig, sa han.

Blessing snöt sig och letade i handväskan efter en ny pappersnäsduk.

– Visste Beauty att du gav henne den nya medicinen och att den kanske var farlig?

– Nej. Det trodde jag ju inte själv. Jag utgick från att allt var schysst, ända tills Beauty ringde och berättade om den döda flickan. Då blev jag livrädd, men jag hoppades ju fortfarande att hon inte fått av den medicinen. Beauty hade ju andra piller också. Samtidigt var jag tvungen att ta reda på hur det var, för att kunna rapportera. Jag skulle inte få resten av pengarna innan jag rapporterat.

– Hur mycket pengar har du fått?

– Det spelar väl ingen roll nu. Det som skett har skett och mannen har hämtat all felaktig medicin. Jag har varit ute hos de barnmorskor som fått de omärkta askarna och hämtat hem dem. Ingenting finns kvar ute, bara de gamla bra tabletterna.

Först då förstod Ellen på allvar. Handen som grep ölglaset darrade och hon frös så hon skakade. Chocken var fysisk. Hur kunde hennes gamla vän göra något sådant? Hur kunde hon låta sig luras? Eller hade hon förstått att något måste vara skumt och bara chansat? Eller medvetet struntat i riskerna?

Ordet "mördare" som fortfarande skymtade i lacken på Blessings bil fick en ny innebörd. Och vilket ansvar hade Ellen själv? Det var hon som burit medicinen i sitt bagage och lämnat över den till Blessing och därmed var hon medansvarig.

Efter en lång tystnad och löfte om att ingen av dem skulle tala med någon annan eller göra något över huvud taget innan de fått sova på saken skildes kvinnorna åt.

Ellen följde Blessing ner i receptionen för att köpa en flaska mineralvatten. Hon kände sig vansinnigt törstig. Blessing rivstartade sin märkta rosthög och Ellen gick mot hotellkiosken. Måleriarbetet hade flyttat in i receptionen och Ellen fick runda en målarställning för att komma in i butiken, men ingen målare syntes till.

Den snaggade amerikanen satt i en av sofforna, till synes försänkt i en tidskrift, men med ögonen på hennes ryggtavla, det kände hon när hon gick över golvet. Hon funderade på att vända sig om och gå fram till honom och fråga vem han är och vad han gör här och varför han spanar på henne. Men han skulle väl bara säga att han inte förstod vad hon talade om och att han har väl samma rätt som alla andra att sitta i en hotellfoajé. Och egentligen – det har han väl.

Och nu mensen! Ellen slänger sitt blodiga trosskydd och trycker med en häftig rörelse ner också trosorna i papperskorgen. Det blev inga barn den här gången heller.

Ellen lägger på säkerhetskedjan innan hon borstar tänderna och kryper i säng.

Utanför hennes dörr bygger två snabba händer upp en liten pyramid av runda stenar.

## TAMPA, FLORIDA, USA
## 17 februari 2004

*Det var konstigt att en så snäll och artig farbror med så mycket böcker och fina saker kunde vara så syndig, men jag hade ju fått läsa vad han hade gjort i domstolen och hur allt skulle bli annorlunda utan honom, när Presidenten kunde byta ut honom mot en troende människa, så jag försökte låta bli att tänka på honom som person. "Det här landet behöver domare som inser att alla våra rättigheter utgår från Gud" brukar Martin säga, och han har rätt. Jag hade ett uppdrag, ett gudomligt uppdrag, och det var att befria världen från ondskan. Det står mycket om det i Romarbreven och dom läste jag mycket i under de där veckorna.*

*Och när Jesus kommer tillbaka kommer ju domaren inte att ha nån chans ändå. Jag skyndade bara på alltihop lite.*

*När jag gick såg han ut som om han sov. Jag tog med mig dom papper jag hittade och hämtade bilen som stod på Wal-Mart-parkeringen, precis som dom hade sagt. Där låg en bilkarta och pengar, det var mycket pengar i sedlar, både dollar och några europeiska sedlar som konstigt nog var mer värda än dollar när jag växlade dem.*

*Jag skulle köra söderut och det var ingen brådska för det skulle säkert ta några dagar innan nån hittade domaren. Vid en rastplats där det inte fanns några andra bilar eldade jag upp domarens papper, som vi hade sagt. Alltihop var lätt och jag var trygg för jag visste att både Gud och Martin tackade mig. Jag visste att jag var Guds soldat.*

*Jag stannade i en liten stad och klippte mig och färgade håret ljusbrunt. Det trodde du inte, att den här tråkiga färgen var något jag hade valt?*

*Frissan tyckte det var ett konstigt val, jag som hade så fint blont hår, sa hon. De flesta skulle betala dyrt för att få min naturliga hårfärg. Jag försökte få henne att permanenta mitt hår, lite som Darien B Cooper hade på omslaget till min favoritbok "Du kan bli hustru till en lycklig man" men frissan bara skrattade. 60-talsfrisyrer var visserligen på väg tillbaka, men dom var tuffa och kortklippta och nåt så lockigt och touperat som den där frisyren hade hon inte sett sen hennes mormor dog, sa hon, och jag ville ju inte tjata så att hon skulle komma ihåg mig om nån frågade.*

*Hon var väldigt nyfiken och frågade en massa om var jag kom ifrån och var jag skulle, men jag berättade ingenting. Hon skulle förresten inte säga något om frisyrer! Hon hade alldeles vitt kortsnaggat hår som stod rätt upp.*

*Jag köpte nya kläder också, i ett varuhus i Richmond, och tryckte ner mina gamla kläder i en papperskorg på en bensinmack och körde vidare i en liten dräkt, med kort jacka och snäv kjol. I en liten resväska som jag också hade köpt hade jag flera veckade kjolar och pastellfärgade skjortblusar, och pumps! Det är en sorts kläder som jag aldrig har haft förut, och det var ju själva meningen, men när jag skulle välja färg på dräkten tog jag en ljust syrenlila. Det kan fungera som bröllopsfärg, tänkte jag. Jag tror dom har hängt dräkten i en garderob med mitt namn på här, så att jag får ut den när det är dags. Den måste kanske tvättas först, för mina bröst läcker fortfarande lite mjölk ibland och jag tror att jackan har blivit fläckig. Men det hinner vi nog.*

*Jag köpte Washingtontidningarna och läste att man hade hittat domaren men att alla trodde att han hade dött i en hjärtinfarkt. Det hade han ju också. Det var Gud som hade bestämt att han inte skulle leva längre och jag hade bara hjälpt till lite.*

*Jag ringde Prästerskapet men fick inget svar. "Telefonnumret har upphört och hänvisning saknas" så en automatisk plåtröst. Det var underligt, men jag visste att jag skulle träffa Martin i Tampa så det oroade mig inte så mycket.*

*Jag hade ju gott om pengar och tog in på olika motell på vägen. Jag betalade kontant och för det mesta var det inte ens nån som frågade vad jag hette.*

*Det var lite ensamt men jag tittade mycket på TV. Vi hade bara fått titta på kristna program hos Prästerskapet så det var riktigt roligt. När jag kom till Tampa skulle Martin ta hand om mig och allt skulle ordna sig. Det hade vi ju sagt.*

## LUSAKA, ZAMBIA
## 24 februari 2004

God morgon. Mitt namn är Ellen Elg och jag har en bokning med er på flyget som går på torsdag.

– Nu på torsdag, ja.

– Mitt namn? Jag bokstaverar: E-L-L-E-N E-L-G.

– Ja, just det. Via Harare.

– Jag undrar om det skulle gå att boka om biljetten och åka tidigare?

– Ja, jag vill åka så tidigt som möjligt.

– Nähä.

– Om jag betalar något tillägg då?

– Är du säker på att det är helt fullt?

– Skulle jag kunna åka någon annan rutt, via Sydafrika eller Nairobi eller så?

– Inte?

– Om jag köper en helt ny biljett då?

– Det hjälper inte heller för det är helt fullt, jaha.

– Okej. Tack ändå. Men kan du ta mitt namn och ringa om ni får några avbokningar? Jag bor på Pamodzi.

– Tack.

– Ha en bra dag själv!

## LUSAKA, ZAMBIA
## 24 februari 2004

Jag föreslår att du vevar upp fönsterrutan, säger taxichauffören när de närmar sig trafiksignalerna vid viadukten över järnvägen. – Ungarna här är oerhört snabba.

Ellen lyder, motvilligt. Den lille pojke som tigger vid vägkanten intill rödljusen kan inte vara mer än fem år. Han är klädd i shorts och en trasig skjorta, allt i den märkliga gråbruna färg som månaders smuts skapar. Han knackar med en lortig knoge på fönstret, precis vid hennes ansikte, och hon hinner se den utsträckta handen – och den hårda blicken i de rinnande ögonen – innan hon vänder sig bort.

– Kan jag inte ge honom något? frågar hon chauffören, som om hon var nykomling i stan. De senaste dagarnas händelser har skakat om henne. För en vecka sedan hade hon knappt sett pojken.

– Öppna fönstret om du vill bli av med hela handväskan! säger chauffören syrligt. Jag trodde att dom hade kört bort ungarna härifrån, muttrar han och lägger i ettan för att vara beredd när ljuset slår om.

– Jag har sett att de försvunnit från rondellen vid Manda Hill, säger Ellen. Vart kör man dom, och vem gör det?

– Polisen har till uppgift att hålla gatorna rena. Det ser inte bra ut, med turister och affärsfolk och andra besökare.

– Men var placerar man barnen?

– Inte vet jag. Nånstans där de hör hemma, kanske. Eller åtminstone utanför stan. Jag bryr mig inte så länge de försvinner. Dom snor backspeglar och navkapslar och allt som går att bryta loss. Eller också hoppar dom framför bilen, mitt bland en massa folk, så man ska köra på dom, lite, och sen tvingas betala för sjukhuset, så att dom får vila upp sig en stund. Sen kommer dom ut och börjar stjäla igen.

Ellen orkar inte diskutera med taxichauffören mer. Gatubarnen har kommit och gått under de år hon rest i Zambia. Polisen gör rensningsaktioner men barnen kommer alltid tillbaka. De har väl inga alternativ. Hon har hört talas om affärsmän och taxichaufförer som betalar småskurkar för att samla ihop och transportera bort gatubarnen, långt ut på landet. Kanske är hennes chaufför med och betalar.

Med ett ryck startar chauffören bilen som hoppar fram över korsningen. Ellen vänder sig om och tittar på pojken som koncentrerar sig på en ny bil, helst en med en vit kvinna som passagerare. Men bilen precis bakom dem är en vit jeep, och föraren fäller ner solskyddet när Ellen vänder sig om. Han kastar inte en blick på tiggarpojken.

Ellen ger ingen dricks och smäller igen bildörren lite onödigt hårt när de kommer fram till Kabwata Kulturcenter. Nej, chauffören behöver inte komma tillbaka eller vänta på henne. Hon vet inte hur länge hon blir kvar. Den vita jeepen har försvunnit. Och förresten finns det massor av taxibilar vid Kabwata om hon skulle få bråttom hem.

I de sjabbiga hyddorna säljer bättre och sämre hantverkare sina arbeten. Korgar, snidade giraffer och flodhästar, batik, smycken med gröna och blå stenar, masker och trummor. Shopping brukar pigga upp och det var länge sedan Ellen tog hem något ordentligt. Presentskåpet, gott att finna vid jul, födelsedagar och vanliga middagsbjudningar, är ganska tomt. Och själva prutandet, så genant för Björn de gånger han varit med, älskar hon. Kanske skulle livet kännas lite roligare med en trägiraff under armen …

– Nja, jag vet fortfarande inte … Det finns ju andra som har liknande, fast billigare.

Det är tredje gången Ellen kliver in i den lilla hyddan där den i särklass finaste lilla knubbiga flodhästen står på en låda. Hon vet att den är bäst för hon har jämfört i de andra hyddorna. Den förhoppningsfulle snidaren reser sig från sin pall.

– Vad sa du för pris? undrar Ellen som om hon inte mindes.

– 30 000.

– 30 000 kwacha? Det är tyvärr för mycket för mig.

– Men det här är ett kvalitetsarbete, madam. Det går inte att jämföra med de andras.

– Jag förstår att du har lagt ner massor av arbete, det är inte det.

– Och titta här, madam. Trät är av den högsta kvalitet. Och slipningen! Den här kommer aldrig att spricka, inte ens när den kommer hem till ditt land där luften är torrare – varifrån kom du igen?

– Sverige.

– Javisst. Stockholm!

– Just det. Har du många svenska kunder?

– Nej, men jag försöker lära mig alla huvudstäder.

Ellen vrider på den massiva flodhästen, till synes i avancerad kvalitetsbesiktning.

– Vacker, eller hur madam? hoppas den unge konstnären.

– Ja, men tung.

Ellen väger den blanka pjäsen i handen.

– Kanske är den för tung för mitt bagage. Och sedan är den ju dyr …

– Inte dyr, madam. Värd varje kwacha!

– Kanske det, jag säger inte att du försöker lura mig, men jag säger att det är för mycket pengar för mig. Jag måste nog, ändå, köpa något billigare. Och kanske något lättare …

– Vad är ditt pris, madam?

– 10 000 kwacha.

– Aldrig! Snidaren himlar med ögonen och gör en stor omöjligtgest med händerna. 10 000 kwacha! På alla sätt markerar han att det är ett skambud och att han kommer att få gå från hus och hem om han accepterar något så vansinnigt.

– Vad kan du erbjuda då?

– Betalar du med kwacha eller dollar?

– Det går bra båda delarna. Om vi säger två dollar?

– Två dollar! Det är ju inte mer än 10 000 kwacha!

– Lite mer, och så är det dollar, vidhåller Ellen som sakta och aningen demonstrativt ställer tillbaka flodhästen på sin plats.

Dollartecknen har tänts i mannens ögon, att få betalt i dollar är alltid bättre, dollarn är pålitlig när inflationen jagar upp antalet nollor på kwachasedlarna.

– Okej. Fyra dollar! Bara för dig, madam. Specialpris för dig.

– Tre dollar!

– Okej.

Svaret kommer snabbt, han tar emot de gröna sedlarna men skakar på huvudet hela tiden medan han slår in flodhästen i tidningspapper och lägger paketet i en liten plastkasse. Huvudskakningarna berättar vilken dålig affär han gjort! Hur kunde han vara så dum?

Ellen ler när hon tar påsen och vänder sig om för att kliva ut i solljuset. Jo, shopping hjälper mot dåligt humör. Precis innanför dörröppningen, utan att hon märkt det, står en annan kund, klädd i vit kortärmad skjorta och ljusa byxor. Han tittar storleende på henne och applåderar tyst, utan att försäljaren ser det. Den starka solen bländar och Ellen trevar efter sina solglasögon som hänger runt halsen. Josh följer efter henne ut på torget.

– Grattis! Det måste vara ett kap för tre dollar!

Ellen skrattar lite generat och han lägger en arm om hennes axlar.

– Jag borde gå i prutarskola hos dig.

– Han gjorde ingen dålig affär, försäkrar Ellen som om hon behövde ursäkta sig. Han hade aldrig sålt den till mig för tre dollar om den inte bara var värd två, eller kanske en dollar.

– Jag tror dig, skrattar Josh. Jag är bara imponerad.

Ellen vrider lite på sig och Josh förstår och tar bort sin arm.

– Ska du handla nåt? undrar Ellen.

– Jag vet inte, ska du handla mer?

– Kanske, det här gick ju bra.

– Ja, det måste man säga. Men jag har ett annat förslag. Vad är klockan?

Ellen tittar på sitt armbandsur:

– Kvart över tio.

– Vad sägs om lunch i Lower Zambezi?

– I nationalparken? Men dit är det ju långt. Hundra kilometer eller nåt liknande.

– Hundratio, för att vara exakt, men vägen är bra och jag har en bra amerikansk bil.

Ellen och Josh skrattar lite. De amerikanska bilarnas eventuella överlägsenhet har varit ett kärt debattämne.

– Det finns en trevlig restaurang vid entrén till parken, fortsätter Josh. Vi borde vara där strax före ett.

– Varför inte?

WASHINGTON POST, USA 12 FEBRUARI 2004

# STÄDANSTÄLLD MISSTÄNKT FÖR MORD

**Gail Burton, anställd vid städföretaget Clean Enterprise, omhäktades idag vid den lokala domstolen i Washingtons District 4. Hon är misstänkt för medhjälp till mordet på domaren Vernon McArthur den 28 januari samt mordbrand den 4 februari.**

Miss Burton har i förhör medgett att hon ordnat anställning åt den kvinna som misstänks för mordet på domaren, men hon har inte kunnat identifiera städerskan.

De uppgifter som fanns om kvinnan, och som Gail Burton erkänt att hon förstört vid en anlagd brand i sitt kontor, var falska. Miss Burton har inte heller kunnat identifiera den man som förmedlat kontakten.

– Våra efterforskningar i Florida har bara lett oss fram till slutet av augusti, när den misstänkta kvinnan sa upp sig från en anställning, säger kriminalkommissarie Stephen Chu vid Washingtonpolisen. Vi tror att hon då var gravid.

Sedan mordet på domaren i Washington den 28 januari har kvinnan varit försvunnen. Hon kan uppträda under namnet "Dee Esser".

Signalement: Cirka 1,65 cm lång. Blont axellångt hår, möjligtvis uppsatt i en hästsvans. Blek hy, blå ögon, spenslig kroppsbyggnad. Hon var eventuellt klädd i blå jeans och en ljusblå t-shirt, gymnastikskor.

Upplysningar om den efterlysta Dee Esser kan lämnas till Washingtonpolisen eller närmaste polisstation.

## LOWER ZAMBEZI, ZAMBIA
**24 februari**

Är det där Zambezifloden, då?

Ellen pekar ner mot flodbädden där ett gäng kanoter ligger uppdragna på stranden för hågade turister.

Restaurangen är bra, det hade Josh rätt i, och omgivningarna imponerande. En stor gräsmatta glider ner mot floden, traditionella halmtak skyddar mot solen, det grillade antilopköttet kunde inte smakat bättre och eftersom Josh ska köra kan hon ta några glas vin. Lite oroligt konstaterar hon att även han dricker flera glas, men de har kommit överens om att köra en sväng i parken och där är den största risken att stöta ihop med en elefant och innan det är dags att vända tillbaka mot staden borde väl vinet gått ur kroppen på honom.

– Nej, svarar Josh. Det är Kafuefloden.

– Kafuefloden! Där har jag varit.

– Var då?

– Vid en fiskeby en bit uppströms. Det var vansinnigt dålig väg dit.

– Vad gjorde du där?

– Jag besökte ett projekt med kondomutdelning.

– Jaså?

– I den där byn är fisket ovanligt lyckat och männen som fiskar vill sälja sin fisk till Lusaka. Alltså kommer kvinnor åkande från Lusaka för att köpa upp fisken och ta den till marknaderna där.

– Men det måste väl vara långt, och ganska dyrt med transporten.

– Jo, men just därför betalar kvinnorna inte med pengar.
– Nähä? Hur betalar de då?
– Vad tror du?

Josh stelnar till. Han förstår, det ser hon, men han säger inget. Vinet har gjort henne pratsam och mindre uppmärksam på hur berättelsen tas emot. Hon fortsätter obekymrat:

– De betalar med sex, förstås. Många av dem tillbringar nästan halva sin tid i fiskebyn, de får betalt för sina tjänster i form av fisk och så åker de tillbaka till Lusaka där de flesta av dem har man och barn.

– Säger inte de äkta männen i Lusaka ifrån då?

– Nej. Antingen förstår de inte vad som händer eller också bryr de sig inte. Kanske behöver de pengarna så mycket att de inte har råd att förstå. Det kan vara så, det har jag förstått.

– Och vad handlar det där projektet du besökte om då?

– Att få stopp på sexhandeln eller åtminstone att få alla att använda kondom. Den där byn är en av de större smitthärdarna för hivsmitta i den här delen av landet. Kvinnorna smittas antingen av sina män eller av fiskarna och så sprider de smittan vidare till männen som i sin tur smittar andra.

– Finns inget annat än sex på den här kontinenten!? spottar Josh plötsligt ur sig. Sex här och sex där och kondomer den enda hjälpen.

Oj då, tänker Ellen, överraskad. Här fanns tydligen några ömma tår. Men lika snabbt som utbrottet kom, lika snabbt är det över:

– Jag ber om ursäkt, ler Josh urskuldande och reser sig för att tillkalla kyparens uppmärksamhet.

– Det måste vara min gamla missionärsuppfostran som gav sig till känna. Det är klart att du har rätt, att det är viktigt att människor använder kondomer. Inte minst här.

Ellen ursäktar sig och går på toaletten. Vad tog det åt honom? Det är nåt konstigt med Josh och hans förhållande till kyrkan, och till sex. Ibland är han extremt intresserad och frågvis, ibland verkar allt bara göra honom upprörd. Han har säkert inte haft någon lätt uppväxt.

Men han kan imponerande mycket om afrikanska växter och djur.

Redan har han pekat ut två fåglar – brödträdsfinken och den svartkindade kärleksfågeln – och alla träd längs vägen kunde han namnet på. Mahogny, vintertörne och jackleberry. Det kan nog bli lärorikt att åka en sväng i parken med honom. Klockan är bara två så några timmar har de på sig innan de måste åka tillbaka till staden. Bara mensblödningen lugnar ner sig så att tampongerna räcker. Hon visste ju inte att hon skulle på utflykt när hon lämnade hotellet.

När Ellen kommer tillbaka till bordet har Josh redan betalat. Hon opponerar sig för hon tycker att det är hennes tur, och när hon föreslår att hon kan betala inträdet till parken frågar han om hon har kontanter. Nej, men det går säkert bra med kort, säger hon. Då vill han gärna betala även inträdet, för han har tagit ut för mycket kwacha och hon kan betala tillbaka när de kommer tillbaka till hotellet, om det nu ska vara så viktigt. Alltihop var faktiskt hans idé och han bjuder gärna.

När de är på väg att sätta sig i bilen ringer Ellens mobiltelefon. "Blessing" tänker hon, och ber Josh om ursäkt medan hon tar samtalet, utanför bilen. Kvinnorna har inte talats vid sedan gårdagskvällens uppgörelse och hon vill inte att Josh ska höra. Kanske har något nytt hänt, vilket Gud förbjude. Problemen är tillräckligt stora ändå.

Men displayen visar ett mobilnummer som hon inte känner igen:

– Hallå, det är Ellen.

– Goddag.

Det är en mansröst som hon inte känner igen. Han talar amerikansk engelska.

– Vem är det jag talar med?

– Det spelar ingen roll.

– Vadå spelar ingen roll?

– Lyssna på mig nu. Det är viktigt. Var är du?

– Varför ska jag berätta det om du inte säger vem du är?

– Jag antar att du inte är ensam?

– Det angår dig inte heller.

– Jag tror att ni åkt österut, är det rätt?

– Vem är det som frågar?

– En vän, kan vi säga. Var är ni?

– Vid Lower Zambezi, på väg in i nationalparken, om du nödvändigtvis ska veta.

Ellen förstår inte varför hon berättar men något i mannens röst är både befallande och vädjande. Som när pappa Stig upptäckt att hon tjuvrökt och det inte gick att ljuga för honom.

– Jag tycker att du ska försöka ta dig tillbaka till stan, så fort som möjligt, fortsätter han. Lämna mannen du åker med.

– Men varför? Och vad angår det dig?

– Håll dig i alla fall i närheten av andra människor, varnar rösten.

– Dra åt helvete!

Josh håller på att kliva ur bilen och Ellen knäpper av telefonen, både skakad och lite uppsluppen. "Dra åt helvete!" När hade hon sagt så till någon sist?

– Vem var det? frågar Josh, som om det angick honom.

– Hotellet. Jag hade bett dem höra av sig om flygbolaget ringde.

– Jaså, vad vill du flygbolaget då?

– Jag hade tänkt försöka boka om biljetten men det verkar inte fungera.

– När ska du åka då?

– På torsdag.

– Jag åker på fredag, säger han och håller artigt upp dörren på passagerarsidan.

Lögnen om hotellet och flygbolaget kommer så snabbt att hon blir förvånad över sig själv men under hela telefonsamtalet hade Ellens undermedvetna jobbat på frågan om hur den okände mannen kunde ha hennes telefonnummer. Antingen är det han som tagit hennes telefonbok eller också har han pratat med, kanske betalt, någon i hotellreceptionen för där har hon lämnat sitt nummer, om flygbolaget skulle höra av sig.

Josh är kanske lite konstig, förstörd av en eländig barndom, men han är lättsam och trevlig att umgås med. När allt annat är så trassligt kan hon behöva en avkopplande tur i en nationalpark.

De kör sakta längs Zambezifloden och Josh berättar. Hans barndom verkar ha varit ett enda äventyr med fiskeutflykter och kanotbyggen och elefantparader mellan husen. Den stränga pappan och den berusade mamman är bortglömda och Afrika är harmoni och lycka.

När de löser inträde i parken börjar det regna och vägen blir lite slirig men den rejäla jeepen klarar alla hinder och Josh verkar hitta överallt. De hamnar bakom en flock impalor och Ellen berättar om sin barndoms korkade renar som kan löpa på vägen framför dödsbringande bilar kilometer efter kilometer. Han skrattar och hon är nöjd med att ha en egen naturupplevelse att bidra med.

När han svänger vänster, upp från floden och in i bushen reagerar hon. Är det inte bättre att stanna nere vid floden, för utsiktens skull? Och för att vi ska möta bilar då och då, och hålla oss i närheten av andra människor" inser hon att hon tänker och skäms lite.

– Vi behöver väl inte göra som alla andra turister, säger han kort. Jag behöver ingen skyltad stig för att hitta djuren. Du vill väl se lejon?

Han släpper på gasen när han svänger, bakhjulen glider iväg och det högra fastnar i leran. Med en våldsam ansträngning av motorns alla hästar fräser bilen upp ur lergropen.

Ellen fingrar i ryggsäcken efter mobiltelefonen. Ingen täckning. Hon sneglar mot förarsätet för att se om han sett vad hon gjort. Josh möter hennes blick och plötsligt ser det vinda ögat alldeles koordinerat ut. Beslutsamt.

Det har slutat regna.

Samtidigt kör en jeep med en annan vit man fram till nationalparkens entré. Han har kort stubbat hår och viftar otydligt genom den nedvevade rutan med någon slags officiell legitimation framför näsan på entrévakten.

– Polis, förklarar mannen, och hur ska vakten kunna veta, han som inte ens kan läsa.

Fast ordet "polis" förstår han. De bilder den vite mannen visar för vakten föreställer en vit man och en vit kvinna. Vakten känner igen dem fast bilderna är lite suddiga. Jo, mannen och kvinnan har passerat, kanske var det en halvtimme sedan. De hade en vit jeep av något slag, en stor en.

Polisen tackar vänligt och ger till och med vakten några sedlar. Det brukar poliser aldrig göra. De brukar bara begära sedlar. Vakten tänker att han måste komma ihåg att berätta det för sin fru ikväll, att utländska poliser, det är rejäla poliser det. Men vid det laget kommer han att ha en helt annan historia att berätta.

Bakom en krök blockerar en flock impalas och mannen inser att han inte kan tuta om han inte vill dra till sig uppmärksamhet. Folk som kör bil i nationalparker vill se impalor. Folk som kör bil i nationalparker har inte bråttom.

Den snaggade mannen bläddrar i de papper som ligger på passagerarsätet. Det viktigaste dokumentet saknar avsändare eller formell stämpel. Han vet att en del av materialet kommer från FBI och andra poliskällor men det framgår inte.

Det dokument han nu för säkert femte gången studerar kommer från läkemedelsindustrins egen säkerhetstjänst, men inte heller den avsändaren presenterar sig.

Mannen tittar upp på vägen. Impalorna har klivit ner i diket och försiktigt kan säkerhetschefen smita förbi dem. Vägen följer floden men där, mitt på en raksträcka, går en halvt igenvuxen väg upp till vänster. Om det inte varit för de färska hjulspåren i leran hade mannen knappast sett vägen men nu tvekar han inte utan svänger med gasen i botten upp för backen.

## CHONGWE-DISTRIKTET, ZAMBIA
**24 februari 2004**

Fader Abraham! Fader Abraham! Jag tror du måste komma. Det är bråk på gång.

I gruppen av barn som andfått stannat innanför dörren till kyrkan känner Fader Abraham igen Beautys dotter. Hon ser rädd ut.

– Vad då för bråk?

– En massa folk har samlats hemma hos oss, säger flickan med gråten i halsen. Jag tror de tänker bråka med mamma igen.

– Har ni berättat för polisen?

– Dom säger att de inte kan göra något.

– Jag kommer.

Fader Abraham stoppar bibeln under armen och följer efter den lilla barnflocken. Han försöker gå sakta och värdigt, med knäppta händer, för att hinna tänka.

Det kommer inte som någon överraskning. Spänningen kring Beauty har växt de senaste dagarna. De som kallar Beauty häxa har blivit fler sedan Punis mamma blivit liggande, utan att vilja tala med någon. Även hon har blivit förhäxad, säger många. Andra försvarar barnmorskan, inte minst efter att berättelsen om lille Miracles födelse spridits, och förstärkts. I den senaste versionen som Fader Abraham hört stack både ena benet och ena armen ut genom slidan innan Beauty med överjordisk styrka slet ut barnet. Fast det kunde kanske också tyda på häxeri, tyckte vissa. Bråket vid polisstationen ger också båda sidor vatten på sin kvarn. Polisen känner minsann igen en häxa när de ser henne. Struntprat, polischefen var bara full och förbannad på allt och alla, som vanligt, säger andra.

Fader Abraham har berättat för alla som velat lyssna vad som egentligen hände när Miracle kom till världen, men annars har han tyckt att det varit svårt att ta ställning. Han är säker på att Beauty legat bakom en hel del "missfall" i byn, inte minst efter samtalet med biskopen.

Samtidigt har hans syster, som fortfarande vilar i hans hus, ställt många och svåra frågor. Hur skulle systerns liv blivit om hon inte fått hjälp av de vita kvinnorna? En våldtagen nunna, kanske till och med gravid, har inget värde alls. Hon hade blivit utkastad från klostret, hennes barn hade fått svårigheter överallt och hon hade varit "lovlig" i alla mäns ögon. Det är inte ens säkert att Fader Abraham, om han låtit henne bo i hans hus, skulle klara att skydda henne. Ibland måste han ju lämna henne ensam.

Nu kan hon återvända till klostret och det liv hon valt, ett val som Fader Abraham högaktar henne för, allt under förutsättning att överfallet förblir en hemlighet. Alltså kan han inte berätta för biskopen om djupet av sina våndor och sitt tvivel. För biskopen är allt så lätt: "Bibeln säger att alla människor, även de ofödda, har rätt till liv. Du har väl inte börjat tvivla, käre bror?"

Men det har han. Fader Abraham grubblar medan han så värdigt han kan hastar fram i sina plastsandaler efter barnen. Hur ska han kunna hjälpa Beauty och sin syster utan att svika sin tro? Vad är rätt och vad är fel?

Grälet böljar fram och tillbaka på Beautys tilltrampade gårdsplan. På ena sidan står de som vill köra bort familjen från byn. Någon försöker tränga sig in i huset för att börja kasta ut möblerna men Joseph hindrar honom. Beautys man har gjort flera försök att köra iväg byborna, men utan att lyckas. Den andra gruppen stödjer Beauty och deras främsta taleskvinna står bredvid Beauty som sjunkit ner på yttertrappan. Hon klappar barnmorskan på huvudet och hytter med den andra näven mot häxeriförespråkarna.

När Fader Abraham kommer fram vänder sig båda grupperna mot prästen:

Han var ju med när Miracle föddes, och när Puni dog. Vad tycker han?

Ja, vad tycker han?

I sin förvirring ser Fader Abraham bara en lösning. Han lyfter Bibeln och slår upp en sida, vilken som helst. Predikaren, tredje kapitlet, ser han. Det är en text som han läst många gånger i kyrkan så det är väl därför sidorna faller upp precis där. Fader Abraham höjer sin arm och säger med sin tydligaste präströst:

– Låt oss lyssna på Guds ord:

Sakta, från början med osäker röst, börjar Fader Abraham läsa:

– Allt har sin tid, allt som sker under himlen har sin stund.

Födas har sin tid och dö har sin tid,

Plantera har sin tid och rycka upp det som planterats har sin tid.

Dräpa har sin tid och hela har sin tid.

Församlingen har tystnat och försöker förstå vad prästen vill ha sagt. Fader Abraham undrar själv. Är detta sant? Har dräpa sin tid? Hela har det i alla fall, det är han säker på, och fortsätter, allt mer övertygad om att rösten faktiskt är Vår Herres:

Bryta ner har sin tid och bygga upp har sin tid.
Gråta har sin tid, och le har sin tid.
Sörja har sin tid, och dansa har sin tid.
Kasta bort stenar har sin tid, och samla ihop stenar har sin tid.
Ta i famn har sin tid och avhålla sig från famntag har sin tid.
Söka upp har sin tid, och tappa bort har sin tid.
Förvara har sin tid, och kasta bort har sin tid.
Riva sönder har sin tid, och sy ihop har sin tid.
Tiga har sin tid, och tala har sin tid.
Älska har sin tid, och hata har sin tid.
Krig har sin tid, och fred har sin tid.

Han lägger ihop Bibeln och vänder sig, nu fullkomligt övertygad, mot sina församlingsmedlemmar:

– Så säger Herren. Fred har sin tid. Också sådant som planterats kan ibland behöva ryckas upp. Och fast man gråtit kan man börja le. Hat kan förvandlas till kärlek. Låt oss leva efter Herrens bud och tacka Beauty för det hon gjort, under Herrens himmel.

Han går fram till Beauty, tar henne om axlarna och leder henne in i huset.

Byborna lommar sakta iväg, en del glada för det stöd de fått av Guds ord, andra mer surmulet gruffande. I efterhand kunde ingen riktigt förklara hur han fått ihop det, prästen.

– Fast vackert lät det!

## LOWER ZAMBEZI
## 24 februari 2004

Josh säger inget mer medan bilen skumpar sig fram på den ojämna vägen. Ellen kämpar mot en växande oro och tittar efter lejon.

– Du måste väl köra lite långsammare om vi inte ska skrämma dem?

– Vilka?

– Lejonen.

Ellen söker Josh blick men han är koncentrerad på vägen.

– Nej, dom blir inte rädda. Här i parken är dom vana vid bilar och tror att ljudet är en del av naturen.

– Men ändå. Vi hinner ju knappt se nåt.

– Jag ska stanna snart.

– Stanna? Men vi ska väl titta efter djur?

– Javisst, då kan det vara bra att sitta still och vänta så de hinner fram. Och sedan ska vi prata lite också.

– Om vadå?

Bilen har kommit fram till en liten höjd. En stor termitstack sticker upp bakom ett torrt och taggigt träd. Josh stänger av motorn som drar en suck av lättnad. Ellen skulle vilja veva ner fönstret, det blir snabbt varmt utan luftkonditioneringen, och hon svettas även av andra skäl, men hon vågar inte. Tänk om ett lejon finns i närheten?

– Prata om vadå, upprepar hon osäkert.

– Om vad du gör här, egentligen. Och vad det kan leda till.

Hans ständiga leende är borta och om igen tycker hon att ögonen organiserat sig, som för att fokusera samma – föraktfulla – objekt.

Den blåa blicken är kall och hon tycker luften är kvav och trevar efter veven för att dra ner fönsterrutan men hejdar sig halvvägs.

– Vad menar du?

– Jag menar att jag vet vem du är och vad du gör.

– Vadå gör? Jag förstår inte.

– Du vet precis vad jag menar.

Ellen tänker så kyligt hon kan fast hjärnan kokar. Vem är han? Vad vet han? Vad är meningen med alltihop?!

Josh blick har fastnat på termitstacken.

– Vet du att varje dag mördas 4 000 barn i mitt hemland, säger han. Fyra av dem skulle ha blivit mina syskon och ett skulle ha blivit mitt barn, om inte deras mödrar hade begått det värsta brottet. Det var deras mödrar, förstår du vad jag säger, deras mödrar, de kvinnor vars främsta uppgift är att skydda sina små, det var dom som dödade dom. Sina egna barn.

Rösten höjs och spricker nästan. Så lugnar han ner sig igen:

– Kanske skulle jag också ha dött, om käringen fått som hon velat. Det sa hon i alla fall hela tiden.

Nu tittar han på henne igen och överläppen stramar på ett otäckt sätt.

Ellens röst är rädd, något mycket allvarligt har förändrats:

– Hur menar du då, att du skulle ha dött?

– På samma sätt som du mördar zambiska barn. Med pumpar och piller och otäcka ståltänger. Formellt är det helt lagligt i mitt land till och med. Men här är det väl inte lagligt?

– Om du menar aborter så är de lagliga, ja, säger hon och biter sig fast vid en legalitet som hon vet är helt meningslös.

Ellen vågar knappt titta på Josh. Aggressiviteten får den heta luften att vibrera. Ellen är livrädd och Josh ansikte är spänt. Han vänder sig mot henne och höjer rösten, med betoning på varje stavelse:

– Är det tillåtet för rika vita kvinnor att flyga in med mordredskap i sitt bagage och dela ut livsfarlig medicin till unga oskyldiga flickor?

– Nej, det är det förstås inte, om du beskriver det så. (Hur mycket vet han!?)

Nu måste hon veva ner rutan, lejon eller ej. Svetten rinner nerför nacken och kjolen klibbar fast mot sätet. Säkerhetsbältet har hon lossat men dörren är låst från förarplatsen. När de kom till restaurangen kom hon inte ut utan att han öppnade – "barnsäkert" sa han med ett leende som då verkade alldeles okomplicerat.

– Hur gammal är du? fortsätter han.

– 36 år.

Det är i alla fall ett ofarligt svar. Mannen, som hon tror heter Josh, fast varför skulle han ha talat sanning om sitt namn, plötsligt vet hon ingenting, tittar inte på henne utan lutar sig fram med underarmarna mot ratten och blicken i fjärran, bakom termitstacken.

– Jag är 41. Vet du vad som har hänt under min livstid?

Plötsligt är Ellen mycket medveten om sina svar. Vad kan vara farligt?

– Kanske inte det du menar, säger hon försiktigt.

– Jag föddes 1963, den 22 november. Vet du vad som hände då?

– Neej.

– President Kennedy sköts i Dallas, Texas. Jag har ibland tänkt att det var ett tecken, att jag fick ta över hans ansvar, liksom. Tror du på sådana tecken?

– Jag vet inte riktigt...

– Men det var inte det jag tänkte säga.

– Nehej?

– Tänk om nån då, 1963, hade kunnat se fram till idag, det är lite mer än en generation. Vad hade dom sett då?

– Jag vet inte.

En varm klump blod tränger sig ner mellan hennes ben och delar uppmärksamhet med den växande skräcken. Hon borde kliva ut och byta tampong, annars kan hon blöda ner hela bilsätet. Fast spelar det någon roll?

– Tänk om någon hade berättat för den där människan 1963 att inom en generation kommer man ha slutat med morgonbön i skolan och börjat dela ut kondomer till barn. Tänk om man sagt att barnamord och dödshjälp skulle vara accepterat medan man tagit bort Guds namn ur alla officiella högtider. Och byggt moskéer överallt!

Och att man börjat viga män med män och kvinnor med kvinnor, emot Bibelns uttryckliga vilja, medan den heliga familjen tappar mark och hälften av alla äktenskap slutar i skilsmässa.

– Och allt detta på en generation. Vad ska då inte hända på nästa, och nästa, om vi inte sätter stopp.

Han talar lågmält men intensivt. Som en sorts predikan.

– Hur då sätta stopp?

– Bibeln måste komma tillbaka som den enda lagboken. Det är Guds ord som ska gälla. Gud talar om för det kristna ledarskapet vad som är rätt och ledarskapet för ner det till människorna.

Ellen rör sig oroligt på sätet. Nu är hon rädd, det är nästan värre när han talar lugnt och samlat. Han känns farligare då. Hon tänker febrilt på vad som kan vara rätt svar, hur hon ska stryka honom medhårs så att de, eller åtminstone hon, kan komma därifrån.

– Hur då? Det står väl massor av olika saker i Bibeln.

– Jag tror det kan räcka med Tio Guds bud, men där är jag ingen expert. Det får andra bedöma. Det viktiga är att det blir Guds lag som gäller, inte människornas. Vi kristna har ändå kallats av Gud för att ta makten på jorden och etablera den enda sanna tron, så att Jesus kan återvända i triumf. Och det blir snart. Så det börjar bli bråttom.

Han har lugnat ner sig och knappast tittat på henne under hela sitt tal. Hon hoppas att det här räcker, att hon kan få smita ut och kissa och byta tampong och att han sedan lugnat ner sig så pass att de kan åka tillbaka. Hon kan erbjuda sig att köra. Det vore bättre, om hon fick köra. Kanske kunde hon köra ifrån honom.

– Ursäkta Josh, säger hon och rör försiktigt vid hans skjortärm. Jag måste gå på toaletten.

Hon ler ansträngt och låtsas skämta.

– Tror du att det finns någon sådan här?

– Du får vänta ett tag, säger han befallande. Det kan vara nyttigt för dig att lyda, för en gångs skull.

Han sträcker sig bakåt och tar fram den portfölj som legat på baksätet. Ur den plockar han fram en stor bilderbok med titeln ”Bevis i en mordrättegång”. På omslaget stirrar ett nästan fullgånget foster mot kameran. Den döda kroppen är sönderskuren på flera ställen och navelsträngen är blå. Bildtexten lyder ”Danny, mördad i sin sjunde levnadsmånad av sin egen mor.”

– Bläddra! beordrar han.

Hon bläddrar. Hon har sett bilderna förr. Många antiaborthemsidor, de flesta hemmahörande i USA, placerar ständigt nya bilder på aborterade foster under rubriken ”Uppdaterade nyheter”. Hon vet, hon har sett. Den här boken är bara ovanligt tjusig, i coffee-tableformat, med snyggt färgtryck. Men så ser hon att en del sidor är utrivna, och det ser ut att ha skett i stor brådska eller med mycket ilska. Vissa bilder är kvar till hälften, av andra finns bara en taggig kant kvar mot mittvecket. Någon har rivit ut bilderna och använt dem.

Till att sticka i ett sönderskuret däck till exempel.

– Jag förstår att du är upprörd, säger hon och försöker låta lugn. Det måste vara svårt för dig, med dina erfarenheter. Vi måste prata om det ordentligt, när vi kommit tillbaka till stan. Men jag måste faktiskt gå ut nu, annars händer det en olycka här på sätet.

– Gå du, säger han, fortfarande utan att titta på henne.

– Är det inte farligt då, med lejonen?

– Ser du några?

– Nej, men tror du att de finns här?

– Här finns inga lejon!

– Men du sa …

– Jag vet vad jag sa. Det viktiga är att här inte finns några människor.

## TAMPA FLORIDA, USA
## 28 februari 2004

*Det var sen som allting blev så hemskt, förstår du.*

*Jag tog in på det lilla motellet utanför Tampa där Martin hade sagt att jag skulle bo och flickan i receptionen hade en bokning av ett dubbelrum åt mig, sa hon. Det kändes bra, att han hade bokat ett dubbelrum. Han skulle ju komma snart. Jag duschade och bytte kläder och så la jag mig på sängen och började vänta. Den syrenlila dräkten la jag på den andra sängen. Martin skulle ringa klockan fem på eftermiddagen prick, sa han, men eftersom vi inte hade vetat exakt vilken dag jag skulle komma så gick det tre dagar innan jag blev riktigt orolig. Jag tittade mest på TV.*

*Flickan i receptionen, Judy hette hon, var jättegullig och till sist berättade jag för henne att jag väntade på att min blivande man skulle komma och att jag började oroa mig för att han inte hade hört av sig. Jag hoppades att Gud vakade över honom, sa jag, och hon höll med. Vi böjde till och med knä en stund, bakom receptionsdisken, och bad att Gud skulle skydda och bevara Martin.*

*Hon tyckte det var lite konstigt att jag inte hade något telefonnummer till honom, och det var det väl, fast jag visste att vi måste vara försiktiga, och fortfarande fick jag inget svar hos Prästerskapet, men tillsammans med Judy kände jag mig i alla fall lite bättre. Jag satt ute i receptionen för det mesta och vi tittade på TV och pratade. Vi hade samma åsikter i det mesta visade det sig, och hon tillhörde samma kyrka som Martin och jag, även om vi var i olika församlingar. Jag frågade om hon kände honom och det gjorde hon inte, sa hon, men jag tyckte hon började bläddra väldigt med sina papper när jag frågade så jag blev lite svartsjuk. Men han kom ju inte, varken till mig eller till henne, så det var nog ingenting.*

*På fjärde dagen mådde jag illa av oro. Jag hade åkt in till stan för att köpa tidningar och i Washington Post stod det att dom hade upptäckt att domaren inte hade dött en naturlig död – vad är en "naturlig död" i detta syndiga land! – och att dom misstänkte mig, eller den kvinna som städat hos honom, fast dom visste ju inte att det var jag som var hon. Ingen verkade veta vem jag var. Det var ju skönt, men var var Martin!?*

*Vi läste Bibeln ihop, Judy och jag, för att det skulle lugna mig. Jag hade ju inte berättat om allt som oroade mig, och Washingtontidningarna slängde jag i papperskorgen på torget så att hon inte skulle se vad jag läste, men det kändes ändå skönt att ha någon att prata med. Hon visade mig flera bibelställen som handlade om ansvar och bot och jag läste hela nätterna och funderade över vad som var det bästa jag kunde göra, för Jesus och Martins skull. Jag bad, men fick inga svar.*

*Kunde det vara så att både Martin och Gud övergivit mig? Då hade jag inget att leva för längre.*

*Polisen kom en dag. Jag hade varit där rätt länge men jag tyckte det var svårt att hålla reda på tiden, och jag hann precis resa mig från TV-soffan i receptionen och smita in i korridoren. De letade efter mig, förstod jag, men Judy visste ju inget om en blond flicka med långt hår och jeans, åtminstone sa hon inte det. Jag var ju en brunett med blus och kjol.*

*Efter det blev jag ännu oroligare och tänkte att jag inte ville leva längre. Jag försökte ringa till några barnsjukhus för att höra vad som hänt med min flicka, men när jag inte ville berätta vem jag var fick jag inget veta.*

*Den sista kvällen tyckte jag att jag såg Martin i en bil ute på parkeringen, men det måste ju ha varit inbillning. När jag gick ut för att titta körde bilen iväg och Judy hade inte sett något, sa hon, men eftersom jag hade bott på motellet så länge ville hon ge mig ett bättre rum för samma pris, så jag fick ett med två stora sängar och ett badkar. På badkarskanten låg ett paket med rakblad som någon gäst hade glömt kvar, antar jag. Jag fyllde badkaret och hängde in den syrenlila dräkten i garderoben – och resten vet du. Jag antar att det var Judy som ringde efter ambulansen.*

*Du har klagat på att jag inte har velat prata med dig och inte har velat berätta. Eftersom du varit så snäll, och kommit hit till mig hela tiden, tänkte jag ändå berätta min historia för dig. Om du får det här bandet har jag bestämt mig för att det är lika bra att berätta om alltihop. Kanske kan du då förstå lite mer om hur allt blev som det blev.*

*Om du inte får bandet ligger det på botten av en sjö eller brinner i en papperskorg, och det hoppas jag, för då är jag på väg norrut tillsammans med Martin. Då ska vi tvätta bröllopsdräkten på en snabbkemtvätt och sen ska vi hämta flickan.*

*Han ringde hit till avdelningen igår, prick klockan fem, och sa till sjuksköterskan att han var min storebror. Han var förkrossad över att han inte hade hunnit hit, sa han när jag fick prata med honom. Jag blev så lycklig när jag hörde hans röst och att han sa att han tänkt på mig hela tiden. Han hade varit på ett viktigt uppdrag för Gud i Afrika. Jag sa att jag förstod det och att ingen stor skada var skedd, jag hade ju gjort det jag skulle och jag hade inte berättat för någon om något.*

*Avdelningssköterskan blev glad över att någon hörde av sig och ville hälsa på mig. I morgon kommer Martin hit och då ska allt ordna sig. När jag blundar kan jag se hans ansikte som jag älskar så mycket. Hans vackra leende och det charmiga ögat, det som skelar så rart. Jag har börjat packa ihop mina saker.*

## LOWER ZAMBEZI, ZAMBIA
**24 februari 2004**

Vi får tydligen vänta ett tag, säger Josh sammanbitet och Ellen skulle vilja blunda men vågar inte det heller.

Hon är räddare än hon varit i hela sitt liv, räddare än den där natten i inackorderingsrummet, men alltihop har blivit samma film, bilder av den sönderrivna blusen och det bruna frottéöverkastet och den stönande finniga Marcus över henne blandas ihop med konturen av det taggiga trädet och den blanka vita skjortan borta vid bilen.

Han har bundit henne och satt en hårt åtdragen tejp över munnen.

– För säkerhets skull, om någon tjuvskytt skulle vara ute med öronen på helspänn.

Medan hon satt nerhukad bakom trädet, med blodet droppande och den överfyllda tampongen nedstoppad under en sten, kom han fram till henne. Hon letade i ryggsäcken efter en våtservett och hade plockat upp plastpåsen med den trinda flodhästen och lagt den bredvid trädet. Det kändes som en evighet sedan hon köpte den, i ett annat liv.

Josh hade en rulle hushållspapper i handen. Hon sträckte sig efter papperet men han ville inte lämna över det.

– Jaså. Är det på det viset? sa han

– Jaa, sa hon men visste inte om det var bra eller dåligt.

Hon är i alla fall inte gravid och tänker inte göra en abort, det kan hon garantera.

– Blöder det hela tiden eller bara ibland?

En underlig fråga men det är klart att om man aldrig haft mens kan man väl inte veta.

– Bara ibland.

– Då borde det vara över för den här gången alltså.

– Ja, men man vet aldrig när det kommer igen.

– Vi får se.

Hon reste sig fumligt för att dra upp trosorna. Det var då han hämtade repet. Hon förstod fortfarande inte riktigt vad han ville, och insåg att hon knappast kunde slå sig loss, han var alldeles för stor och stark, och var skulle hon springa i en nationalpark där stora anslag varnade alla för att kliva ur bilen.

Särskilt våldsam var han inte heller. Bara bestämd.

Alltså sitter hon här, under ett taggigt träd i den afrikanska eftermiddagssolen, med armarna bundna vid trädet, med tejp över munnen men noggrant bortskuret under näsan så att hon kan andas – ”Tror du jag vill att du ska dö? Nej, inte än åtminstone.”

Kniven skrämmer henne, den vassa kniven som med ett knappt hörbart snitt skar sönder den stadiga eltejpen under hennes näsa. Han verkar inte helt bekväm med kniven, vänder den flera gånger i handen för att få ett bättre tag. Är det bra eller dåligt? Är det bättre med en erfaren knivskärare än en fumlig? När hon tänkt tanken inser hon att den är vansinnig och ett tecken på att hon inget begripit. Ingen knivskärare är bättre än den andra. Allihop är livsfarliga. Det här är ingen dröm.

Ändå är inte kniven det värsta.

Det värsta är hennes sköte. Han har ställt sig på knä, bänt upp hennes ben och särat på dem, under böjda knän. Den nyinsatta tampongen slet han bort med ett rasande ryck. Med tejpen har han bundit ihop låret med överbenet och fäst fötterna med repet vid en stubbe. Där sitter hon, fastspänd med öppet underliv. I slidan har han stoppat in hushållspapper, gräs, jord, allt som han hittat och kunnat trycka in.

Nu reser han sig och tar några steg bakåt. Hans vita skjorta är fläckig och dammig och de prydliga byxorna har svarta knän. I pannan rinner svett och skjortryggen är genomblöt. Han säger ingenting men andas häftigt. Rörelserna är ryckiga och aggressiva, han sliter och drar i hennes ben för att komma åt bättre. Ellen kvider under tejpen och försöker få ögonkontakt men hela hans kropp är avstängd, djupt koncentrerad på uppgiften.

Hennes underkropp värker och hon försöker förgäves, skamset, trycka ihop sina särade ben som hettar i solskenet. Hon är skräckslagen och det taggiga trädets grenar skuggar knappt alls,

– Du ska torkas ut, säger han och hans andning kommer stötvis, pumpar fram ett ord i taget., Jag har ju provat en gång förr och det var, precis som du sa att det skulle vara, riktigt skönt. Du blödde lite då också, men du kände ju inget eftersom du hade tuppat av, och det var inte tillräckligt straff. Nu ska jag knulla dig tills du spricker och går sönder, så att du får känna lite av smärtan när dina pumpar och slevar skrapar ut mina barn. Till sist ska du få smaka på kniven. Men jag har ingen brådska. Du ska vara riktigt torr först.

Samtidigt som han böjer sig ner för att dra ut pappeŗet och försäkra sig om att blödningen stoppat hör hon en bil som häftigt accelererar uppför backen.

Parkvakten har slumrat till när han hör ett signalhorn på insidan av grindarna. Solen håller precis på att gå ner och vakten traskar yrvaket ut för att öppna. Det enda han ser är två baklyktor på en stor bil som efter en våldsam startsladd försvinner in mot parken igen. Vakten tycker att han känner igen polisens bil, men är inte säker.

Han hinner inte fundera mer på den saken, för nu har han fått syn på det bylte som ligger vid vägkanten en bit bort. Byltet rör sig inte, men storleken är ungefär lika stor som en människokropp. Plötsligt kommer vakten ihåg den exakta formuleringen i de ordningsregler han fått memorera vid anställningen:

"'Vakthavande får aldrig lämna sin post."

Det här verkar vara ett sådant fall, dessutom besvärligt och kanske farligt, sådant som kan skapa problem för en enkel parkvakt. Han går in i kuren och ringer sin chef.

Tio minuter senare är vaktchefen på plats. Han parkerar sin öppna landrover vid kuren och tackar sin underordnade för ett klokt beslut. Vaktchefen gör helst sådana här utryckningar själv. Ingen tjänar på den ryktesspridning som kan ta fart om för många människor vet för mycket.

Fasan är att någon turist stångats av en buffel eller bitits av en orm – att dom inte kan hålla sig i bilarna! Parkens rykte hotas varje gång en vit äventyrare kliver ur sin bil.

Det är lika bra, det är vaktchefens övertygelse, att veta allt själv, och först, så att eventuella skador kan motverkas.

Parkvakten pekar in mot vägen och vaktchefen tänder sin ficklampa. Strålkäglan sveper över den röda jorden och stannar ett ögonblick vid de djupa hjulspåren. Ljuset sveper vidare in mot parken, och stannar upp. Sakta närmar sig vaktchefen det smutsbruna byltet. Filten har svepts om något stort, och ur en glipa rinner en flod av mörkt långt hår. Vaktchefen petar försiktigt med sin sko och byltet rör på sig. Med klappande hjärta böjer mannen sig ner och lyfter försiktigt på en flik av filten, med ficklampan i sin darrande vänsterhand. Det han ser i det vita ljuset är mycket värre än en ormbiten äventyrare. Mycket värre än han kunnat föreställa sig.

Kvinnan andas men den stirrande blicken verkar inte se och hon svarar inte på tilltal. När parkchefen försöker lyfta på filten rycker hon till och gnyr tyst. Faststucket under hennes behåband hittar han en lapp:

”Hon är chockad men inte allvarligt skadad. Hon bor på hotell Pamodzi, rum 612. Ring Blessing på tel 567 43 21 och be henne möta er där.”

Medan vaktchefen hämtar sin bil bestämmer han sig för att, om det står i mänsklig makt, hålla detta hemligt.

**TAMPA, FLORIDA, USA**
**2 mars 2004**

Pastor Gonzales! Så bra att ni kom. Jag hade precis tänkt ringa. Det är ingen idé att ni går in där för hon är inte kvar. Tyvärr förlorade vi henne, ändå.

– Vi borde ha övervakat henne ordentligt, det förstår vi nu, men vi tyckte att hon verkade må så mycket bättre. Hon var gladare redan när hennes bror hade ringt, hon ville duscha och hade börjat äta. Det verkade ha vänt. Hon ville verkligen leva igen, sa hon.

– Sedan var vi inne hos henne när hennes bror hade gått och då verkade hon lugn och samlad. Han hade tagit med en flaska av någon utländsk sprit, hon hade druckit ett glas och lät nöjd. Nu visste hon vad som var Guds mening, sa hon.

– Förstår ni vad hon kan ha menat med det? Kan hon ha trott att Gud ville att hon skulle dö?

– För i morse kunde vi inte väcka henne. Hon måste ha dött redan igår kväll. Nattsköterskan är säker på att ingen annan har varit inne i rummet. Hon måste ha lyckats göra det själv, ändå. Polisen har varit här och hon ska obduceras. Vi ska försöka få tag i hennes bror men han lämnade ingen adress.

– Men hon lämnade ett kuvert till er. Det verkar vara ett kassettband i. Jag antar att det faller under er tystnadsplikt så jag sa inget till polisen.

– Det är synd på så unga människor.

**LUSAKA, ZAMBIA**
**25 februari 2004**

Det ljumma badvattnet omfamnar Ellens kropp och Blessing vaggar ut och in i badrummet. Ibland med en kopp te, ibland med en handduk, ibland bara med en massa beklagande ord.

Ellen minns mycket lite av färden tillbaka till hotellet. Den sista minnesbilden var att Josh bil försvann i ett dammoln och att hon hörde en annan bilmotor. Sedan minns hon en svart man i khakikläder som försiktigt lyfte henne in i en annan bil. Hans fråga om hon ville till sjukhus kändes knappast ärligt menad och nej, hon ville inte till sjukhus. Hon ville bara tillbaka till hotellet. Hon ville låsa om sig, tvätta sig och sova.

Bilen skumpade fram på vägen och när den nått motorvägen hade Ellen somnat. Framme vid hotellet frågade mannen om hon kunde gå själv och till sin förvåning kunde hon det. Med den smutsiga filten om underkroppen vacklade hon in i hotellfoajén. Mannen kom efter med hennes ryggsäck och en liten plastpåse med en knubbig flodhäst.

Vaktmästaren skyndade sig fram men Blessing satt på vakt och hann först. Hon tackade mannen med en nick, tog ryggsäcken och flodhästen, vinkade avvärjande mot vaktmästaren och la en beskyddande arm runt Ellen. Blessing ledde Ellen in i hissen, tryckte på knappen och stödde henne under promenaden i den oändligt långa korridoren fram till hotellrummet. Där klädde hon varsamt av sin väninna och ledde henne mot badkaret.

– Nu tänker jag spola av dig, sa hon med hög och tydlig röst, som om Ellen var döv eller mindre vetande. Vill du det?

Ellen nickade.

– Du vill inte polisanmäla eller så? I så fall ska vi inte fördärva bevisen.

Polisanmäla? Bevis?

Själva tanken på en zambisk polisstation, i detta skick, med frågor om varför hon åkt med vem vardå – nej hon ville inte polisanmäla. Hon ville bara bli ren.

Efter en lång stund, hon har ingen aning om hur lång, har badvattnet nästan kallnat. Blessing stökar omkring ute i rummet och tittar in bakom duschdraperiet då och då.

– Hur känns det?

– Vill du gå upp?

Ellen vill aldrig gå upp, men hon huttrar i det kallnande vattnet och underlivet värker. Dessutom känner hon att en ny skvätt mensblod är på väg. Hon längtar efter en mjuk säng och rena lakan.

När Ellen vaknar sitter Blessing i fåtöljen vid balkongdörren. Hennes tunga huvud har fallit ner mot bröstet och hon snarkar lätt. Det är kolsvart ute och hotellet är tyst. Klockan är fyra, det ser Ellen på de lysande siffrorna på klockradion. Försiktigt försöker Ellen resa sig för att ta sig ut till toaletten. Hennes ben darrar men när händerna tar stöd mot väggen kan hon gå. Blessing har stoppat några rejäla bindor i hennes trosor. Hon kastar bort dem och letar efter asken med tamponger. Urinen strilar ner i toalettstolen, blandad med blod. Det gör ont, men Ellens professionella hjärnhalva tror inte på några allvarliga inre skador. Men tampongerna får nog vänta. I dörröppningen står Blessing med rena bindor i handen. Ellen tackar med en nick.

När Ellen kommit tillbaka till sängen vill Blessing bädda ner henne men Ellen insisterar på att sitta upp. Blessing bullar upp alla kuddar runt henne:

– Tack för att du kom, säger Ellen med mycket tunn röst. Hur visste du?

– Det var någon från nationalparken som ringde.

– Hur visste dom att dom skulle ringa dig?

– Dom kanske hittade mig i din telefonbok.

– Men den har jag ju tappat,

– Nej, den ligger i din ryggsäck. Jag hittade den när jag letade efter din rumsnyckel.

Ellen måste försäkra sig om att telefonboken är där. Hur kan hon ha missat den? Hon har letat igenom ryggsäcken minst tio gånger men Blessing har rätt, längst ner i säcken ligger den tummade telefonboken.

– Ska du inte åka hem? Barnen behöver dig väl?

– Nej, jag har pratat med hembiträdet. Hon tar hand om allihop i natt och i morgon bitti. Jag stannar. Du kan inte vara ensam. Orkar du berätta vad som hände?

Sakta börjar Ellen berätta. Om Josh, hur hon lärt känna honom, hur han lurat henne, hur dum hon varit, vad som har hänt.

Blessing har funderat hela natten på om hennes förräderi har med attacken mot Ellen att göra. Om det är mannen från läkemedelsföretaget som gett sig på henne. Men hon har inte kunnat få ihop det, varför skulle han vilja skada Ellen?

Det blir tyst. Ellen orkar inte prata, hon orkar inte tänka. Blessing har miljoner frågor men förstår. I necessären i badrummet hittar Blessing en insomningstablett. Kvinnan i sängen kurar ihop sig i fosterställning och vänder sig mot väggen. Hon vill bara sova.

Blessing öppnar balkongdörren ut mot natten. Byggplasten som flaxar i vinden har gått sönder i ett hörn och Blessing river bort mer så att hon kan titta på staden utanför. Med foten känner hon något främmande och tänder balkongbelysningen för att se. Det är en liten pyramid av runda stenar. Häxmärket. Rasande sparkar Blessing sönder pyramiden och med all kraft hon är mäktig kastar hon stenarna över balkongräcket. Med ett litet plask hamnar en i poolen.

– Vad gör du? frågar Ellen, knappt hörbart.

– Ingenting, svarar Blessing. Försök sova nu.

Blessing har slumrat i fåtöljen men vaknar av att Ellen gnäller i sömnen. Hon rör sig oroligt och ansiktet är hårt sammanbitet. Ellen drömmer och drömmen är inte god. Blessing rättar till täcket över den spända kroppen. Ellen kastar med huvudet och en tår rinner nedför den bleka kinden. Hotellsängen är bred och försiktigt knuffar Blessing sin väninna en bit mot väggen och lägger sin stora kropp bredvid. Sakta stryker hon Ellen över ryggen samtidigt som hon nynnar en uråldrig vaggvisa. Ellens kropp mjuknar när sången tvingar bort den onda drömmen.

Solen väcker de båda kvinnorna i sängen. Ellens huvud ligger på Blessings breda arm.

– Tack för att du tar hand om mig, säger Ellen.

– Jag förstår om du aldrig kan förlåta mig, säger Blessing. Jag tror inte jag kan det själv. Att Puni och de andra flickorna dött, det är mitt fel, det kommer jag aldrig ifrån.

– Det är sant, säger Ellen. Det är ditt fel, men mitt också.

Till sin förvåning vill hon trösta Blessing.

– Men du kan inte vara säker på att de inte dött på något annat, kanske ännu mer plågsamt, sätt annars.

– Det hjälper inte.

Blessing sätter sig upp och snyter sig högljutt i en våt näsduk som hon klämmer ihop i handen.

– Jag förstår bara inte varför du gjorde det? frågar Ellen. Varför du inte var mer misstänksam?

– Jag är väl dum och godtrogen.

– Nej, det är du inte. Ingetdera. I så fall har jag varit minst lika dum. Handlar det om pengar?

Nu har också Ellen satt sig upp och lutar ryggen mot väggen. Med möda böjer hon sina värkande ben upp mot hakan och håller om anklarna med armarna. Skyddar sitt blödande underliv.

– Det gör det väl, det kan man aldrig säga att det inte gör. Men mest tror jag att jag kände mig smickrad. Att nån höjdare från USA ville ha just min hjälp.

– Hur mycket betalt fick du?

– Det spelar väl ingen roll.

– Nu kan du väl berätta det också, jag vet ju allt.

– Okej, 65 000 dollar.

– Kontant?

– Ja. I dollarsedlar. Jag behöver inte ens ha pengarna i kwacha eller på banken och förlora pengar på inflationen.

– Vad kan du betala med 65 000 dollar?

– Alla barnens skolgång upp till gymnasiet.

– Oj då. Då behöver du inte mitt stöd till Hope.

Ellen hör hur sårad och bitter hon låter.

– Inte jag kanske. Men hon.

– Jag vill inte ursäkta mig, fortsätter Blessing, för det finns ingen ursäkt, men fattigdomen är baslinjen i det här landet. Heder och moral är bra, men har man inte mat till sina barn är det alltid viktigast. Jag tror du har svårt att förstå det ibland.

## LOWER ZAMBEZI, ZAMBIA
**24 februari 2004**

Eldstaden är liten och brasan ännu mindre.

Några tunna pinnar håller elden vid liv men varje gång mannen lägger på ett nytt papper flammar den upp. Det går långsamt, för han läser noggrant igenom varje blad innan han låter det slukas av lågorna:

*James "Jim" Carter alias Joshua "Josh" Smith, född i Iowa, USA.*

*Familjen flyttade till Zambia i Afrika när James var sex år och fadern fick anställning som missionär. Troligen förflyttades pastor Carter från sin församling på hemorten på grund av olämplig ryktesspridning. Fadern hade då polisanmälts av hustrun flera gånger för misshandel av henne och sonen, men varje gång tog hon tillbaka sin anmälan och förundersökningarna lades ner. Sonen förhördes aldrig ordentligt.*

*Händelserna i Zambia finns inte belagda i formella dokument men James lärare vid missionsskolan hade vid flera tillfällen allvarliga samtal med föräldrarna med anledning av sonens uppförande. Han var begåvad och kunde vara mycket charmerande, men var en bråkstake, kanske till och med sadist, sa läraren och exemplifierade med mobbning av skolkamrater och blodiga avrättningar av smådjur. "Jim verkar inte förstå, eller bry sig om, dem han skadar eller skrämmer" säger läraren. Fadern viftade bort klagomålen och modern var allmänt ointresserad. (Utskrift av intervju med läraren i bilaga 1.)*

*James har inga syskon. När han var 14 år flyttade familjen tillbaka till USA och föräldrarna skilde sig. James bodde med modern och hennes släkt i Florida, USA och fadern försvann ur sonens liv. Han avled tio år senare i en hjärtinfarkt. Modern behandlades ett flertal gånger för alkoholism, utan större framgång, och sonen fick för det mesta klara sig själv. Sedan den välbärgade morfadern dött, och så småningom även James mor, har James Carter kunnat leva ett liv som ekonomiskt oberoende. Han presenterar sig som frilansjournalist men har knappast tjänat några pengar på sitt arbete.*

*Förutom några mindre förseelser under tonårstiden har James Carter aldrig dömts för något brott, men han har behållit kontakten med flera ungdomsvänner som blivit etablerade kriminella och med stor säkerhet har hans gamla vänner hjälpt honom att skaffa vapen, sprängmedel, falska id-handlingar osv. men eftersom Carter själv aldrig kunnat bindas till något brott har dessa kopplingar aldrig utretts.*

*I samband med president Jimmy Carters regering, som James Carter stod i stark opposition till, bytte han namn. Namnbytet var inte formellt utan genomfördes med hjälp av förfalskade id-handlingar. Det namn som står i det pass han enligt uppgift använder just nu är Joshua Fitzgerald Smith. "Joshua" efter den gammaltestamentlige profeten Josua, "Fitzgerald" efter John Fitzgerald Kennedy eftersom han föddes nästan exakt samtidigt som presidenten sköts, och "Smith" för att vara vem-som-helst. (Berättat av ungdomsvän som nu sitter i fängelse, se Bilaga 2.)*

*James Carter, numera Josh Smith, har läst många terminer på olika college utan att ta någon formell examen. Han är begåvad men har svårt att koncentrera sig. Av lärare och studiekamrater beskrivs han som charmig och lättsam, men också lättirriterad, maktlysten och med nästan total avsaknad av empati. (Se intervju med före detta kurskamrat, Bilaga 3.)*

*Det var när Josh Smith blev frälst och medlem i den nykristna rörelsen som hans antiabortengagemang växte, både öppet och mer i det fördolda. Han skriver regelbundet i rörelsens tidningar och har varit med att bygga upp flera av de militanta hemsidorna. Hans kontakter i den undre världen blev intressanta för andra militanta antiabortaktivister och han antas ha varit behjälplig vid anskaffande av både sprängmedel och skjutvapen som använts vid olika attacker mot abortkliniker.*

*En grupp maskerade ungdomar som bröt sig in i en drugstore i Fort Myers, Florida, stal alla preventivmedel och all medicinsk utrustning som används vid aborter och sprayade "abort = mord" på alla fönster, misstänks ha haft Josh Smith som organisatör och – eventuellt – chaufför.*

*Flera av de aktivister som tagit jobb på Planned Parenthood-kliniker för att infiltrera, stjäla informationsmaterial och rapportera om olika aktiviteter beskriver en "handledare" de haft vars signalement kan stämma på Josh Smith. Han har dock använt andra namn och aldrig avslöjat var han bor eller något annat tydligt identifierande, och polisen har inte lyckats hitta honom. Infiltratörerna har verkat rädda för att säga för mycket om "handledaren", även när de erkänt brottet. Polisens engagemang har inte heller varit så stort. (Se polisförhör, bilaga 4.)*

*Ett av våra medlemsföretags lager i Texas, USA, brändes ner förra våren. Saken tystades framgångsrikt ner, men branden var anlagd och började i den del av byggnaden där abortutrustning förvarades. Antiabortpamfletter hade stuckits fast under alla vindrutetorkare på företagets lastbilar. Den artikel som senare publicerades på en av rörelsens hemsidor var anmärkningsvärt initierad, men utan signatur. Ett återkommande stavfel pekade dock på att det var Josh Smith som skrivit, eftersom han stavat fel på samma sätt tidigare, i signerade artiklar. (Se utskrift av artikel, Bilaga 5)*

*Själv har han aldrig gripits eller ens iakttagits av något vittne vid attackerna. Han anses vara mer av hjärnan bakom, en taktisk och strategisk tänkare i det korta perspektivet, dock utan större uthållighet. Avhoppare från den militanta antiabortrörelsen har vittnat om att en man som kan vara Josh Smith, presenterad med olika namn, deltagit i möten men sällan sagt något annat än i allmänna politiska termer. En försiktig general.*

*Så här långt tror våra uppgiftslämnare vid FBI att de är säkra i huvudsak, om än inte i alla detaljer.*

*Utöver det har vårt företag spårat en före detta anställd som haft kontakter med Josh Smith. Mannen, som i slutet av januari fick lämna vårt företag efter misstänkta oegentligheter, har av misstag fått tillgång till information om utvecklingen av det nya preparatet, och om de kanaler som använts för att få produkten testad utanför laboratoriemiljön. Det finns en misstanke att han rapporterat till Josh Smith, i tron att Smith var en journalist som kunde publicera uppgifter av graverande art, riktade mot vårt företag. Det skulle kunna innebära att Josh Smith känt till insatsen i Zambia och alltså hela tiden vetat vem/vilka han letat efter. Att han befinner sig i Afrika verkar inte vara någon slump.*

*Samarbetet mellan Josh Smiths organisation och de mer militanta antiabortkrafterna inom katolska kyrkan anses också belagt. Smith har vid flera tillfällen besökt Vatikanen och har goda kontakter med organisationen Opus Dei. (Se rapport från företagets säkerhetstjänst, bilaga 6.)*

*Så över till något som är mer osäkert:*

*I höstas hittades en ung kvinna död – strypt – i ett hotellrum i ett av de bättre hotellen i Fort Lauderdale, Florida. Hon kunde så småningom identifieras som en Mary Fletcher, en 19-årig flicka som redan som 18-åring rymt hemifrån och arbetat som städerska på ett hotell i Miami. Enligt hennes arbetskamrater var hon blyg och djupt troende kristen och umgicks inte med sina jämnåriga kolleger. En av hennes arbetskamrater trodde att hon hade en pojkvän, och att han slog henne, för hon hade kommit till arbetet med blåmärken.*

*Vid obduktionen konstaterades att hon nyligen gjort en abort och det var via Planned Parenthood-kliniken som hennes identitet kunde fastställas. Enligt abortläkaren på kliniken hade Mary Fletcher varit rädd, men fast besluten att genomföra aborten. Hon vägrade att diskutera sitt beslut eller berätta vem fadern var. "Det är bättre för dig också om du inte vet" sa hon, enligt läkaren i polisförhör.*

*Portiern på hotellet i Fort Lauderdale, där Mary skrivit in sig tillsammans med en man under falskt namn, gav ett signalement på mannen som kunde stämma med Josh Smith men inga fingeravtryck hittades och ingen annan hade sett Mary med någon man.*

*Förundersökningen lades så småningom ner, på grund av brist på bevis, men delvis även för att Mary Fletchers föräldrar, när de fick vetskap om mordet – och aborten – vägrade agera målsägare och kungjorde, till och med offentligt från predikstolen i sin kyrka, "att Mary Fletcher förlorat rätten att vara vår dotter och straffats av Gud på det sätt Han funnit lämpligt." (Se förundersökningssammanfattning, bilaga 7.)*

*Om – och det ska understrykas att detta bara är antaganden av svagare bevisvärde än Smiths roll i den militanta antiabortrörelsen – om Josh*

*Smith verkligen mördat Mary Fletcher har han tagit ett stort steg. Han har tidigare aldrig själv deltagit direkt i våldsamheter, såvitt vi kunnat utröna, och att själv genomföra ett mord kan betyda att våldets slussar på allvar öppnats för en man som tidigare mest verkat i bakgrunden.*

*Om det skulle visa sig att Josh Smith flyttat sin verksamhet till Afrika, och något kan berättas om hans aktiviteter där, är vi självfallet mycket intresserade.*

*Diskretion anbefalls vid överföring av all typ av information.*

*Detta dokument bör omedelbart förstöras.*

Inget undertecknande.

De blanka skorna blir grå av askan när mannen dödar elden. Några få pappersflagor lyfts av vinden och virvlar iväg mot Zambezifloden. Mannen kliar sig i sin stubbade hårbotten och startar bilen, tacksam för att inga lejon hade vägarna förbi.

## LUSAKA, ZAMBIA
27 februari 2004

En välklädd amerikan med lätt vindögdhet sätter sig längst bort i den stora avgångshallen. Han har checkat in sitt bagage, betalt flygplansskatt och visat sitt pass, allt utan problem. I taxfreeshopen köper han en flaska afrikansk fruktlikör till sin lillasyster.

Han plockar fram mobiltelefonen och försäkrar sig om att ingen är i närheten och kan höra honom innan han slår ett italienskt landsnummer följt av ett mobilnummer.

– Arbetet är slutfört. Vi borde inte behöva bekymra oss om den här delen av Djävulens styrkor längre. Nu återstår bara en liten sak. Jag tar hand om den så fort jag kommer hem. Tack. Må Gud välsigna även er, Fader.

## ARLANDA, STOCKHOLM, SVERIGE
### 2 mars 2004

Väskan som Ellen lyfter av bandet är tung. Ingen låda finns kvar i bagagerummet på Pamodzi. Alla hennes kläder har fått följa med hem. Inga löften om snar återkomst. Blessing sa inte mycket när hon skjutsade Ellen till flygplatsen. Det kommer att dröja tills kvinnorna möts igen. Men varje månad ska Ellen skicka pengar till Hope. Det är det enda som känns alldeles säkert. Sedan får man se.

– Hej älskling!

– Hej.

Ellen står länge i Björns famn, alldeles stilla. Hans kalla vinterrock svalkar hennes ansikte. Björn skjuter henne ifrån sig, med handflatorna mot hennes kinder. Han tar av henne glasögonen och kysser hennes ögonlock.

– Hur är det?

– Jodå.

– Hur gick det med allting?

– Så där. Knappast bra, men jag vet inte vad jag ska kunna göra mer. Jag måste fundera på det.

– Okej.

Björn tar tag i bagagevagnen och börjar gå mot parkeringshuset. Ellen följer efter, med handen på hans arm. Hon är inte helt stadig på benen ännu.

När de kliver över tröskeln till lägenheten tar Ellen av sig gymnastikskorna som har blivit blöta i snöslasket. Strumporna också. Hon drar av dem och tassar på kalla fötter fram till soffan. Det doftar gott från köket. Björn har bakat.

– Är du hungrig, frågar han.

– Nej, jag åt på planet.

– Vill du ha något att dricka då?

– Te, kanske. Te med honung. Jag fryser lite.

Han hämtar en filt och sveper den om henne innan han sätter på vattenkokaren. Teet är nästan slut, säger han. Liksom mjölken. Han ska gå ut och handla senare. Vad vill hon ha till middag? Det spelar ingen roll. Han får bestämma.

Sedan sjunker han ner i den nötta skinnfåtöljen mitt emot. De säger ingenting.

Ellen tittar sig omkring i rummet. Trägirafferna kikar fram bakom fikusen. Under matsalsbordet ligger knäckebrödssmulor. En kvarglömd adventsstjärna i fönstret. Sportbilagor i en hög på soffbordet. Mammas flamskväv på väggen vid sovrumsdörren. Snötyngda träd bakom gardinen. Hemma.

– Hur känns det? frågar han till sist.

– Hemskt. Att vi ville så väl men att det blev så fel.

– Vi borde ju göra nåt – anmäla läkemedelsbolaget och efterlysa skurken åtminstone? Vad hette han? Josh? Tror du det är hans riktiga namn?

– Han är säkert på andra sidan jordklotet nu. Och hur skulle det gå till, att polisanmäla, utan att jag måste erkänna vad jag har gjort? I en zambisk domstol? Tror du dom skulle låta mig gå? Och Blessing – hur skulle det gå för henne? Och hur ska vi klara av att bevisa nåt mot en stor läkemedelskoncern? Det går ju inte att komma åt en enda felpaketerad Magnecyl, det vet du.

– Men vi kan inte bara låta dom komma undan.

– Nähä?

Hennes röst låter onödigt ironisk. Hon ångrar sig. Han vill ju bara väl.

– Förlåt, säger hon. Jag vet. Det känns bara så svårt. Men jag har tänkt. Jag tycker att jag borde åka tillbaka, så småningom. Prata med Beauty och dom andra. Förklara. Det känns som jag borde jobba där ett tag, bara hjälpa till liksom, utan att ta med mig en massa grejer? Betala tillbaka lite, liksom.

– Varför det?

– Det är jag skyldig dem.

– Tror du att du skulle vara välkommen?

– Det hoppas jag, och jag fick väl försöka förklara. Berätta vad som har hänt och hoppas att dom förstår.

– Och utsätta dig för nya faror igen?

– Äsch. Farligt är det inte.

Björn går ut i köket för att brygga te. Han kommer tillbaka med den gamla lergodskannan som han hade med sig hemifrån och två vita muggar.

– Honung? frågar Ellen med liten röst och han hämtar.

Hon rör i koppen och värmer fingrarna mot det varma porslinet, djupt försjunken i skuldkänslor och botgörarplaner, utan att ge Björn någon uppmärksamhet. Hon lyssnar knappt när han pratar, lågmält och koncentrerat.

– Vad sa du?

Ellen tittar upp och Björn upprepar:

– Jag har också tänkt. Jag inser att jag inte kan hindra om du vill fortsätta det här helt vansinniga projektet. Men då får du göra det utan mig. Du får faktiskt välja.

– Vad menar du?

– Precis vad jag säger. Du får välja.

Ellen känner sin gamla ilska – du-ska-inte-säga-åt-mig-vad-jag-ska-göra – bubbla upp.

– Tror du att det är du som bestämmer?

– Nej, det är det jag säger. Jag kan inte hindra dig. Om du absolut vill får du väl fortsätta, fast jag tycker det är snurrigt. Jag kommer inte att skvallra eller anmäla dig eller så. Det är ditt val. Men jag måste inte stå bredvid och se på. Det orkar jag inte. Du får välja ditt liv, men jag måste välja mitt.

Ellen smuttar på det heta teet.

– Skulle vi inte hålla ihop, i nöd och lust?

– Inom rimliga gränser. Det är i alla fall min tolkning.

– Är det det här med barn? Att vi inte gjort nån utredning och så? Jag har faktiskt tänkt om där. Jag tycker vi ska beställa tid.

– Ja, det är det också. Men det hänger ju ihop. Du har inte tid med några barn, egentligen inte med mig heller, du har ju ditt projekt och så ska du förändra världen.

Björn har rest sig och gått fram till fönstret. Han fortsätter tala med ryggen mot Ellen.

– Jag förstår att du bara har velat väl, men det har ju inte gått så bra. Framför allt inte att leva både i den lilla och stora världen. Det kanske inte går att göra båda delarna. Man kanske måste välja. Det är det jag säger. Jag behöver den lilla världen, och jag lever gärna i den med dig. Du får välja.

Det varma teet värmer inte längre. Ellen känner sig inträngd i ett hörn. Hon vill skjuta upp beslutet, begära time out, prata med de andra i Juntan först, få honom att lugna ner sig och inte ta allt så allvarligt, höra med Blessing, sova på saken…

Fast hon inser att det inte håller. Hon måste svara.

– Räcker det inte om jag beställer tid för barnlöshetsutredning?

– Nej, det räcker inte.

Han vänder sig mot henne och hon ser att ingenting är förhandlingsbart.

– Du måste lova att lägga ner projektet och sluta åka till Afrika.

– Måste jag?

– Ja.

– Då säger vi väl det, svarar hon, tonlöst.

Hon reser sig på sina iskalla fötter, bär ut koppen i köket och säger, över axeln:

– Jag måste nog få sova en stund. Är det okej?

– Visst, säger han och hans röst är glad, ja förtjust. Jag har bäddat med rena lakan.

När Ellen krupit ner mellan de lavendeldoftande lakanen gläntar Björn på dörren:

– Förresten, säger han. Dom har ringt från Läkarförbundet och kallat dig till sitt etiska råd. Det låter som att dom vill göra nån sorts utfrågning.

– Det får vänta. Jag tänker sjukskriva mig ett tag.

## WASHINGTON, DC, USA
## 8 maj 2004

Kriminalinspektör Stephen Chu vid Washingtonpolisen tar på sig plasthandskarna innan han öppnar det stoppade kuvertet. Där ligger ett kassettband, och ett handskrivet kort:

*Till polisen*
*Denna berättelse har överlämnats till mig i min roll som präst och själasörjare. Jag har därför länge brottats med frågan om min tystnadsplikt, men efter mycket övervägande, och samtal med kolleger, har jag bestämt mig för att detta – att polisen får tillgång till Melissas berättelse – är både hennes och Guds vilja. Jag ber om ursäkt om dröjsmålet försvårat er utredning, men nu känner jag mig övertygad om att Gud kommer att vara er behjälplig i jakten på den verklige mördaren.*

*Med vänliga hälsingar*
*Pastor Henrique Gonzales*
*St Marys sjukhus*
*Tampa*
*Florida*

## CHONGWE-DISTRIKTET, ZAMBIA
**17 maj 2004**

Flickan sitter på trappan och väntar när Beauty kommer från arbetet. Beauty känner igen henne, hon har sett henne på marknadsplatsen ibland och vet att hon bor i grannbyn.

Flickan har sin skoluniform på sig och hon läser läxor medan hon väntar. Uniformen är ren och välstruken men lite för liten. Blusen stramar över de unga brösten.

Hon behöver inte berätta om sitt ärende. Beauty förstår.

Förr eller senare skulle det hända, det visste hon. Hon har försökt förbereda sig, vad hon ska säga, hur hon ska slippa. I fortsättningen ska hon bara syssla med födslar, det hade hon lovat både sig själv, Joseph och Jesus. Bara livet.

Men med flickan framför sig, i bästa fall är hon 13 år, rör allt ihop sig igen. Om Beautys ansvar är livet, vems liv? Vilken framtid har det frö som gror i flickans kropp? Om det över huvud taget kan födas fram ur den outvecklade kroppen? Och vilken framtid ger det den flitiga skolflickan?

Hur var det nu: "Att plantera har sin tid och att rycka upp det man planterat har sin tid."

– Vem är det som skickat hit dig? frågar Beauty.

– Det var Fader Abraham som sa att du kanske kunde hjälpa …

– Ja, det kanske jag kan.

Beauty har bestämt sig. Hon lägger armen om den späda flickryggen och bjuder in henne i huset. De måste börja med att prata.

# EFTERORD

Allt viktigt i denna berättelse är sant.

”Beauty” arbetar som barfotabarnmorska i Afrika. Jag har träffat henne. Hon har räddat hundratals mödrars och barns liv. Hon har också hjälpt till att avsluta oönskade graviditeter, om än inte på det sätt som beskrivs i den här boken.

Svenska läkare och barnmorskor har hjälpt ”Beauty” och hennes kolleger i deras arbete, om än inte på det sätt som beskrivs i den här boken.

RFSU och Sida stödjer både ”Beautys” och ”Ellens” arbete men deltar inte i några olagligheter. De tvetydligheter som finns i boken är mina påhitt.

”Josh” och ”Melissa” finns också, åtminstone många som är mycket lika dem. Deras meningsfränder är samlade i den amerikanska ”Pro-Life-movement”, en rörelse som inte tvekat att släcka liv i sin påstådda ambition att rädda det. Barnhem av den typ där Melissa föder sitt barn finns också, barnkammare inte bara för barn utan även för fundamentalistiska kristna högeråsikter. Den typ av attacker som Josh deltagit i har genomförts, och genomförs, i USA idag.

Såvitt jag vet har inte Pro Life-rörelsen, eller den katolska kyrkan, hittills mördat någon domare i högsta domstolen eller skickat ut några dödspatruller till Afrika.

Det påhittade läkemedelsföretaget finns inte men läkemedelsindustrin i världen har ofta agerat oetiskt när man testat nya mediciner på ”mindre opinionskänsliga marknader”. Dock känner jag inte till att den typ av medicin som beskrivs prånglats ut på detta sätt, eller att företrädare för industrin agerat med någon typ av våld för att gynna sina intressen. Låt oss hoppas att det inte är sant. Att företagsgrupper har en egna säkerhetstjänster är jag dock säker på, även om jag inte kan bevisa det.

Idén om "torr sex" som mer tillfredsställande för mannen är stark i Zambia och dess grannländer. Alla de föreställningar om kvinnlig och manlig sexualitet som finns med i berättelsen är levande traditioner i många länder i södra Afrika.

"Fader Abraham" finns också. Den katolska kyrkan har i Afrika, och i många andra delar av världen, ställt till med obotlig skada. Vatikanen arbetar dagligen intensivt emot hälsa och rättvisa i Afrika. Vissa av dess företrädare lyder påvens inhumana bud utan eftertanke, andra gör som Fader Abraham och låter människokärleken gå före dekret från Rom.

George W Bush finns definitivt. Låt oss hoppas att hans ambition inte varit att underblåsa den fanatism som "Josh" och hans kumpaner står för, men säkert är att hans politiska agerande ändå fungerat så.

# LÄS MER

*Extramaterial om boken och författaren*

I Nabujos värld, i byn Serinya, distriktet Maanyi, Uganda, får inget kosta mycket pengar. Hon är TBA (Traditional Birth Attendant), barfotabarnmorska.

Hennes främsta utbildning är erfarenheten. Redan som 13-åring började hon assistera sin mamma som var barnmorska i byn:

- Jag fick koka vatten och hjälpa till. Vatten med salt i.

Varför salt?

- Sår läker snabbare om man har salt i vattnet.

Doktor Christopher Kigongo nickar entusiastiskt. Det är sant, salt fungerar på det sättet. Doktorn har följt med från staden för att tolka. Han är imponerad av Nabujos kunskaper och handlag.

Nabujo Zamu har gått en kort kurs i statens regi, det är all formell utbildning hon har. På den kursen fick hon sin lilla plåtväska, med några få verktyg. Förutom rakbladen har hon några tänger att hålla navelsträngen och enkla antiseptiska läkemedel. När hon vet att en omföderska blött mycket vid tidigare förlossningar kan hon hämta blodstillande medel. Lite malariamedicin har hon, för att mota malariaattacker i samband med förlossningen. Annars ingenting. Ingen smärtlindring, inga kirurgiska instrument, ingen möjlighet att sy ihop sprickor, inga skyddshandskar och framför allt inget sjukhus och ingen doktor.

Det är flera timmar till fots till närmaste sjukhus, och bilvägarna är urusla. Det finns dessutom ett traditionellt motstånd mot att föda på sjukhus. Nej, också när förlossningarna blir långa och plågsamma får Nabunjo klara sig så gott hon kan.

- Men mer än ett dygn låter jag dem inte stanna här, säger hon och visar ett av de små rummen i hennes lilla hus - "förlossningssalen". På den låga sängen ligger ett plastskynke. Det tvättar hon av och återanvänder, och tar med när

## Uganda

**Befolkning:** 29 miljoner

**Andel av befolkningen under 16 år:** 50%

**Medellivslängd:** 45 år (män) och 47 år (kvinnor)

**Andel av befolkningen som är HIV-smittad:** 4,1%, Uganda har bedrivit ett framgångsrikt HIV/AIDS-arbete och andelen smittade har sjunkit de senaste åren. De flesta nya HIV-fall uppträder hos gifta människor. Orsaken är att många, främst män, har många partners och att det är ovanligt att man använder kondom inom äktenskapet. Näst vanligast är att smittan överförs vid kontakter med prostituerade.

hon går hem till sina patienter.

- Håller värkarna på längre än ett dygn vill jag inte ta ansvar längre utan försöker kalla på hjälp.

Men ibland får hon inte välja. Som när hon kallades hem till en kvinna som redan kämpat i flera dygn. Nu orkade mamman ingenting längre. Att flytta henne var otänkbart.

- Men det värsta var armen...

Armen?

- Ja, barnets ena arm stack ut genom slidmynningen. Barnet låg på tvären och kunde inte komma ut. Mamman orkade inte hjälpa till längre.

Nabujo bände och slet i barnet för att försöka vända det i magen, men

misslyckades:

- Till sist hade jag bestämt mig för att kapa av armen. Det verkade vara den enda möjligheten att rädda barnets och mammans liv.

Men då, med en enorm kraftansträngning, lyckades hon trycka in barnets arm, in i mammans kropp igen, vända barnet rätt – och det kom ut som det skulle.

En välskapt tvåårig pojke som förundrat tittar på de stora vita människorna som kommit för att fotografera honom.

Detta är Nabujos solskenshistoria, och doktor Kigongo är mycket imponerad.

Det är inte många utbildade barnmorskor – eller läkare för den delen

– som klarat en sådan situation.

Kanske är Nabunjos dubbla yrken en del av förklaringen till de starka nyporna. Hon är nämligen bara barnmorska på deltid – så många barn föds inte i Serinya och förlossningshjälpen är dåligt betald. Hennes yrke är tegelbruksarbeterska.

De kraftiga starka händerna kastar lera i tegelstensformen och med en snabb knyck välter hon upp lerstenen på tork. Lera, grus, gräs mot de bara händerna. Hon måste ha massor med småsår hela tiden.

## Uganda

**Sjukvård:** Sjukvårdsstandarden har höjts på senare år men fortfarande är det bara 20 procent av förlossningarna som sker på sjukhus och en tredjedel av alla förlossningar på landsbygden genomförs utan någon form av professionell hjälp, t ex en barnmorska.

**Familjeplanering:** Endast 23 procent av de fertila kvinnorna använder någon form av preventivmedel. Bland de fattigaste männen är det bara 3 procent som uppger att de använder kondom.

Är du inte rädd för HIV-smitta?

- Det finns många som är smittade här, men rädd, nej det kan man inte gå omkring och vara. Jag köper plastpåsar i affären och har dem på mig när kvinnorna blöder mycket.

Hon visar påsarna, vanliga små tunna plastpåsar av samma typ som vi stopppar bullar i.

Att kontrollera blödningen är en av Nabunjos viktigaste uppgifter när kvinnorna kommit till hennes "förlossningssal".

- Jag ser till dem, hjälper dem när det blir svårt, ger dem mat och dryck, tvättar och håller rent. När barnet väl är fött kan jag hjälpa dem att kontrollera att allt är som det ska, och ge information om barnavård.

Mannen hjälper till ibland.

Föderskans man?

- Nej, nästan skrattar hon. Min man.

Nabujos man kanske uppfattas som en assistent. Annars är barnafödande i Uganda ingenting för karlar.

Ett skäl till att hon tar emot sina patienter hemma är att hon på det sättet kan sköta sitt vanliga liv – tegelbruket, de sex barnen, matlagningen – vid sidan om.

Vad tar du betalt för en förlossning?

- Jag tar egentligen inte betalt, säger Nabunjo, men ibland får jag 2-3000 shilling (ungefär 15 kronor).

På det sättet är Nabunjo ovanlig. De flesta andra barnmorskor tar 5 000 shilling (25 kronor) för en förlossning och lever delvis på de pengarna.

Nabunjos mamma gjorde det. Men Nabunjo har andra planer:

- Jag vill bli kvinnornas ledare här i byn och mitt arbete ger mig gott anseende. Det är viktigare. Jag hoppas bli vald till formell ledare nästa år och jobbar på min kandidatur. Det här jobbet ger mig många vänner.

Att vara kvinnornas ledare ger många andra möjligheter, också till inkomster, så Nabunjos val är kanske klokt.

De kvinnor vi träffar, som hon förlöst är i alla fall tacksamma:

- Hon hjälper oss mycket.

Ingen mamma har dött för Nabunjo, men en gång hjälpte hon fram ett dödfött barn. Nu väntar den mamman barn igen och Nabubjo vill att doktor Kigongo ska titta på henne:

- Syfilis, gissar doktor Kigongo och vill att kvinnan ska ta sig ner till hälsocentralen för att testa sig. Både berättelsen om det dödfödda barnet – skinnlöst – och kvinnans utseende tyder på syfilis. Hon måste behandlas mot sjukdomen om det nya barnet ska klara sig.

Visserligen har Nabunjo inga moderna mediciner att erbjuda sina patienter, men i Afrika finns många andra alternativ. En speciell buskes blad fungerar som

## Uganda

**Läskunnighet:** 81% av de vuxna männen och 63% av de vuxna kvinnorna kan läsa.

**Skolgång:** Majoriteten av barnen går åtminstone några år i skolan men skillnaderna är stora. Bland de fattigaste är det knappt 70 procent som börjar skolan.

## Uganda

Tonårsgraviditeter är mycket vanliga. Officiellt får man inte gifta sig innan man fyllt 18 år, men i verkligheten är hälften av alla 18-åriga flickor gifta och vid 22 finns nästan inga ogifta flickor. I vissa befolkningsgrupper börjar ungdomarna med sex redan i 12-13-årsåldern. En tredjedel av flickorna på landsbygden blir gravida innan de fyllt 19 år.

Könsstympning förekommer i Uganda och är legalt, så länge flickan/kvinnan accepterar det. Månggifte är också tillåtet, men allt mindre vanligt, främst av ekonomiska skäl. Det är dyrt att ha många fruar.

**Källor:**

FN:s befolkningsorgan UNFPA

InternationaUgal Planned Parenthood Federation

”värme i magen” säger hon. Hon plockar dem, kokar ihop dem med banansaft och får en smärtstillande medicin.

- Men när jag ser att det behövs skickar jag iväg folk till hälsocentralen för att få vaccin.

- Det är så mycket jag inte kan.

- Men ganska mycket som jag klarar också.

KARIN ALFREDSSON

Fotograf: Stig-Göran Nilsson

## *Intervju med Karin Alfredsson*

**Hur fick du idén till den här boken?**

– Jag har länge arbetat journalistiskt med bokens huvudämne: kvinnors situation i södra Afrika. Jag ville prova om jag kunde berätta denna – sanna – historia på ett annat sätt, där läsarna i bästa fall skulle bli så intresserade av spänningen så att de inte märkte att de fick information om Afrika, politik, kvinnoförtryck och fattigdom. Sedan fick jag stöd av spänningsförfattaren Stephen King, som i sin bok *On writing* säger:

* Håll dig till en genre som du har läst mycket (spänningslitteratur).
* Behandla ett ämne som du behärskar (kvinnors liv i Afrika).
* Du behöver inte veta hur det ska sluta när du börjar (Tack! Jag hade ingen aning...).

**Var och hur skrev du boken?**

– Jag började skriva för hand vid en poolkant på ett daghotell i Bangkok, på väg hem från en jobbresa i Vietnam. Det var för fem år sedan. Då arbetade jag som frilansjournalist och utbildare och kunde satsa en vecka då och någon dag då för research och skrivande. Bland annat åkte jag till Zambia en gång till (hade varit där fem gånger tidigare) för att studera miljöer och träffa folk. Det tog tid, men växte fram.

**Vem är egentligen Ellen Elg?**

– Hon är inte jag, i alla fall. Jo, kanske delvis. Våra uppväxter är ganska lika och behovet att göra något åt eländet i världen delar vi nog. Men jag är mycket äldre, jag har tre vuxna barn, jag har arbetat som journalist hela mitt liv – och jag är inte lika våghalsig som Ellen.

**Vågar du redan nu svara på vad din nästa bok om Ellen Elg handlar om?**
Nja, jag skriver på boken, och jag kan berätta att Ellen flyttar. Som det ser ut nu kommer ny dramatik att uppstå i en annan världsdel och det blir kvinnliga huvudpersoner – offer, hjältar och skurkar. Så mycket kan jag säga...

**Beauty finns ju i verkligheten, hur var det att träffa henne?** - Spännande och imponerande. Jag visste tidigt att hon skulle bli en av mina huvudpersoner. Men det är svårt att med någorlunda träffsäkerhet skildra hur en så annorlunda person tänker och känner.

**Yrke:** Journalist och författare.
**Bor:** I villa på Färingsö utanför Stockholm.
**Familj:** Gift med Janne, tre vuxna barn.
**Detta har Karin gjort tidigare:** Reporter Aftonbladet, chefredaktör Journalisten, redaktör Aktuellt, projektledare SVT:s morgonprogram, programledare Kalla Fakta TV4, programchef på SVT Nord, journalistutbildare i Vietnam, Sverige och världen m m.